STARRY RIV

星河

诗丛

2 0 2 4

春 季 卷

主 编　　黄 纪 云　　骆 苡

浙江文艺出版社
Zhejiang Literature & Art Publishing House

图书在版编目（CIP）数据

星河·2024春季卷 / 黄纪云 , 骆苨主编. —杭
州 : 浙江文艺出版社,2024.6
ISBN 978-7-5339-7613-2

Ⅰ.①星... Ⅱ.①黄... ②骆... Ⅲ.①诗集 – 中国 – 当
代②诗歌评论 – 中国 – 当代 Ⅳ.①I227②I207.22

中国版本图书馆CIP数据核字（2024）第099008号

统　　筹	曹元勇
责任编辑	睢静静
文字编辑	张嘉露
封面设计	朱云雁
责任印制	吴春娟

星河·2024 春季卷

| 主　　编 | 黄纪云　骆　苨 |
| 顾　　问 | 骆寒超 |

出版发行	浙江文艺出版社
地　　址	杭州市环城北路177号
邮　　编	310005
电　　话	0571-85176953（总编办）
	0571-85152727（市场部）
印　　刷	浙江海虹彩色印务有限公司
开　　本	787毫米×1092毫米 1/16
字　　数	215千字
印　　张	13.5
版　　次	2024年6月第1版
印　　次	2024年6月第1次印刷
书　　号	ISBN 978-7-5339-7613-2
定　　价	59.00元

卷首语

草长莺飞。

这样的时节，本编委推出了《星河·2024春季卷》。

什么样的诗是好诗？怎样才能写出让人过目难忘的好诗？

这是千古不衰的话题，也是众说纷纭的话题。历代《诗话》，卷帙浩繁，汗牛充栋。

然而，当代诗人、诗评家依然有话要说，并且乐此不疲。

对于创作者，对于痴迷于诗的爱好者，诗人们的现身说法，诗评家的点睛之论，无疑具有极大的启示意义。

本编委一直秉持这样的原则：编辑一本诗专辑，不仅要辑录众多诗人的作品，也要让诗人谈谈创作心得，刊载评论家们的专业论文和点评之作，就诗的本质、诗的特性展开深入的探讨。唯其如此，"专辑"才不至于平面化，仅仅是一些诗的集合，而是多方位、多视角地呈现诗的特质，使读者能够比较立体地感受和体味到诗的美。

本卷也不例外，刊登了两位诗人的创作谈。自然，他们的说法是基于个人的经验，并非定论，甚至有些还大可商榷。但对于广大读者，或许提供了新的视野。

比如柏桦先生《我的诗歌创作要素几种》一文中对于诗歌"声音"的重要性的强调就很有现实性。现代诗歌创作比较普遍存在的一个问题，就是对于诗句"声音"的忽视，不太注意词语、音节和语句节奏对于诗意表达的重要性。

再比如沈奇先生在《我的诗歌写作》中说："诗人以及一切文学艺术家，对这个世界真正有价值的贡献，并不在于他们说出了些什么，而在于他们那些新奇而动人的说法，改变了人们对语言的认识，进而改变了人们对世界的认识——这种经由语言的改写而改写世界的进程，才是诗歌进程的终极意义。"且不论语言的改写是否能改写世界的进程，但沈奇先生对诗人语言创新的重要性再怎么强调都不为过。俗话说"太阳底下无新事"，你以为说出了深邃而富有哲理的话，而事实上往往那些话语先哲们早已咀嚼多次了。因此，某种意义上说，如何用富有新意的语言再表述，让人耳目一新，恐怕更具有"诗"意。

本春季卷各版块内容丰富，可谓"杂花生树"，读者可依据爱好自行阅读。

《星河》2024年的《夏》《秋》《冬》各卷也将按季推出，感谢读者的厚爱。

"星河"编委会

主　编

黄纪云　骆苉

顾　问

骆寒超

诗歌编辑

菡萏　刘翔　袁丹丹

箫风　贝尔　顾奕俊

理论编辑

安操

封面题签 黄纪云

封面设计 朱云雁

篆刻 姚伟荣

目录

083／**繁星满天**

134 / 临海诗人

151 / 河外星系

柏桦的诗

回首往昔

——与纳博科夫相逢

"……我会死，但不会死在夏日凉亭，
不会死于炎热或暴饮狂餐，
我会像天庭的蝴蝶陷入罗网，
死在荒蛮的野山之巅。"

——纳博科夫《我曾经那么喜爱……》

回首往昔，就是让世界停止，就是闻
而我小学时代夹竹桃的气味不好闻……
只是多年后想起有一种1919年的味道——
(弗拉基米尔！雅尔塔这里发现了眼灰蝶！)

随着这味道，我成长为21世纪开朗的居民
我，"一个古风爱好者，在你约定的时刻，"
打开了你的诗集——每当黄昏星降临
我都会一再地读你的《初恋》和《燕子》……

深夜的罗斯总是环绕在四周，你的也是
我的——"林荫道尽头，小桥旁边，
白桦与白杨树叶都有反光"(枞树来自东德?)
——"像风、像海、像奥秘。"

"像在中学时代倾斜的课桌上"，你的?
不，也是我的，在重庆市第十五中学
我也缓缓地铺开过一张地图……春游

我也挎过深绿色的军壶，观看过燕子……

如今我已60岁了，夜半惊醒，黎明嗜睡，
"如今我早忘了玻璃下面的诗页将永成，
可那涂改处曾闪烁如电，地狱般疼痛！"
诗越写越少，罗斯的提琴已患了重病。

如今我在此与你交谈。再见吧，再见，
这风来自往昔……1919年4月17日，
我未来的读者，你看到我了吗? 我正从
甲板起身眺望博斯普鲁斯海峡的曙色——

契诃夫的童年

契诃夫，你相信这句话吗?
"爱是我们贫贱的一个标志。"

——题记

我的童年是从冬天
冷得发抖的黄昏开始的
当然也包括夏日的寂寥
和成千上万飞来的苍蝇
以及爸爸打过来的拳头、
耳光与皮鞭……
"我小时候没有童年生活……"(契诃夫语)
除了学校，
就在爸爸开的杂货铺里干活。
铺子里的东西真是应有尽有啊

（气味乱串，糖有煤油味、咖啡有青鱼味、米有蜡
烛味）

鞋油、草鞋、鲱鱼；

雪茄、笤帚、火柴；

甜饼、果冻、茶叶；

面粉、樟脑、香烟；

橄榄油、葡萄干、捕鼠器……

还没有完：通心粉、伏特加、

喀山肥皂；对了，还有药，

譬如治热病的"七兄弟血"，

病者一般爱就着白酒喝；

"喜鹊草"名字好听、无杀气，

也治热病，也拌白酒喝。

"那么'巢房'呢？"契诃夫问，

（他对这种水银、石油和硝酸

合在一起的"毒"药很迷惑）

爸爸说："等你长大了，自然会知道。"

为什么"阿里亚克林斯基膏药"

却少人问津呢？契诃夫继续想……

但有一次，一个警官不付钱

就拿走一盒。他说要治

他猎狗的疥疮。一周后，

在沸腾凌乱的集市上，

小契诃夫目睹了两句对话——

爸爸以讨好的声调问：

"您的那条狗怎么样了？

贴了膏药好了吗？"

"死了，"警官阴沉地说，

"它肚子里长了蛆……"

树木看着人们走过

    我一看见它们（两棵千年古树）就呆住了，
一千年的时间它们就站在那里，太奇妙了。我

叫这两棵树祖父祖母。看着它们可以感动得流
眼泪。

——电影演员尊龙

树木看着人们走过

树木与人保持距离

它注视吞吃树叶的女巫

那即将说出预言的女巫

它聆听各种声音，甚至聆听

上帝在朴树林里的脚步声

它已存在万年、亿年

它只对风致意，只向往天空……

"他会看树……"是雨果吗？

太多了……从维吉尔到夏尔

树的生命力英雄般震撼着……

恐惧着、悲怆着、轻柔着……

那个因爱躺在树荫下的诗人

仰对星空，他只能是济慈吗？

他也是在林荫道上来回不安地

游荡着、读着长信的里尔克

在花园里，多美的树荫

飘洒在晚餐者的身上

人凝视一棵树产生一种情感

人会对落叶入迷到不眠吗？

在另一个存在主义的夜晚

萨特在他黑暗的房间里

突然变成了一棵树

他幻觉中被雷劈了的树

他还在看吗？那用于还愿的树

他看到两棵树上刻下相反的格言

一棵说："什么都不做是最好的。"

另一棵说:"爱情仇恨懒惰者。"

而树的真正感觉是什么?

橡树! 人类学完美的树

宇宙起源树,神的宙斯树

"我爱上了一棵年轻的橡树"(梭罗语)

远方,飞蛇守卫散发乳香的树

蝙蝠守卫结了桂皮的树

古老椴树的树叶深藏魔法

黎巴嫩雪松要吓死诗人

呼吸吧,"肺就是你的树叶"

圣琼·佩斯在北京举头望天

天空一无所有,就像一棵树

那从大地飞升起来的树

锦官城外柏森森,在成都

我们看到了它,杜甫也看到过它

当我们死后它还会在那里

唯有它能看到世界末日——

暮晚来临,树在沉思……

树随风雨传来祈祷般的低语

种种悲剧,如果我们团圆

人被判必死。树被判不死。

骑手

冲过初春的寒意

一匹马在暮色中奔驰

一匹马来自冬天的俄罗斯

春风释怀,落木开道

一曲音乐响彻大地

冲锋的骑手是一位英俊少女

七十二小时,已经七十二小时

她激情的加速度

仍以死亡的加速度前进

是什么呼声叩击着中国的原野

是什么呼声像闪电从两边退去

啊,那是发自耳边的沙沙的爱情

命运也测不出这伟大的谜底

太远了,一匹马的命运

太远了,一个孩子的命运

夏天还很远
——致父亲

一日逝去又一日

某种东西暗中接近你

坐一坐,走一走

看树叶落了

看小雨下了

看一个人沿街而过

夏天还很远

真快呀,一出生就消失

所有的善在十月的夜晚进来

太美,全不察觉

巨大的宁静如你干净的布鞋

在床边,往事依稀、温婉

如一只旧盒子

一个褪色的书签

夏天还很远

偶然遇见,可能想不起

外面有一点冷

左手也疲倦
暗地里一直往左边
偏僻又深入
那唯一痴痴的挂念
夏天还很远

再不了，
动辄发脾气，动辄热爱
拾起从前的坏习惯
灰心年复一年
小竹楼、白衬衫
你是不是正当年？
难得下一次决心
夏天还很远

在清朝

在清朝
安闲和理想越来越深
牛羊无事，百姓下棋
科举也大公无私
货币两地不同
有时还用谷物兑换
茶叶、丝、瓷器

在清朝
山水画臻于完美
纸张泛滥，风筝遍地
灯笼得了要领
一座座庙宇向南
财富似乎过分

在清朝
诗人不事营生、爱面子
饮酒落花，风和日丽
池塘的水很肥
二只鸭子迎风游泳
风马牛不相及

在清朝
一个人梦见一个人
夜读太史公，清晨扫地
而朝廷增设军机处
每年选拔长指甲的官吏

在清朝
多胡须和无胡须的人
严于身教，不苟言谈
农村人不愿认字
孩子们敬老
母亲屈从于儿子

在清朝
用款税激励人民
办水利、办学校、办祠堂
编印书籍、整理地方志
建筑弄得古香古色

在清朝
哲学如雨，科学不能适应
有一个人朝三暮四
无端端地着急
愤怒成为他毕生的事业
他于一八四二年死去

惟有旧日子带给我们幸福

墙上的挂钟还是那个样子
低沉的声音从里面发出
不知受着怎样一种忧郁的折磨
时间也变得空虚
像冬日的薄雾

我坐在黑色的椅子上
随便翻动厚厚的书籍
也许我什么都没有做
只暗自等候你熟悉的脚步
钟声仿佛在很远的地方响起
我的耳朵痛苦地倾听
想起去年你曾来过
单纯、固执,我感动得大哭

今夜我心爱的拜访还会再来吗?
我知道你总是老样子
但你每一次都注定带来不同的快乐

我记得那一年夏天的傍晚
我们谈了许多话,走了许多路
接着是彻夜不眠的激动
哦,太遥远了
直到今天我才明白
这一切全是为了另一些季节的幽独

可能某一个冬天的傍晚
我偶然如此时
似乎在阅读,似乎在等候

性急与难过交替
目光流露宁静的无助
许多年前的姿态又会单调地重复

我想我们的消逝一定是一样的
比如头发与日历
比如夸夸其谈与年轻时的装束
那时你一生气就撕掉我的信封
这些美丽的事迹若星星
不同,却缀满记忆的夜空
我一想到它就伤心,亲切而平和

望着窗外渐浓的寒霜
冷风拍打着孤独的树干
我暗自思量这勇敢的身躯
究竟是谁使它坚如石头
一到春天就枝繁叶茂
不像你,也不像我
一次长成只为了一次零落

那些数不清的季节和眼泪
它们都去哪里了?
我们的影子和夜晚
又将在哪里逢着?

一滴泪珠坠落,打湿书页的一角
一根头发飘下来,又轻轻拂走
如果你这时来访,我会对你说
记住吧,老朋友
惟有旧日子带给我们幸福

我的诗歌创作要素几种

·柏　桦·

一、呼吸

诗和生命的节律一样在呼吸里自然形成。一旦它形成某种氛围，文字就变得模糊并融入某种气息或声音。此时，诗歌企图去作一次侥幸的超越，并借此接近自然的纯粹，但连最伟大的诗歌也很难抵达这种纯粹，所以它带给我们的欢乐是有限的，遗憾的。从这个意义上说，诗是不能写的，只是我们在不得已的情况下动用了这种形式。

二、事件

中国古代诗学有一条广泛的写作原则——"情景交融"，其字面意思是心情与风景交相混融，这句看似简单的话，其实包含了极为丰富的内容，古人对此最有体会，也运用得十分娴熟讲究。

何谓诗歌中的情景交融？其实就是讲一个故事，这故事的组成就是事件（事件等于时间、地点、人物）。事件可以是一段个人生活经历，譬如生活中一支心爱的圆珠笔由于损坏而用胶布缠起来的过程，一副新眼镜所带来的喜悦，一片风景是怎样地引发了你良久的注目……总之，事件可以是大的，也可以是小的，可以是道德的、非道德的，也可以是情感的、非情感的，甚

至可以是琐碎荒诞的。这些由事件组成的生活之流就是诗歌的情景之流。

就我而言，我的许多诗都是由经历（事件）所引发的感受写成的，而这感受总是指向或必须落到一个实处（景），之后，它当然也会带来遐想或飞升（情）。这事件本可以成为一部长篇小说，或一个长长的故事（如果口述，或许是两个小时的故事），但情况相反，它是一首诗，一首二十或三十行的诗，更有甚者，有时竟是短短的几行。这正是事件——情景交融——的张力，它惊人的戏剧化！

诗歌中的事件之于我，往往是在记忆中形成的。它在某个不期而遇的时刻触动我，接着推动我追忆相关的过去，并使一个或多个事件连成一片，相互印证、说明、肯定或否定，从中一首诗开始了它成长的轨迹，最终形成并显示出它的结局和命运。换句话说，这些经年累月在内心深处培养出来的一个一个的故事，它们已各就各位，跃跃欲试。

就我个人写诗多年的经验，一首诗的成败全在于事件的运用，在于情景交融是否天然，故事是否完整，叙述的角度是否巧妙。一首失败的诗往往是场景混乱的诗，一篇有头无尾的故事，一个不知所云又一团乱麻的事件。失败的诗往往每一行都是一个断句，彼此毫无联系。而一首好诗从头至尾彷佛就是一句话，但一句话已说清了整个事情。

三、感受与表述

每当有人问我,一首诗是怎样写出来的?我都会立即想到两点(当然不止这两点):即一个诗人的感受能力和表述能力。因为我们常常有这样的经验,我们可能感受到了,但说不出来;可能说出来了,但离感受的精确度还有距离。好诗人无一不是对生活——乃至生命——有着独特感受并且表述极其到位的人。话又说回来,这两种能力(感受能力和表述能力)也并非神秘莫测,只要一个人有一定的"感时伤怀"的禀赋,都可以通过训练而达到。训练从观察开始。

四、声音

声音应是一个写作者首先要面对的——最神秘的——问题。蒲宁说,在写作之前,他首先要寻找到一种声音。

艾略特曾在《诗的三种声音》一文中把诗的声音分为三类:"第一种声音是对诗人自己或不对任何人讲话。第二种声音是对一个或一群听众发言。第三种声音是诗人创造一个戏剧的角色,他不以他自己的身份说话,而是按照虚构出来的角色对另一个虚构出来的角色说他能说的话。"可以说,我诗歌中的声音就是艾略特所说的第一类(这是从主要方面说的,并非我的全部),北岛的诗歌中的声音当属艾略特所说的第二类(早期北岛,后来他也用第一类声音说话),张枣应是艾略特所说的第三类声音。正是如此,我的声音是独白。早期北岛是宣言者。而张枣是典型的戏剧性交谈,一个多声部的交响乐家。

声音在诗歌中至关重要,民族性抑或诗性都只能在声音中凸显。在诗歌翻译中,文字的意义和意象均可翻译,唯独声音无法译,因此才有弗罗斯特所说的一句名言,"诗是翻译所失掉的东西"。诗歌中的声音是最具魅力的部分,其中也具有情感、意义以及某种区别于他人的神秘禀性。另外,身体问题也是诗歌中的一个重要问题。基本上可以说有什么样的身体就有什么样的声音。身体的好坏胖瘦都会导致不同的声音。身体就是一个人的气质,而声音呈现气质……

哈金也认为我们的现代诗在声音上出的问题最大,这或许是一种宿命,曾经是如此推崇汉诗的庞德也对汉诗的声音表示过遗憾,他说汉诗"只有一些嘶嘶的声音"。当然庞德对汉诗一直是搞创造性发明,他对汉字的意象感兴趣,但无法欣赏汉诗的声音。不过我们也得承认汉诗的声音比英诗的确要简单得多。古典汉诗的声音也不过如此,更不用说现代汉诗了。现代汉诗如不在声音上下大功夫,只有死路一条。

在不同声音的驱动下,诗歌会呈现出不同的形式,为协调写诗者的呼吸(音乐性),写诗者将安排与之匹配的字词句,从而形成一套只适合他——又使他与众人相区别的——诗歌词法、句法与文法。顺势而来,诗歌中的声音应从两方面来讲,一是诗歌的音韵、节奏、排列等形式功能,二是写诗者的口气、语调、态度、气质。当我们说他写诗有一种独特的声音,便是对他的赞美,尤其赞美他写诗时的姿态和语气,当然也包括他独有的词法、句法与文法。

五、声音与色彩

晚唐诗人陆龟蒙的一句诗"酒旗风影落春流"(陆龟蒙:《怀宛陵旧游》)由三个词(酒旗、风影、落春流)组成,一眼看去,堪称音、色、形俱佳,汉字之美在此飘飘欲出。又不禁让我感到(似乎是头一次感到)汉字竟如此美丽、神妙,仿佛汉字之美是从"酒旗""风影""春流"开始的。这几个词虽是从大处着笔(并不细腻)但却包含了唐诗的魅力以及唐人的大气。这句诗也使我想到俄国作家巴乌斯托夫斯基所言:"许多俄国字本身就现出诗意,犹如宝石放射出神秘的闪光。"换句话说,陆龟蒙所写下的这七个字也正是在关系中——通过炼字,即配搭——表现出诗意的,但它们并不像宝石放射出神秘的闪光,而是像一幅清雅的水墨画,为我们传达出一种欲说还休的气氛与意境。汉字的轻重缓急,声音与色彩从来是在匹配中才可达至妙不可言的仙境,并带给人"出其不意、羚羊挂角"的亲和力。

六、逸乐

年轻时喜欢呐喊(即痛苦),如今爱上了逸乐。文学真是奇妙,犹如蛇要褪去它的旧皮,我也要从呐喊中脱出。逸乐作为一种价值观或文学观理应得到人的尊重。它提醒我们注意:"在明清士大夫、民众及妇女生活中,逸乐是一个不容忽视的因素,甚至衍生出一种新的人生观和价值体系。研究者如果囿于传统学术的成见或自身的信念,不愿意在内圣外王、经世济民或感时忧国的大论述之外,正视逸乐作为一种文化、社会现象及切入史料的分析概

念的重要性,那么我们对整个明清历史或传统中国文化的理解势必是残缺不全的。""缺少了城市,园林,山水,缺少了狂乱的宗教想象和诗酒流连,我们对明清士大夫文化的建构,势必丧失了原有的血脉精髓和声音色彩。"(李孝悌)

逸乐是对个体生命的本体论思考:人的生命从来不属于他人,不属于集体,你只是你自己。正是在这一意义上,我认为小乘比大乘更直见性命,我不渡人,只渡自己,因此更具本质。生命应从轻逸开始,尽力纵乐,甚至颓废。为此,我乐于选择一些小世界来重新发现中国人对生命的另一类认识:那便是生命并非只有痛苦,也有优雅与逸乐,也有对于时光流逝、良辰美景以及友谊和爱情的缠绵与轻叹。

当然,如果你不同意"美学高于伦理学"(布罗茨基),至少你应以平等之心对待二者,即你可以认为活在苦难里并呐喊着更有意义,但不应以所谓高尚的道德来仇恨逸乐之美。说到底,二者均有价值,并无高低贵贱之分,只是不同的人对不同的人生观或艺术观的选择而已。用一句形象的话说,就是你可以"天下兴亡,匹夫有责",而另一个人也可以"晚来天欲雪,能饮一杯无"。

七、自然

人们常常说诗贵自然,但"自然"又常常被人误解成为要么是随意写,要么是简单或无需技艺的代名词。似乎写诗不是一项具备专业性质的劳动,而是一件尽管从大自然中随意采摘的乐事。此说当然大谬。而我在这里所说的自然,是指诗人写诗时的一种恰到好处的姿势和态度,即在做作("虚")与不做作("实")中达至

最佳的平衡，从而来到诗最难能可贵的一点——自然。但要做到自然也需要许多讲究，这讲究在艾略特那里说得最为清楚，他在他那篇名文《传统与个人才能》中如是说来："差的诗人往往在应该自觉的地方不自觉，而在不该自觉的地方又自觉。"这儿的"自觉"与"不自觉"完全可以换成"做作"与"不做作"。而一个诗人如领悟了这二者之间的微妙关系，他无疑就会成为一个好的诗人，即一位自然的诗人。

作者简介 ┃ 柏桦，1956 年 1 月出生于重庆，现为西南交通大学人文学院中文系教授。出版诗集及学术著作多种。最新出版的有：英文诗集《风在说》(Wind Says)、法语诗集《在清朝》；诗集《为你消得万古愁》《革命要诗与学问》《秋变与春乐》《惟有旧日子带给我们幸福》《水绘仙侣：冒辟疆与董小宛 1642—1651》《竹笑：同芥川龙之介东游》《夏天还很远》；随笔集《蜡灯红》《白小集》。曾获安高(Anne Kao)诗歌奖、《上海文学》诗歌奖、柔刚诗歌奖；重庆"红岩文学奖"、羊城晚报"花地文学奖"、第九届四川文学奖、首届东吴文学奖。

沈奇的诗

清脉

一隅梦醒
又是发呆时刻
——不思考
免得复制粘贴
——不动情
免得郁闷纠结
清空而后保留
纯粹的疲倦
纯粹的劳作
以及必要的冷漠
唯乡愁残梦依旧
柔桑青青
纤云漠漠
——母亲在天上看我

——心入根泥
何须逐春飞絮

自若

云是上天的诗句
只有意思
没有道理
风是大地的絮语
诉说近苦
暧昧远意
人是小草的绿寂
千年万年
一呼一息
——非智
——非慧
一点点不悔的累

如故

季节如故
远方的自己回到老屋
重新喜欢——
白粥、咸菜、烤红薯
抑或:下午茶后
听杜鹃啼春
看蚂蚁上树
春来发几枝?

古早

古是古典
早是早先
错过古典
便是错过
黎明的呼吸
想起早先
便觉衣袖飘动

暗香梅花消息
说来陈词滥调
胜过一地鸡毛

居原

滚动的石头不生苔
——乡关何处
故园庆气如霾
怕了,这个秋天
我怕种下的龙种
再次变为跳蚤
垃圾式的轮回
将初心葬埋!
就这样吧:兄弟
你去追随时代
留下我打扫
旧日的亭台
居原抱朴
直到青苔慢慢长出

怀沙

火焰包裹着火焰
水包裹着水
我以整个的灵魂
包裹着你
醉还是不醉?
……火锅的至味是
饕餮之后再就清冷
的月光独饮一杯
思美人迟暮
品江山暧昧

初证

最初的力量
是山水之唱和
以及石头的态度
草籽与节令的契阔

最初的力量
是赤脚的女孩
莫名的泪
从莫名的笑涡流过

好花纷纷
自开自谢
好人萌萌
自在自乐

最初的力量
生命与万物
自己的因
唱和自己的果

木雅

人非草木
——其实
草木比人雅致呢

细切春日古槐
文质彬彬
风里抽枝发芽

质于木
文以雅

——谁家小孩
学步叫"妈妈"

木雅
木雅

根让

只有根让出了一切!

火树银花
多少繁华堪夸
唯有你,向黑暗
与孤寂的更深处
盘屈而求——
祖传的血脉
和另一种存活

——少小开悟
老来便愈发倔强了
倒也少了些
春华秋实的轮回
转基因的纠结……

人生几清明
东篱一株雪

唱和

吃苹果
不吃苹果酱

吃花生

不吃花生酱

"吃货"讶异——
这厮,莫非是一个
过期的完美主义者?!

——欣然闻此
苹果提前开花
花生提前结果

背尘合觉处
莲花次第香

澡雪

涅盘与虚无
以及同流合污

——初雪之痛楚!

那伤口因你而活
还是你自愿
活在伤痕累累中?

——蚁行或颠饮

静夜聆天籁
清越又徘徊

惊蛰

天地不仁
唯节令在在如约

从粘稠到冷寂
郁闷的汉语，渴念
惊蛰式的深呼吸

——而云雀
——而口罩
——而泣血的杜鹃
以及……预言

而化雪的声音告诉我
所谓苍茫大地
也就只剩下慈悲了

菩萨息因
众生无果
日出相约日落

看山

我们常常要离开城市
去看一座山
看一些很野的地方
对着它着迷
我们知道
那些地方和我们
没有什么关系
我们只是去看看它
看看还回去
回去做各样的人

做各样的人并取得
各样的评语
只是过一阵我们就觉得
心里空空的
就想去看山
看一些很野的地方
然后一声不吭
回到城里
不再注意细小的事物
和烦琐的情势
并渐渐学会了
自己给自己下定义

野葵

一世界的浮华里
只剩下你的头颅
沉重如初

——怅然回首
大野独彷徨

不再追逐：太阳
相互的光芒
唯火焰的面庞
金黄闪亮

……那一种豪华的孤独！

我的诗歌写作

· 沈 奇 ·

1

从写出第一首较为像样的小诗《红叶》（1975年）算起，我的现代诗写作的时间，断续竟已有35年了。若再加上此前爱好古典诗歌时的涂鸦作业，就是40年的历程。

如此漫长的诗歌写作时间，却只留下不足二百首的成绩，且一直未成什么大名，只是不紧不慢如散步状地断续坚持着，蓦然回首，还真有些不知所措的惶恐。

在这个风云激荡、狂飙突进的时代，比起那些始终聚精会神、可称之为"专业诗人"的诗人来说，如此"业余"，如此散漫，还够得上"诗人"的称谓，算得上所谓"诗人的事业"吗？

2

天性使然，加之生活境遇的局限，从爱好诗歌开始不久，我就认定了自己的诗歌写作，只能是随缘就遇式的"邂逅"，而非兢兢业业式的"事业"之追求。

在当代中国语境下，"事业"以及与之相关的"理想"之类的大词，早已像过于流通而沾满病菌的货币一样，让人厌弃。加上从小生就的某些精神洁癖，使我对此唯恐避之不及，难以成为与时俱进的弄潮儿。何况，在我而言，要说有"理想"，也是如何做人的理想，而不是如何建功立业的"理想"。

同时，作为一个长期于诗歌写作和诗歌评论两栖作业的诗歌爱好者，我也冷静地观察和反思着所谓诗人的"使命"与"荣誉"是怎样潜移默化地影响诗歌创作之心理机制的病变，使我们的当代诗歌精神，一再缺乏更坚卓的品质和更优雅的风度。大家都在时代的舞台上争当下，少有人能潜下心来到时间的深处去争千古。许多诗人还常常会去争一些诗之外或其背后的什么东西，这就更加不堪了。

而我热爱的只是诗之本身：自发，自在，自为，自由，自我定义，自行其是，自己做自己的主人，自己做自己的情人……然后，自得其所，并以平常心予以认领，由此安放一段不知所云的灵魂。

3

也曾与"先锋"的"机遇"失之交臂，也曾为一再的落寞而不免失意，但到了，都被天生散淡的性情所化去，唯留下初恋般的热切和信徒式的虔敬，在在润活于心底。

说到底，生命的存在（本真）和生命的出演（角色）应该是两回事，有如所谓的"创作"和真实的写作是两回事；写作是本真生命的自然呼吸而成为一种私人宗教，创作则是角色生命的出演而成为一项所谓的"事业"。

私以为，只有不断由创作意识重返生命意识，重返生活现场的真情实感，和一己本真生命的个在体验，而非演绎观念和主义，你才能坚持永远居住在诗歌的体内，并成为其真正的灵魂而不是其他，也才能不断超越时代语境的局限，活在时间的深处，并悠然领取那一份"宁静的狂欢"。

诗歌作为一种艺术，在这里回到了它的本质所在：既是源于生活与生命的创造，又是生活与生命自身的存在方式。

同时也渐次发现，至少就我个人而言，坚持在这样的存在方式中所展开的诗歌写作，不管所出作品的品质高低如何，至少不会成为非诗或伪诗，也不会成为他者的仿写或一味重复自己，乃至粗制滥造。

更重要的是，也只有通过这样的写作，才能在一种静穆的心境中，得以保持与语言的平等关系和对话状态，进而得以保持契合自己感知与表意的个在语感，将之顺畅而自然地化生为分行的文字。

4

对于我所认领和坚持的这种写作，诗友、诗评家陈超曾作过这样的评述，让我感念至深："他从不将世俗功利的哀婉转换为'美学的哀婉'。在诗与文生中，他面临的任务是同样的：不断认识语言赋予自己的可能性，努力完成这一可能性，把'可能'转变为'存在'。无论是在寂寥的寻索中还是在颇富名气的时段，他都没有发出过不平的幽怨和不受限制的笑声。他的写作准则是：仁慈、明净、诚朴、适度以及形式主义的快乐。"

当然，这样的状态，不免会导致方向性的缺失和重心的摆荡，始终不能明确而稳固地"标出"自己，包括风格特征和流派属性的标出，总像一个"过路人"似的，难以"安营扎寨"而"立身入史"。但同时，作为诗的内在品质，如此的"随缘就遇"，却也能保证一己真情实感的纯粹，具有原发性的个体生存体验与生命体验的素朴

质地，不至于无病呻吟，或屈就于主流形态的影响，也便常带有潜自传性的精神要素，使自己的写作与"他者"区别开来，以葆有自己的主体风致。

不过，若单从诗歌美学的角度去考量，就不免有些尴尬：一位真正专业的、重要而优秀的诗人的存在价值，最终体现在通过他的写作，能为这一门"诗的手艺"，多多少少提供一些新的东西以供他人借鉴与研习，并由此推动这门"手艺"的新的发展，这便是所谓"诗人中的诗人"。而且我也深知，诗人以及一切文学艺术家，对这个世界真正有价值的贡献，并不在于他们说出了些什么，而在于他们那些新奇而动人的说法，改变了人们对语言的认识，进而改变了人们对世界的认识——这种经由语言的改写而改写世界的进程，才是诗歌进程的终极意义——站在这样的"标准"面前自我忖度，我只能惭愧地认领：我只是一个业余诗人。

话说回来，"业余"也不是没有好处，有如"专业"也不是没有坏处。"业余"的好处在于你永远无须"端"起什么架子来作诗，且总是如履薄冰，如初恋般笃诚，也便每一次都能获得初恋般的感动，并自信这样的感动，也一定会感动别人。

"业余"的另一好处是你总是"在路上"，无"登堂入室"后的"名分"困扰，随遇而安，自得而适，于散淡心境中捡拾"偶得"而不着经营，也就不会不断地重复自己或重复别人，甚或还能时时"碰"上一些天成自然不乏"原生态"的佳构妙品，让你惊喜不已。

包括一些成名诗人在内的许多诗人，终其一生的写作，都难有代表作传世，成为只知其名而不知其诗的诗人，酿成一场说不清道不明的"美的误会"。而我的"业余"，好赖让我还拥有

诸如《上游的孩子》《看山》《淡季》《生命之旅》《睡莲》等这样一些早期代表作为诗界所认同。新世纪以来所写的《人质》《甘南印象》《祭母四章》等诗，以及实验组诗新作《天生丽质》，也得到广泛激赏，实在堪可告慰！

回头思量这些代表作的写作过程，竟都是与"苦心经营"无涉的"偶得"所获，不免让我对这样的"业余"心存感念了——在这里，"业余"已不再是一种退而求其次的姿态，而是一种重返自由呼吸的境界；如此境界里生成的诗歌写作，也不再是"诗学"的滞重累积，而是"诗心"的生动闪现。

作者简介 ┃ 沈奇，出生于1951年，陕西勉县人。中国作家协会会员、西安财经大学文学院教授、北京大学诗歌研究院首届研究员。1970年代开始诗歌写作和文学活动，1980年代起从事诗歌写作、诗学研究及诗歌教学，潜沉修远至今。著有《沈奇诗文选集》（七卷）、《沈奇诗选》《沈奇诗学文集》（三卷）及诗话集《无核之云》，随笔集《秋日之书》等19种，主编《现代小诗300首》、《九十年代台湾诗选》、《西方诗论精华》、《当代新诗话》（10卷）等9种。

桑克的诗

一个士兵的回忆
——献给我的父亲 Mr. LIKUN

1.

冬天的上午,我在凌源集市卖布。
一朵大红的纸花把我从一个旁观者
变成一个改朝换代战争大戏的群众演员。
我骑在我的毛驴上,我亲手织的土布
也已成为光荣的军需品。一个邋遢的
军官说,你会得到十倍于这些的洋布。
我没有注意围观者不怀好意的欢呼
只低头看见纸花边缘还未修饰的毛刺儿
还有我的毛驴,它示威似地发出滑稽的哭声。

2.

当时,我已经31岁,虽然和我一个
后来成为浪漫主义诗人的儿子相比还小了
两岁,但我来自于日常生活的经验
比他丰富,他的智慧和诡计大多来自于
荒唐的书本——让他碰壁的指南或手册。
我想活着,即使挨饿;我想回家,即使
除了土墙和一辆我自己制造的木轮车。
我的长子12岁,他已经是田野的主人;
我的第二任妻子21岁,她是家庭的灵魂。

3.

我回到了家中,我不认为我是一个
没有血性的逃兵。后来,我的四子向我

竖起大拇哥:爸爸,原来你就是海明威
笔下的英雄。我不知道他说什么,只知道
生命只有一次,它让我胆子小,不适合在
人群的黑暗中出没。当我重新开始我
日出而作的生活,当我忘记我深爱的毛驴
变成了哪一个可怜虫盘碟中的食物
一把刺刀把我重新拖入战争耀眼的旋涡。

4.

和红花的文明相比,刺刀仿佛野兽
但它坦率——这让我更早更明智地放弃
幻想的烧酒。所以没等到新兵营
我就开始设计逃跑的计划,这使我的
表情和那些十五六岁的后生看上去是那么
不同。长官没有让我去当伙夫,虽然
这个职位更适合我稳重的性格;也没有让我
当马夫,虽然我养育毛驴的技术是如此成熟
我只是悲伤的步兵,需要时献出自家的头颅。

5.

这一次摆脱战争是如此不顺,换句话说
我根本无法发现它的缝隙。而且我多次目睹
那些被抓回来的英雄的下场——在土坑里
等待活埋,这让我胆战心惊:在梦里,不是
被子弹击中,就是被黄沙覆盖在深邃的地层。
我还梦见了一只手,从土里伸出,喊着我
幼时的贱名。我读过私塾,我知道这是什么
地方——白狼河北音书断。白狼河,我童年的免费游泳池,今天它就是妖精煮唐僧的大锅!

6.

在梦想逃跑的日子里,我的旅行地图在山炮
嘶哑的伴奏声中变得模糊。我不知自己是在
什么
鬼地方,我的伙伴一到驻地,就找肉类食物
包括那些美丽的女人——他们这些坏蛋
因为不知明天的命运而抢夺暂时的愚蠢的
欢乐。
我拔出军用腰带上的旱烟袋,这是我勉强可以
找到的享受。偶尔还能放上点儿烟膏——
从罂粟中提炼这玩意儿,我可是内行,顺便
安慰一下越来越疼的肩膀,越来越远的家乡。

7.

看不见对面的敌人,看不见即将出现的尸体。
漫山遍野的军队,坦克、卡车和时代的喧嚣。
我握着步枪,心里嘀咕:今天我是否像
昨天一样幸运,躲过阎王——死神温柔的拥抱?
我也反复想过子弹穿过我的刹那,我是毫无
知觉
死去还是疼得一塌糊涂?最好是当时就死——
那些垂死挣扎的人用隔世的祝福请求我补上
一枪。
20年后,一起种菜的老罗讲起这著名的战役
我听着,他对面的枪中有我一支却始终没讲。

8.

夜晚来临,长官搜走褴褛的上衣和裤子。
为遏制逃兵指数的增长,他们已毫无顾忌地
使出让人嘲笑的吃奶的力量。我打着鼾声,
眼望露天里的星星,我没有奢望神的救助
也不指望自己能够长出什么翅膀,我只是等

待着
一个不经意间暴露出的机会,只要有一个哪怕
成功率很小的机会,我也会牢牢地抓住不放。
我在石头下藏了一身便装,它旁边就是一丛密
实的
高粱。我不会把枪拿走,那会激怒暴力的毒肠。

9.

翻山越岭,榛丛草莽,回故乡之路
多么的甜蜜,我咀嚼自己骄傲的心灵。
回头看去,战争的阴影被我甩到爪哇国的
边疆。但我不敢掉以轻心,危险随时都会现出
它狰狞的面孔,张牙舞爪,让人防不胜防。
游击队的要求当然不算过分,保卫你我的家嘛。
但我还是客气地回绝了:我更适合做个农夫
安静地守着几亩薄田,几间破烂的草房
研究种花的手艺,就够我消耗一生的才华。

今天

今天我非常开心地喝了一壶咖啡,
明天我将会喝另外一壶。我知道我的B级表现
实在算不上什么,但我仍旧积极表现着
生的意志——它是不应该受到歧视的,不应该
受到
任何一个穿着长袍的人的歧视。而且我还会继
续看电影,
《饥饿站台》或者《雪国列车》,以前看过的,
而且我还要发布声明,我绝对不是要反对什么
或者抗议什么,
我只想说后天我仍旧会看一部电影或者喝一壶
刚刚磨出来的咖啡。我可以选择不说话,但是
不能
让我不经选择就不说话。我搜索着一个女演员

的生辰与星座，

幻想着和她陷入一场并不存在的友谊，我迷恋

她唱的某首歌，但对她借助人物之口说出的台
　　词表示不满意。

我不会羡慕她懂得呼吸的肌肤，也不会羡慕纪
　　录片里

一闪而过的她与我同框的一个瞬间，如同咖啡
　　壶吱地一声

提醒我的神圣时刻。我对戏剧舞台的仪式感缺
　　少了解，

但我对从风中吹过来的语调极度敏感，我会开
　　心地

接受这个又软又甜的礼物，也会接受伴随它的
　　极其苛刻的要求。

我不会说服它关于黑夜的长度或者关于黑夜的
　　尺度，

我也不会告诉它自动咖啡机对于手艺的真正
　　认识

究竟是什么，死亡又是什么。不论中止还是
　　转换，

我都会非常开心地接受，一壶新茶或者一碗新
　　制的浓汤，

甚至一杯让我的血液或者肌肤全都过敏的
　　红酒。

我不会因为自己的生活而觉得丢脸，也不会为
　　了一个特殊的

或者无比特殊的境遇而改变自己的生活。

历史

现在，就可以写史。

不必等到明年。现在，就可以写写

时而神圣时而卑贱的历史。

复杂意味修订，而简单意味

远见卓识，如窗外之雨，

大小似可预测，然而有谁敢说：

我测得不差毫厘？

那就写吧。写去年史。

写前年史。写昨天，写每一个下雨的时日。

何论流血的时日，何论世纪之初

那每一次内心的起义。

颠覆，政变，阴谋，街谈巷议……

无穷无尽的猜测仿佛无垠的长夜，

让我惊异，让我突然张口结舌。

不指望一个人描述全部。

不指望一代人描述一块岩石。

铅笔描画的奴隶，请钢笔继续。

钢笔删改的铁面，请毛笔重临。

蜡笔也能轻录肖像的一根灰白胡须。

它直接披露神经之中的闪电，

辩解赤裸，义不容辞。

仅仅为未来准备蛛丝马迹。

一个小心的报纸措辞，足以显示一颗

渺小的良心，一个不起眼的乱码就是松动的
　　螺丝。

不需要追认，也无需当时奖励。

仅仅是放言：我们的恐惧比你们想的

小了那么一点。正是这个小点，

使我们令未来怀念。

老同行

我每天都能看见

老同行。老杜甫或者老西渡，

或者更老的张爱玲。

在镜子里,我还看见过博尔赫斯的
一个分身。
她提着篮子,
里面装着各种各样的书。
大多数是小说,还有一本医学院教材,
风翻开的那页显示的好像是
黑白色的手术插图。
鱼贩子有一张
老褚的脸,而滑板少年
张着兰波典型的O。市场街的
大土豆正是卡文纳从黏土里
捡出来的那颗。
夜深人静的时候,
他们全都住在我的肚子里或者
脑子里,挨个发言如同处身
作品研讨会。他们为一个形容词
争到天明。
每天都这么热闹,
甚至喧嚣。我逼迫自己
更冷静,更严厉地管理我的
大嘴巴。不读书就别说话——
老陶边翻白眼
边喝威士忌,
门口的大柳树枝繁叶茂。
正常人全都变成了蛇精病,而蛇精
另有任用。谁也不知道她
最新的写作计划是啥。

又来了

来过。
秋天或者夏天。似曾相识的
一样黑但是并非
同一个。

咕咕不同意。
就是同一个黑。黑羽毛,
黑瞳仁面积求解,黑楠木和黑铁丝
合作的笼子。

听录音也是
同样的粗糙回声。
静街。每一张偶然脸均已通过
审查净化。

心田里长的草
全是枯草而非绿草。
粗毛,坚硬的纤维层外化成
外穿的裤衩。

统计过咒语
不下数万或者数亿。
与晚星对应,牵牛星
对应牛郎。

而其他星
大概率擅长隐形或者推托。
不不是我干的。竹简跑过来,
脸色铁青。

查词典

每个词
都有一个隐含的词义,
在公开义项之外。
比如和平。

在丛林里,

并不是只有鸟叫声。
有时忽然刮来一阵风,你会认为
有什么东西来了。

你站住,
迎着来风的方向。
绿植摇动如同水波,好像某种隐形物
经过你然后远遁。

词义的风
从书面机关的各个角落
涌出来。你通过溅起的烟尘,
推断出它的位置。
黑洞引力值
是多少? 此词之含义
是不是给你量身定做的美丽坑?
你犹豫不决。

你说话热烈。

就是为了用更多的闲谈掩护
一个不肯说出来的词。
比如战争。

淡紫色的炮弹皮,
在阳光里泛着奇怪的光泽。
在光泽和词典封面之间,正是花边
强调的离别。

作者简介 | 桑克,诗人、译者、批评家。1967 年出生于黑龙江省 8511 农场,1989 年毕业于北京师范大学中文系,现居哈尔滨。著有诗集《桑克的诗》《桑克诗歌》《桑克诗选》《转台游戏》《冬天的早班飞机》《拖拉机帝国》《拉砂路》《冷门》《朴素的低音号》等,译诗集《菲利普·拉金诗选》《学术涂鸦》《谢谢你,雾》《第一册沃罗涅什笔记》等,曾获刘丽安诗歌奖、《人民文学》诗歌奖、《中国诗人》奖、东荡子诗歌奖等,作品被译为英、法、西、日、希、斯、孟、波等多种文字,入选百余种诗歌年鉴、诗歌选集等。

桑克作品的杂糅风格

· 刘 翔 ·

杂糅风格显然是桑克诗歌风格的重要方面，他不断地改变着自己、开放着自己。他九十年代的大多数诗，显示了他的极好的胃口，它不错过任何一种可能。有时，各种意图的复杂呈现为一种冲突，并导致了含混和晦涩。但晦涩和明朗在他看来是相伴而行的，在复杂的叙事式诗中，也有它的明朗，而在看似单纯的抒情式诗中，也会有各种复合和含混。在《为晦涩辩护》中，桑克作了自己的表达：

我是晦涩的，你是我的
明朗。我是晦涩的，你是
我的秘密的心脏。
我有意在你外套之上制造
迷雾。我是晦涩的镜子。
你是我的。你是我的明朗的
迷雾。我拒不交代你的通道。
你的皮鞭你的刀。
我低头，仿佛刚熟的水稻。

这种杂糅风格体现在很多方面。比如2000年创作的《一个士兵的回忆》是多重自我的复合。自我和第三人称中的自我一起出现。表面是一个老去的逃兵在述说往事，而背后是一个知识分子式的叙事者在复述并在复述中暗自增加故事的含义。女诗人沈睿在《一个士兵，知识分子和政治：对桑克的诗〈一个士兵的回忆〉的

误读》一文中对这首诗进行了深度的解读。桑克把它献给自己的父亲，所以也可以说是两代人的对话，桑克企图进入上一代的经验中，但同时，也阐明了一种他本人所持有的和平主义的主题。写于1998年的《一位中国哲学家的晚年画像》也是同一种努力，但在语言上更加大胆，它杂糅了自我和他人、方言和官话、世俗与高雅等各种元素：

时代的皮箱
四角方方，里装猜测
的欢乐。俺的注意力顶多
七秒钟，只够转换
频道。牛仔骑士：
柳条儿千支，比不上
冰镇啤酒一口

再比如他写过如《仿马克·斯特兰德》《致保罗·策兰》，但在《中国文学人物志》，则又赞美杜甫、李白、屈原、温庭筠、黄庭坚、鲁迅、朱湘、李宝嘉等。甚至在同一首诗里，中西背景交错出现。《霓虹》(1998)中堂·吉诃德走进了一个中国当代的办公室。在《早春》(2003)中，自然与乡村的情景中出现了电脑术语（"友人在电话里，在显示器中/而爱，在记忆的回收站里/我不复原，也不清空，让它睡吧。"）《歌剧院幽灵与圣女贞德》(1998)一诗，把圣迹糅入于世俗场景和民间曲调中加以运用。在桑克那里，叙事、抒

情、日常对话、心理活动和腹议都和平地出现在诗中。一个人的日常生活其实就是一种意识和潜意识的流动,人的思想的流动性注定让人不能固守于现在时。一个"此在"中的人本身是一个复合体,杂糅了各种元素,在时间的绵延中,一切聚合在一起。而一个诗人,在桑克看来,应该能够在诗中消化这些东西。

桑克曾经自称是一个浪漫主义者,但他最喜欢的却是现实主义的诗人杜甫和奥登(当然现实主义与浪漫主义的两分法有时在面对具体的诗歌时是那么无力、那么苍白)。中国与外国、城市与乡村、古典与现代、抒情与叙事、和平与济世、口语与书面语、日常生活与人类记忆、自我与他者、世俗与圣境、知识分子的癖好与普通人的常识、中年的暧昧和童年的透明、诗性的自发性与技术主义追求、北方性情与对南方隐逸生活的向往都杂糅在桑克的作品中,他穿行在一大堆材料之间,他吞吃它们,他在其中保持平衡。是的,这是一个走钢丝的艺人:

> 走钢丝艺人
>
> 在旅途中,我曾得到过
> 他们热心的帮助,模仿或学习
> 关于把握平衡的手艺
> 金鸡独立,更多的是走钢丝

"我是一头为正义献身的猪"——桑克曾经这样写过。桑克的自我是一个复杂体,各种东西杂糅在一起。但在我眼里,桑克首先是作为一个知识分子的形象显现的,他在世界文化的大洋中徜徉着,把世界文化当作自己的家乡。他说:"我觉得一个人,尤其一个当代人,不管是不是中国人,应该享受当代所有文化的精粹,比如非洲的音乐,或者阿拉伯当代诗歌。我们为

什么要限制自己呢? 一个人面临着全世界的文化遗产——这是我们真正的起点,剩下的工作就是我们怎样写出自己的贡献了……我喜欢小提琴,打击乐器,古琴,单簧管,京胡……听这些东西,我难过,我高兴,我舒服,尤其小提琴,一根根的弦都是我的肠子。喜欢巴赫,老柴,马勒,莫扎特……尤其老柴,生命是苦中作乐。其他艺术形式,当然感兴趣,油画,建筑,装置,行为,视象,版画,书法,电影,戏剧,戏曲(京昆)……如果有机会,或者有时间,我就唱戏写字去。"请看他2003年的诗《书架上的阴影……》:

> 书架上的阴影。《牛津史》脸色墨绿。
> 我与庞德交谈。当然,用英语。他比我倔。
> 一小块光斑落在《杜宾的生活》。
> 我以为是只苍蝇。我挥手,它稳如孤山。
> 我循着光线,来到窗台,来到玻璃的中央。
> 哦,去冬的雪痕。
> 我扫视宗教栏,猜它后面隐藏的新月。
> 这些个故人,舍勒,或薇依,午夜出来发言。
> 寂寞一日的陋室忽然喧嚣起来。
> 我说,安静。还是要安静,不仅是心。
> ——我从盹中醒来,阴翳移至纸箱:
> 黑暗揽着那些刀字,蝌蚪字,布莱克插图,
> 还有伤心酒鬼令狐冲。
> 我望着,想起自己的身世,大放悲声。

一个典型的世界主义者,在书籍中生活,他的访谈《最后一个浪漫主义者》不无疏漏地谈了他的学习和阅读经历,应该说在当代诗人中这样的阅读量是罕见的。他的心灵被世界上的思想巨擘吸引,但又向往江南的隐逸,感怀中国古代盖世英雄的寂寞。一个穿洋装的嵇康,一个拿着檀木盒子的布莱克:

在凌晨，我不曾梦想一个汉字。一只檀木盒子

内设一座埃及式宫殿。一个和银河系类似的

星系：在与贝塔星系交往的U形航道里，蝴蝶

般穿梭着，罗密欧与朱丽叶。莎士比亚酷肖

一个充满诡计的韩国统帅，颈围的绸线被槭叶

浸染。我崇敬的红色。一部本院字典

被一位黑衣外乡人握在手中。他："我的常识美人

我掌握着呼吸的窍门儿，信和邪恶，在某一页。"

　　　　　　　　——《山寺桃花》

这也是一个中年男人的肖像，他豪放又敏感，具有人生经验而又面目暧昧。他向外展开，又专注于自我审视：

假如仔细辨认，他的脸上
流露的竟是一种深思熟虑的轻浮
仿佛转贴的精心炮制的
色情读物，如果没有足够的聪明
很难从这堆丰美的垃圾中找到
乐趣以及那一颗别有用心

如果向他提问，你喜欢过什么日子？他会说
旅行，读书（其实仍是印刷品上的旅行）
做梦（这是唯一可以蔑视法律和道德的旅行）

可能还有别的，一时想不出（从来都留有余地，他认为这是他最值得别人学习的严谨
而别人轻轻哼着鼻子：不入流的老滑头）

　　　　　　——《一个中年男子的肖像》

关于他自己的诗歌风格与个人性情，桑克自己有很好的说明，他说："完整性是我的一个美学原则。我的艺术观，大致在古典、浪漫、现代之间。古典结构，浪漫气质，现代语言。其他的东西，目前还没有。"他又说："我是深知节制和节约的人。古典在我是很重要的，以前主要体现在整体结构、语言的均衡上面。现在主题和功能方面也有涉及。但同时要注意古典的陷阱。每一种东西，极端处都有可疑的东西在。……我个人倾向于安静的东西。但对激烈（特殊）有一定的向往。……我是个内里安静，而把动看成保护的人。存在复杂性。是一个安静的复杂性。我们这个年纪，想单纯并不是可能的事，虚拟的单纯是可能的，真实的，则不是真相。"

桑克在他的内容丰富的访谈中，对诗人的素质提出了近乎不可能的要求（但他却把它们称为"基本素质"）：

A．感受能力。B．语言能力（掌握甚至是丰富写作技术）。诗歌写作某种角度上不仅是语言的炼金术，还是语言的竞技体操，存在难度系数。因而诗歌写作是写作中的写作，每个从业者必须近似于一个造诣深湛的语言学家（包括文字学家、音韵学家，精通外语和各种方言的饱学之士）。C．外语（隶属于广义的语言能力）。尽可能多地掌握母语之外的语言。D．全面的知识基础。宗教、哲学、历史、考古、地

理、文字、心理、医学、计算机、天文、物理、艺术（音乐、美术、建筑）、植物、动物、社会学、经济学以及电影等。凡是有名目无名目的知识，你至少都该知道一些。E．智慧。从机智、多思始。F．禁忌。G．交流。

我不知道这对其他诗人是否有借鉴作用，但我相信这反映了桑克的诗歌雄心。无论别人是否认可，他自己是要向这一切努力迈进的，他努力要使自己尽情畅饮人类的知识之泉，尽量穷尽诗艺的一切的可能性，并在自我的感性和理性中发现诗歌的新的价值、新的意义甚至新的形式。所以，在我看来，桑克有点不合时宜，因为，他几乎是一个文艺复兴时代和启蒙时代的人物。也许正是因为这种不合时宜，才显示出桑克的可贵。

作者简介｜刘翔，诗人、诗评家。现任教于浙江大学国际文化系，有《那些日子的颜色》《从月亮到故乡》等著作。曾获刘丽安诗歌奖（2001）、江南诗歌奖（2019）。

帕瓦龙的诗

自拍

我开始空下来，当同所有的无所适从

拱手作揖后

天又暗下来，古老的法则

每一夜的简单重复，黑色羽翼包围之下

审视自己的神态

就像聆听一只蝙蝠的警世预言

我一直说不清

我来到世界与之相应的复杂关系

生命看似漫长，其实沧海一粟

看看南宋一晃离开杭州七百多年了

雪花款款走过

有多少人记得埋葬一个帝国的悲凉？

所有的梦都会在清晨醒来

那些通体红色的台词只适合戏文演出

我的本意，并非缄默

或者做一只不食人间烟火的灰鹤

我只告诫自己

自拍时可以不看镜头，说自己的话

夜鹭

1

写下"夜鹭"两字，天色已然入夜

靛青色的冠羽、青灰色的翅膀

月光下若隐若现，白昼血红的眼睛

因阳光遁迹黑暗而变得凝重、深邃

四月的星空，在樱花的气息里

更加苍茫。作为这个城市的夏候鸟，它们毫无
　　理由

继承了爱克哈特神秘主义的哲学衣钵

每年悄然地来、默然地走。从来没有人

说得清楚它们到底从何处而来，又回哪里去

它们就像一群从存在主义大师萨特著作里

出逃的注释，深奥、神秘

在嘈杂纷扰的世界里，用自己看似

并不强壮的身体，坦然抗击颓唐的钟声

贪婪的口欲和日趋恶化的环境

感谢白乐天、苏东坡曾经在此白日依山

大运河、西湖山水依然如唐诗宋词灵魂附体

无数的夜鹭、白鹭、池鹭和绿鹭……

把这里当成它们真正的家

2

读一本《自然的历史》，会感到我吐露的爱

是多么徒劳。许多鸟类

在凶残的火枪下早已灭绝，那些憨厚

纯真的眼睛，像低垂的经幡道不尽的哀怨

在一页页轻薄的纸里低声啜泣

凭借庞大的种群，野草般顽强的生命力

夜鹭繁衍的本事，犹如人类

迷恋青花瓷一般执著，生命密码

一代一代遗传至今

在茅家埠一排排笔直葱郁的水杉树上

它们安然地隐匿湖光山色

即使在雷雨交加的五月,酷暑难熬的八月

从不奢望过多的同情和施舍

3

你以为上帝看到了我吗? 贝克特的经典

在于悟透了生死。小时候

我总认为每个人都会死,而自己却不会

后来看到无边无际的海

消逝不见的船,清明燃烧的锡箔和烛香

才明白死,从来就在梦里

酣然睡着。死不爱说话,独自赶路

终究会有走到尽头的一天。我体会酒精

穿越咽喉的烧灼,一支烟的工夫,倾听一生

结束的虚无、空旷的林子不见白裙少女

只剩下云端婉转的云雀

哦,一只夜鹭后悔来到这个世界吗?

深夜,我不止一次

仔细过滤飞过武林门上空的鹭叫之声

像潜行的修行者,我找不到证据

证明活着同前世今生

有多少关系

4

夜鹭得名,源自习惯于夜行

这一习性如今已大为改变,进化论的观点

从它犀利、冷峻的目光里就能领略

它不算俊鸟,列不入珍稀

也没有白鹭婀娜、优雅和妩媚

只能凭一身匀称的灰调、白色带状的饰羽

机智的个性,混迹于

丛林法则森严的江湖。它不隐瞒

野心和该博取的生存位置

在兰溪野狐山庄,我看到

它同众多的白鹭、牛背鹭、池鹭和少数苍鹭

混群于一片树林产卵筑巢

为了生存,它不在乎邻里之间

时而恶语相向和大打出手

它拥抱生活的最大激情,来源于

一定要把自己族群的种子

无限止地繁殖下去

5

生命,从来就有可能迸发无限的能量

四月的西湖,烟雨苍翠

夜鹭在三潭印月、湖心亭和阮公墩之间

来回穿梭,突然俯冲水面

尖利的喙轻轻一啄,一条鳞光闪烁的鱼

扑腾着被叼上天空

有时,它似一尊雕塑站在三潭印月的塔尖

久久凝视湖面,像电影里随时

一剑封喉的狙击手

它飞行的速度不算太快

扇舞翅膀的节奏,让我十分羡慕

它空中闲庭散步的样子

我喜欢悠闲的生活、懒散的时光

喜欢一切没有束缚的东西

在失落和逃避的日子里,我盼望

某个漆黑的夜晚

我的脊背长出一对夜鹭的翅膀

6

一只夜鹭对着另一只夜鹭

不停口哨、唱歌

我知道,这意味又到了最精彩的恋爱季节

秧苗苗壮,河塘鱼肥

鹭鸟换上了一年里最美的繁殖羽

互相争斗、调情,丰富的肢体语言

使我觉得我描述的技能

口拙舌笨。经历一次次考验
表达一次次忠诚,雄性夜鹭
叼着树枝终将赢得雌鸟的芳心。接着
是两颈相绕、喙对喙亲昵,一次次
激情四溢的交尾、筑巢产卵、育雏……
直到秋意渐浓,荷花凋落、杏叶泛黄
迁徙的日子又一次来临

7

四月,我写下无数首诗的四月
像亲历一次采访自己
我已然老去的岁月,不停丛生的白发
愈来愈模糊的目光
唉!拿什么告诉自己拥有过什么?
在舟山五峙山列岛、象山韭山列岛、洞头鸟岛
贴着疯狂的海浪,用镜头我把燕鸥、鹭鸟
定格成一幅幅难忘的记忆。像又一次
回到曾经生活三十年的庆春门外
一只忧郁的夜鹭,穿过
路灯灰暗而狭窄的弄堂,等候
最心动的初恋降临
多年来,我在体内营造一个小小的故乡
想象我的根,一直和过去的风、阳光、散淡的云
在那里徘徊,我脆弱的灵魂
选择一个雪夜,一身素裹
带着我的诗集
悄无声息地回到那里

8

我收拢的目光回到桌上
再一次听见夜鹭划破夜空,传来
蚕丝般颤动的啼鸣。一种飘浮之感
像无数词语敲打深夜之门
真实的、虚无的一张张脸,似不安的月光

似艾略特的一声长叹——
四月是最残忍的月份
混入泥土的丁香、回忆和欲望
一度迎风悲凉。荒原
一个难以言说的意象,像一把火
融化了我十八岁的骨头
如今,我依然活得一如既往的独立
在乎诗意、柔情和爱坐在一起
聊天、饮酒和喝茶。尘世的日子终将
挥手离去,所以慈悲为怀
像活得彻底的弘一法师
一只低调的夜鹭,活着时两眼澄明
走了就了无牵挂

一只灰鹤羞于诉说它的不安

我再次被拒绝,一只灰鹤
羞于诉说它的不安。升金湖的芦苇
在雪坠落之前,已经低下更低的头
此刻,雾霾行走的天空将灰色的羽翼
掩饰成一幅虚无的山水
唯有几声清亮的啼鸣,像惆怅的曲调
跌落在地平线的尽头
曾经的升金湖有许多灰鹤、白鹤、鸿雁
豆雁和数不清的各种鹬鸟
当村落被掏空、湿地极速消亡
鸟类无端地一个个消失不见
升金湖宛若一个愈来愈沉默的老人
心中流淌悲凉而贫瘠的泪光
我的心分外地寂寞,我握相机的手
由衷感到镜头的虚空
竟有一种难以言说的沉重
初冬,茫然四顾的风包围着我
一只灰鹤羞于诉说它的不安

斑鸠

落尽树叶的枯枝上
一对珠颈斑鸠
深情相拥，它们嘴喙相吻
踩背交尾……
朴素、真挚的场景
在我脑中萦回
与喧闹的人类相比
鸟活着的样子
时常比人来得潇洒好看
它们"咕咕"的叫声
在凛冽的早春
令人感动

夜行的夜鹭

残茶未凉，枯灯未熄
想到夜行中
飞过武林门上空的夜鹭，还有一声声
划破夜空的清亮啼鸣
我的心
便生出一种莫名的感动
二十年了，从来到
桃花河畔的武林门那一天
这种秘密的体验
便融进了我的生命和文字
它复活了我儿时的记忆
也教会了我——
岁月可以苍老
面对生活依然一往情深

武林门的乌鸫

武林门的乌鸫相比于庆春门外的乌鸫
没有显出特别的不同
它们一样一袭黑袍，像一个个中世纪的修女
同样喜欢用黄色而尖利的嘴喙觅食
并在天色阴沉的下午唱一首忧伤的歌
它们同属一个祖先
为了种群繁衍，不得已
在城市各区域寻找各自的生存空间
鸟界，并不太平，许多外来移民
为了一张城市绿卡
行贿公安收买城管的事时有发生
在小区的绿化带、垃圾桶旁
为了争抢人类的残羹剩饭大打出手
完全没有平时的优雅和温和
我非常熟悉一只独眼的乌鸫
三年了，我经常看到
它在武林门最大的一棵梧桐树上筑巢
它的妻子是一只两翅和尾羽略呈褐色的雌鸟
它们共同哺育出几十个子女
称得上是武林门一带的名门望族
独眼乌鸫是一只有故事和领袖气质的鸟
它清亮的啼鸣似一把长弓拉出的弦音
短促、深厚而不乏婉转，在它的召唤下
乌鸫或集群战斗，或一块儿唱歌
或在西湖的支流桃花河里喝水、洗澡
除此以外，乌鸫平均十来年的寿命里还忙些
　　什么？
于我仍是一个十分神秘的世界
看到独眼乌鸫在夕阳逆光下唱歌的样子
和月光里默然悚立的神态
我不止一次地想与它来一场推心置腹的交谈
初夏，一个寡淡的季节

多雨、湿热、蚊蝇肆虐,连着江南缠绵的梅雨
武林门的乌鸦依然没有显出特别的不同
它们像人类一样古老,却低调地
活在世界边缘,它们用温存的歌声
取悦同类,用灵动的舞姿
在这个浮夸有余的世界里虚度一生的光阴

心中的雪

必须大雪之夜,空旷的世界
寂静的只有落在雪地上的爪印
宣告你的存在
像一名天外来客,被极寒的冷
驱使到我的内心,我们在东北之北
零下二十度的无垠雪原相见
你睥睨的神态,让我相信
什么叫傲世子立?
我惭愧我低头活在人世的样子
每每你在我心中闪现
我就想
为什么犬儒姿态竟习以为常?

夜读《夜航船》

夜深人静,星辰寥落
偶有夜鹭啼鸣如泣如诉
像年少时的庆春门外听到遥远的钱塘江上
突突突低沉的小火轮
读三百三十多年前的张岱
需要一点心情,喝一口酒,焚一缕香
在早春的气息里掸去纷乱的世事
可以吃喝玩乐,风花雪月
也可以写下湖心亭看雪和陶庵梦忆
却难掩江山倾圮,内心悲凉和痛楚
晚年隐居会稽山老林
短檐危壁、破床碎几、折鼎病琴和残书数帙
笔墨炼金,终成一部
天下学问,惟夜航船中最难对付的奇书

作者简介 | 帕瓦龙,本名俞建勤,杭州人,祖籍宁波。出生于 1962 年 7 月。高级编辑、诗人、摄影家,中国作家协会会员、中国摄影家协会会员,上世纪八十年代初开始诗歌创作,九十年代初开始摄影创作。出版个人诗集《站在远处看自己》《大门朝西》《穿过锁孔的风》《夜鹭》等。2018 年 5 月,应邀参加古巴哈瓦那国际诗歌节。

厄土的诗

行驶

你不断踩踏黄昏的油门,快得
像要甩掉曾经的我们
树木奔跑起来,发着绿
去拯救被抛在后面的风景

许久,我们都不说话
该从哪里开始呢?
一旦记忆的车窗松开一丝缝隙
被隔绝的日子就在耳侧咆哮

你专注于分辨眼前的道路,调整
逐渐模糊的方向,躲避昨日布下的路障。
我也一样。命运,我的和你的,
此刻漂移在同一座孤岛上。

如果,我微微侧身,调整呼吸
是否会让一切失去平衡,偏离
正确的轨道?哦,不存在急停的可能
生活在它的手册上,已经写满了安全的

禁止事项。或许,试探已久的重逢
也是一次不可撤销的操作失误?
就像太阳和这座星球的另一面
而我们需要逃离将临的黑暗。

记忆的岔路口,街道开始变得黯淡

停下吧。缓慢地,吐出几乎窒息的词语
晚雾里的路灯亮起来,闪烁,
像含混的礼物,像我们,像每一个路人。

"恰恰阿姨"

又将深秋,旧公园规律的脚步
又将被一场场意外的落叶惊扰。
熟悉又重复的停驻,每一次
都像从前,而从前是多久之前?

时而翻起,时而飘落
多么像你褪色的棕头发,在水槽旁
用力捣洗一柄同样泛黄的旧拖把。
你说过上海冬天的自来水冷得像火,
而旧灶头半自动的火星锋利如冰

时而挪前,时而退回
多么像你,总是隐现在
落叶广场的黄昏舞步里。
你说围兜下的红裙子为傍晚的恰恰而备
而快三像"你们年轻人清晨的街头步伐"。

这么多年。我们总是偶尔相遇,
像熟识多年的老邻居。每一次
都像从前,而从前是多久之前?
我消逝在公园薄暮里的老邻居
不知名姓的,"恰恰阿姨"。

我奇怪的肺,忽然充满了过去的味道
它在沉缓的晃行中细嗅不存在的油烟:
在这公园最熟悉的细节里的相遇
那条模糊的红裙从未停歇的舞步。

对饮

悬起倾空的酒杯,把世界的深渊
移向自己的深渊。我们对饮虚空
黑暗的肚腹已逐渐满盈,
这内向的

宇宙。酿造火,和肉身的火
时间在惊惧中劳作,用灰烬堆埋我们
颌骨倒悬的丘陵:那些午后丛生的阴影

并非我们所图画,它图画着我们。
头顶无垠的云幕淤陷词语的群星,
它们开始在暗夜里腐坏。除非我们开口

对饮这火,对饮这活生生的光

昨日之树

谁能将昨天原本地展示出来? 能把自然界
所有无用的景物都扔到外面的
旷野? 只有我们的目光往后退,往后退
——那里升起一棵纯粹的树,在今天
丰饶的腐土里:观看的玫瑰败落
它的根系在我们体内。而且所有的事物
都是它的睡眠:
没有光线从它封闭的树冠中反射,那些枝桠
令人感觉如此之深,这一株令人敬畏的

树:我的神,艰难旅途中的天使辣法厄尔,你
永远的信使。是否得到了新的事物,新的
阴影? 它们水杉般悬起来的树干笔直如失去的
　埃及
在暗的介质里衬出你的轮廓,触及我的感觉
在某些形而上的位置,世界迅速保持
转变,如同云的形状,所有完美的事物
缺少称颂和赞美的,都显得孤独
而在更高处,在我赞美的王国,昨日长于百年
昨日之后的三年只是炎夏里
的一阵风、一阵云烟
但是如果那无尽的叶片
指向死亡的一个象征,指向凌乱的叶序
——多么不可理喻的遥远
是否你会说:
瞧! 果实的花环,眼前的一切将会变得
真实……领会这形象?

他在怎样地离我远去

能把死者混合到所见的一切里去
如同牺牲者一样能被轻易地挑选出来
他的每句话都超越了他说话的时刻
——他是怎样得必须消失,而我必须领会!
虽然领会之物已经足够沉重,我再也无法
搬动它们……但是,洞悉的瞬间
几乎不会等待一个人赞美的呼吸
如果有人跌进甜蜜的深渊,深深地
与被领悟之物共眠——他将怎样愉悦、猝不及
　防地
侧身迈步而过?或许他会留在那儿
与那些新近皈依的盛开者无异。可是
谁又注意到了转瞬即至的败落,万物开始和结
　束时

巨大的空虚?
啊……不可思议的……我得赶紧,我必须赶紧。

暗云

暗云在远处筑巢,我们站在
镜子上,一动不动,像别的鸟
从枝桠到枝桠,要穿越
两座城堡,和你柔软的腹部
我熟悉入口的纹理,周围
是纯色而轻浮的阴影
当屏息的鸟儿回到巢穴,它们
会更明亮,披上一圈红晕
像是你盛开的倒影,轻轻抚过
的云层,和趴在窗口呻吟的
风。那玻璃壳里的善男子
飘起来,光滑、顺从

告别

沉默之后,照例会有的声响
薄得像一张纸,你听不到
挑最高的桌子坐下,喝
最便宜的饮料,加少许冰
我们生活了很久,在这
不变的空气里,四周有树
而世界遵守着它的命运
悠长、安静,亮了又暗了
你逐渐省略了边缘的音节
它们无望地穿过针尾
那些光,开始细碎如星
我们的心曾经柔软,而现在
我几乎要走了。外面变了
我的背后,是掉漆的窗台

我沿着楼梯走下去,树叶
沿着它,悄无声息地上来。

清明

四野沉寂如同夜空,孤云游荡
吞吐散乱的风,和沉着的岩砾。
如幔的松林上,一抹微月逃逸。
拒绝藏匿的光,照耀着一切
除了你——我们分别了很久
中间是青草,泥土和白昼
只有夜晚,我们才靠近、致意
而黑暗是无法泅渡的河流。
除非时间静止,年岁清冽如旧
如不识风浪的平底舟,漂移在
清晨湿重的叶簇上。你睡去
如同现在,复又会过往般醒来
那些缺乏明确目的的花朵,
在仪式之外,在平淡的日子里
凋谢了又盛开,你曾照顾着它们。
然而如今,飞鸟的旋影已消散,
坠入进了远处暗淡的山岗里。
我站在记忆边缘,遗忘了行走
那棵幼小的圆柏树,颤动着
它所有纤敏的根须和叶子
——仿佛重逢。在寂静最深处
此刻,在它们新生的细鳞之下
一如在我沉默的心脏里,已经
注满了昨日飘摇的雨水。

肇嘉浜路

六十三米,三等分。我一次次横穿而过
两节平整的混凝土,肌底黝黑

中间虚弱而谦逊的草坪,像鱼骨纹
偶尔,正午在这里散发稀薄的尿骚臭——
低头行走的狗步履迟疑,它们停下
刨出生活的真相,而后抬腿、倾注浓烈的哀伤
最终仓惶地奔回来处。像一朵积雨云
——来自三十公里外的近海,不愿奔赴遥远的
内陆。在午后的炎日中匆匆地交付自己
给恐惧的休止符、道路不偏不倚的中央
这是我们知道但难以说出其所在的地方
路北是舶来的遗孤,树叶遮覆着树叶
群鸟在浓荫中窒息,在缺氧里冥想
路南是私生的弃子,房舍冲撞着房舍
群鸟在杂乱的屋檐下觅食,用坚硬的喙
梳理多杈的羽毛和曲折的肚肠
现在,一阵尴尬的雨落在了一条尴尬的路上
就像路基上的薄苔,虫子被啄食后的淡痕
它们分开了一只鸟的晨昏,分开了一群鸟
共享的苦涩。穿行而过的人们挥霍这一切

不寐

他们坐在黑暗与死影里——咏107:10
枯形寄空木。——陶渊明
无根蒂敲毁铜门,陌上尘击碎门闩
饮宴的、送别的人群都已散去
往深山里砍伐宽过双肩的树木
肉身壮硕的人口渴而又腹饥
我们活着,挑选、砍伐、挖凿
陷入劳作的诅咒,种植又收获
何其茂盛,双眼无法闭拢于其中的阴影
我们观看一场梦,观看自己在梦中缺席
观看一棵树的秀而不实,观看我们成为
树的木质部。一切有气息的请赞美!

雨夜

它们就这么落下,不停地
说话。嘈杂,听不清楚
它们的词语都滑向低洼处
它们逼迫我,拉开灯的锁链
明亮的身体,湿润的身体
皮肤的叠影里密布六种白
我散漫的手指,抚过云层

雨中

高楼被大雨拍打散了形。
数年后,数千里之外的雨中,
我只能在水雾里擦拭
他模糊的形象。

镜片整洁,轮廓顺从
像清晨措辞得体的商务邮件。
他曾经总是矮于工作和生活
在冗余的礼节里,频频弯腰。

他是遗忘空地上徘徊的
某把钥匙。我们偶遇
在数秒钟的失语症里打开过去
寒暄比雨声,更低沉、更稀疏。

作别时的我们,比数年前都更矮些
——弯腰躲避路旁因雨水而负重的枝叶。
偶遇的雨季总有它的尽头,
而生活弥漫在我们的尽头。

失眠

他躬身,双肘撑起泛白的窗台
像俯瞰的教宗。黑暗攒动,等待一场降福
一夜两次,从鼻息匀称的缺席中醒来
对视微亮的事物——意义的天花板
偶尔,会被窗外无声的梦话拖拽
翻身下床,拉开一半的窗帘。
他和时间共枕,恐惧于相爱的感官,一种
纯粹的匮乏。甚至,都不敢在梦中说一句话
被触碰的每一秒,都会分娩无数的自身
黧黑的头顶轻轻晃动,夜晚无边。
他想祈求一些光,一些说话的理由,
然而,更沉重的力量似乎要消逝了。
他沉沉睡去,像躺在黑暗里的
一把提琴,等待一双犹疑的手掌,弹响。

冬末,结束一场旅行

一

向南更冷。强忍的光勒紧远山,几乎
要把根扎进冻土里。旅人才是
宇宙此刻的中心? 当天空从远处旋回,
他向车窗的倒影乞灵,呼吸出另一个静止的
邻居。停顿以精确的分秒,整理
短暂相逢的城市、道路和人,在预定的次序里
他起身,挤压季节滞留的寒冷
记忆坚硬的行囊,是永不解冻的冰原?

二

他走进熄灭风的
家门。猫拱身,捕捉旅途尾随的讯息。
一扇打开的门,锁住哑光的城市和道路的轮廓
一只静止的猫,咬死所有跃动的声音
把一个家拆开,悬挂在每个经行的站台
栽种玫瑰的山坡覆满昨天的雪
当所有偶遇的家,在此汇合……
它们均匀地盛开,在每张属于过他的床上?
他从未忠实过任何地名,即便
要在那里停靠,反刍吞没的铁轨。

三

啜饮最轻的一句话,触碰这个世界
就像触碰消失了的每个人
他借分割自身的光影校准钟表,
与时间同步。当移动的身影逐渐沉重,
他缄默于影子纯粹的速度。
这是未终结的远行,最后的站台怀揣他
等待夜晚。等待那些短暂的道路、城市
以及模糊的人——被梦囚困的,一如他自身
在某个时刻突然起身,步入另一种自由的
旅程。

作者简介 ｜ 厄土,诗人、译者,毕业于南京大学。出版有诗集《舌形如火》,译著《鲍勃·迪伦诗歌集》(合译)、《再度唤醒世界:詹姆斯·赖特诗选》等,并译有詹姆斯·芬顿、齐别根纽·赫伯特等诗人作品。

凤歌笑的诗

旅途

1

崭新的日子终会老去
黑暗中徒留阳光的气息 或雨露

逃离肉体的 不仅仅是一些悄然的开放
一座雕塑辗转成型 暗藏晦明

现在 纷纷涉江而渡
一支箭呼啸奔赴 谁道明日不落羽纷纷

2

你知道朝霞意味着什么
一片红色的激情里暗含多少单薄的雨水

你知道守林人在短暂的睡眠后
是否清理一夜的落叶 花径通幽

返回心灵 你们的或者我自己
假如保有一颗沉稳的心 假如天空绚丽

3

让一片林子在激雨中发出喧哗是一回事
让雨水披挂下来 阳光得以真诚的问候 则是另
   一回事

风无时无刻不在穿越 冬天像冷峻的思想

春天有花花肠子的贪念 而黑白变化意欲操纵

阳光普遍照耀的时候 鸟儿会飞出去
无边的田野沟渠纵横 紧张的城市喞啾一片

4

弹琴人沉湎于自己的曲子
音符是成长中的儿童 他们将要

拥挤着飞出去 在冰冷的夜里
守住自己的旋律 对抗淹没与涣散

一首曲子之后 弹琴人伏案而眠
众多的琴键摇摇欲试 封闭着潜伏的碰撞

5

因为她 冬日的梅花成为恰当的比喻
没有谁比她更懂得寒风与阳光的沁骨

历险意味着安全的考量 如雪朵降临
她在窗前独坐 远方的灯火闪烁

路径指引出 迷蒙的繁华
一次更甚一次 当晨光初现 马儿奔驰

我得表达一场春风的问候 她是
第一个骑手 达达的马蹄美丽而确切

6

六月河流冲破了堤岸
你泛滥的情绪竟然风平浪静

在黑暗中缩成一块铁
任乌云酝酿暴风骤雨

任风中树木折断　任落叶
满天飞舞　犹如悲伤在呜咽

安静的马会跌落尘埃
它必将承受平凡和心灵的马鞭

在六月　河流冲刷着堤岸
你缩成一块铁　想象风暴中的苍鹰

7

六月的白莲花成为你风中的传说
世界因你而娉婷

清风穿过　流水如白云飘逸
只消你敛裙轻步　草地芬芳宛若人间灯火

哦　也会有细雨稀疏
轻轻刷过　那些恍惚的叶　蕊和果

心灵需要盐分滋润　成为海风吧
掠过碧涛起伏的心　翅膀是存在的自由

8

小小蝴蝶　在漫长的细雨中
变得沉重　她无法穿越那些花枝

在局外的花园里　她反复模拟失败

一次次尝试　一次次混合着虚弱的盐

三千花瓣　只是一滴又一滴的盲目
那清雾般坠落　证实雨水无情

小小的挣扎的渴望　没有阳光拨云
她只有扇动翅膀　在沿途的风景里

要么　呈现全部的感动和怜悯
要么　获取蜡质的翅　花不仅仅是花粉

9

她有一个坚定的眼神　像钉子
但无力扎进现实的一段木头

你被调出全部的感动　为一次倾尽心力
而你又怎能目视倾尽心力地跌落

花随东风去流水了无痕
可曾想象　她倔强地对抗

在雨中　在枝头　颤巍巍的勇敢
如果不是生命的错　就是生命的礼赞

那些被忽略的　暗淡的花
她有钉子一样的眼神　错过季节　无关年华

10

幽蓝的天空　有一丝云在轻轻波动
像极了一个人全部的细致　全部的关切

灯一盏盏地亮了　不是灯
是一盏盏光线　调制出温柔的倾注

我们需要静默如水　化身虚无
融入一个个符号　融入思想的花粉之中

在每一个清晨　你度量着一个个平安的温度
窗外　朝阳悠然升起　你像光正盘马弯弓

11

当风暴来临　当尖锐的闪电
一次次追问痛苦的大地

她安闲于梦中的小屋　优雅地捏着骨牌
仿佛不是她的风暴　仿佛崩溃者就是他们

此刻　在风雨中撑伞的人
他像蘑菇从腐烂中站起　雨水流淌着血液

究竟谁该赐以轻蔑的微笑　她的骨牌
碰出一个响嗝　雨过天晴岂无丧家之狗

12

直指　这是剑的品格
已被多少人辜负

也有人说　她是混沌的
像瀑布而非小溪曲折

在历史的风尘未曾洒落之前
我们都是混沌　混沌中铸剑

脱离者钉在红色的靶心
阳光气息晒干积雨的腐蚀

让自负的嘲笑洋洋自得吧
那蚁穴的堤坝上

他们以为窥见风云　若正义崩溃
冲走的先是大鱼　次之是小虾

13

眼泪的力量　未来的日子不再干枯
面壁者　必须承受一粒眼泪的蒙尘

每个人仅仅一次　消费眼泪
成就煤块　燃烧在众生凄冷之夜

他成功地举起自己　像一面旗
泪眼滂沱　辙中之鲋般拯救自己

14

见证奇迹的时刻　见证你意外
碰落一颗星星　在天空划出众人注目

曾经几度　你是笼中兽　耗尽虚弱
奋然一击　你是展翅鹰　攫取青苹果

15

悄悄开出你的美　让惊讶的心情
再一次惊讶　凝思时刻你是云中闪电

骑马过山溪　有雨骤至　虹悬天
如约洗尽一枝野山茶　清宵你初月斜挂

16

如果朝霞多一点亮丽
如果你挥笔的色彩多一点丰富

如果我的树能伸展出更多的枝桠
如果我从你的浅笑中读出了晴雨

如果你就此张牙舞爪像鹰

如果你做个汲水人　能如期地浇灌木棉树

17

赞美晴朗的日子如同赞美你

你也有细小的风　吹散流云

我知道　你曾陷于黄昏暮霭层层

坚持着　保护花朵的新鲜　细腻的花瓣

强调细腻的心　激烈的日子里

你没有冲在前　你的苹果和橙冲在了前面

18

被丛林覆盖　长满苔藓的心

照不到最高的阳光　徒闻蜂群喧嚣如剑

需要磨剑霍霍　需要从矿石中提炼

在炉火中捶打　行走江湖是剑的成长

奈何在尘土中撕打　在虫鸣中锈蚀

我希望目睹一道闪电　那是谁拔剑而舞纵横挥

　洒

19

于水中取剑　转身

斩断混浊往日　簇新的光芒闪亮

沿着大道疾进　像侠士

奔赴英雄帖的邀约　而你修炼

一层又一层的功力　积累出

那团美丽的剑花　开放出一季浩荡的盛夏

20

哈哈哈　你就是快乐的云啊

什么叫气定神闲　什么叫四海为家

你有绚丽的尾巴和喙似的脑瓜

留住你意味着泛滥成灾

你的泡沫比欢乐更多　在奔腾草原

你飘来飘去　仿佛在牧马

你是何方神圣　单纯如同朝霞

渐渐刮来的风里　只有你结结巴巴

21

泥土中的手　摩托把手上的手

轻推布料的手　沾满清洁泡沫的手

你一定拥有很多的手　请记住

午夜十二点　掀开你梦幻的手

击碎你蓝色光芒的手　那是

在幽蓝的沉溺中　拯救的手

数目11　于一年短点　于一生长许多

22

悄悄你打开自己的天空

许多鸟在自由呼吸

你也要长出翅膀

低低盘旋　低低啼鸣

在澎湃中低吟　那既浅且淡的曲子

音符也要长出翅膀　带去渴望

你不动声色如天空
容纳许多或轻或重的翅膀

我谙熟那些朴素的枝叶　它们落下来
即使角落　也有自己的绿色

23

那是你的第一间房子
在黑暗里　被文字所包绕

我视为那是一种承诺和信念
云朵飘逸的天空下　未曾属于我们的城市

从大山顶上升出来　你就是云了
云留下了汗　拥有了一间你的名字

24

从砾石中生长出来
在春风中得意　那是一种荣耀

记住生活中的谨慎　记住勇气
像隆隆开进的列车　驶出你的站台

25

起飞一百次　把奔跑甩在身后
但愿那羽箭追不上你　无从羁绊

你坚定的心　证明我多余的犹疑
你的脚步　飞跃一次次刻痕

沙地里一百次跌落　正是淘洗
沙粒的过程　或软或硬的赛道

那是你的旗　扛着它
像将军荷戟奔驰　冲杀敌阵

作者简介 | 凤歌笑，"70后"，安徽人，语文教育工作者。大学开始写诗，与诗友组建诗社。毕业后，分配乡下教书，教学之余，进行着独孤而断断续续的写作。现读许些书写许些诗，苦乐尽在其中。

葡萄牙六章（组诗）

· 龚　刚 ·

七月

天空蓝极,仿佛要以燃烧明志

街头的枞树像巨大的火苗

把幸存的绿色高高举起

大西洋的海风从砖红色的穹顶

倾泻而下

枯叶围成一圈

在广场上起舞

遮阳棚下

世界被释放

汽车把道路

带向四面八方

行人以西装捍卫尊严

大步走过斑马线

一张靠背椅,一杯冰啤,

几句闲聊

如同遁入历史的思想

山火在百里之外

斗牛场比教堂更肃穆

使命

来自东方的货轮倾覆在贝伦塔的凝望中

水手都已得救

碎片与流言四处蔓延

费尔南多在恐慌之后

漫步河岸,燕舞服轻点水波

水母伏在河堤上,晶莹闪亮

等待涨潮时的大浪

费尔南多的目光触摸着熟悉的蔚蓝

从天空到河面

一只小木箱在浮沉的记忆中跃入黄昏

记忆中封存着一听香烟,一盏油灯,一张脸谱

费尔南多在五楼的阳台上坐下

楼面的五彩瓷砖将在百年后被另一个诗人注目

叮叮车沿着先验的轨道碾过尘世

百年如同一瞬

费尔南多拈起一支完好的香烟

直罗纹卷烟纸上绘制的小金鼠

跳下他的膝盖和永远摆着一只高脚杯的小圆桌

五千年的暗香从通红的烟头缓缓溢出

星光和街灯一起点亮

费尔南多在八十八个星座中寻找东方

就像在一百个异名中寻找自我

一生有无数个街角

一生只有一次有意义的邂逅

重燃的爱情让费尔南多惊惶失措

欧菲莉亚是最终的使命吗?

世界依然需要他拯救吗?

不安之书为所有人而书

内心聆听的使命,从未完成,也从未让他完成

掐灭手中的烟,让意义的流逝尽量缓慢

后缀

无暇细辨哥特式建筑与巴洛克、洛可可风的区
　　别
敦厚的柏油路向岗顶后撤
中世纪和文艺复兴,沿街分布

戴着墨镜的游客,试图走出眩目的当代史
处处埋有伏笔,佩索阿仍在街心广场沉思不朽

巨大的圣栎树下
露天茶座像轻快的爵士乐
青柠薄荷从冰块中找到自我

另一种配方是冰啤加薯条
与但丁相隔五个世纪
比信仰更解渴

海风之下
忠诚于天空的河流
退入景深

无法释怀的蓝
拒绝被语法拯救

罗卡角

悬崖在世界尽头
勒不住决堤的风

天空向四面八方兜截
走私火种的信天翁

大海与内心争夺边界

沙滩是柔软的缓冲

消逝的一切与未曾发生的一切
握手言和

孤悬海岬的教堂
停泊在风雨的间歇
没有门

匍匐于十字架下的深渊
从未卸下马鞍

盐无所不在
制止向虚空下坠

天地与手臂构成仰角
像高脚酒杯中微微倾斜的酒

上帝的信使从高空掠过
看到一条搁浅的鱼

快乐是看不见的挣扎
在上岸之前完成救赎

存在与洞穴

洞穴是大海的利齿
吞噬着泡沫与回声
蝙蝠张开黑色的双翼
试图劫持破云而出的阳光

天空迅速合拢
洞壁上的阴影,觥筹交错
被撕裂的海水

如同飞溅的酒浆

波塞冬丢失了他的金手杖
正在神话中掘地三尺
塞壬的歌声揭开封印
寻找着每一个裂口

日复一日的晨跑者
从游客的视线中穿过
彼此的命运,在瞬间交集,
又在瞬间错过

西西弗斯仍在走向山顶
而街边的蔷薇已预知了结局

大西洋,我从你的海滩走过

淡青色的柏油路
射向远山
阳光如同风声

托起信天翁银色的翅膀

被巴黎,纽约,里斯本
呕吐出的人类
光着双脚
在天地间奔跑

欢叫的少女
一再跃入奔腾的海浪
像海豚的女儿

空气中是淡淡的盐味
……

一千年前的沙砾
会在一千年后闪亮
如同今天

大西洋
我从你的海滩走过

微尘的翅膀（组诗）

● 撒玛尔罕 ●

感慨

盘中苹果饱满，鲜艳
满脸彤红，肩并着肩紧拥盘中
生怕被谁活剥生吞

是！它们将为谁壮烈牺牲？
在谁的喉咙里发出痛苦的呼唤
谁的胃里翻江倒海
谁的血管里期待着乘风破浪？

我凝视盘中的苹果
仿佛看见人类血泪相溶，出生入死
终将也被大地吞噬，腐朽
终究一尘不染
而他们又在谁的腹腔仗剑天涯？

高原

它把天空的蓝泼进我的眼睛里
我把灵魂的颜色滴在时间里

高原的湖泊映入一只飞翔的鹰
我在它的翅膀下凝神一条蓝色的哈达
仿佛濯洗我的血液

孤寂

并非独坐午夜的人沉浸于孤寂
孤寂不是盘旋的鹰，更不是灯盏
我浪迹于白雪茫茫的青藏高原
从雪山峭壁俯冲而来的鹰
把天空最阴柔的蔚蓝缓缓展开
用丝线绣活一群舞蹈的蝴蝶
我发现它们的翅膀上
印满了山川和岁月深深的孤寂

让风吹

有一万种风吹来
风是摆动的枝条，更像头发
风是绽放的花朵，更像蝴蝶
风是草莓般鲜嫩的嘴唇
甚至虚构成波浪，花园和云朵
甚至腰身和丝绸
吹皱的山水和艳丽的舞蹈
轻抚心灵的水流声
甚至湿润的花瓣和它的芳香

甚至，虚构我的身体和血
让风吹：而我却看见了时光的脸！

隐秘的时光

从骨髓到血液,还在寻找
比风隐秘,比光芒锋利的吞噬
山的额纹,水的阴影
在天地之间波澜壮阔的奔涌中浩荡
每一轮夕阳的牺牲和美
每一座森林的燃烧和呼吸
都是时光的荡漾,时光的雕铸
是时光的十万朵玫瑰

我依然缄默成村庄的雕像
为渐次破碎的孤独而孤独
为日见瘦长的忧伤而忧伤
在美神微笑的瞬间
高贵的夜晚一点点毁灭
旷世的诺言终将降临
仿佛从黄昏到黎明完成的一次灼吻

吟唱

就连午夜的河流也沉静下来
石头缝里刚刚闭眼的蛇
梦到夏娃的美,风展开翅膀
峡口的月亮下,披肩长发的女子
吟唱千年古谣
——继续唱,唱出悲壮与血色

依旧是午夜:河边,篝火,舞蹈
我们吟唱如诗之歌,如歌之诗
饮酒,拥抱,亢奋,豪气冲天
还未真正唱尽曲终
你和他,就把影子画在了大地
——继续唱,唱出情谊和思念

再吟唱一首啊! 乘着还有热泪
把每一个音节和词都重温一遍

死亡
——一次神秘的徘徊

巨大的覆盖下,呼与吸之间
我真切地看到它隐秘的破碎
是触之溃散的破碎
甚至都不敢说出一个字!

是! 是在睁眼与闭眼之间
在一点气息之上
它是血液中的刀锋
刀锋中的黑暗,黑暗中的沉寂!

人类陷入这无边无际重蹈覆辙的
死亡演绎

微尘的翅膀

太阳落山的瞬间
花园盛开的月季花
一朵朵花瓣黯然凋谢
就在汹涌的波涛之间
浪花破碎,如云般壮美
它看见自己的牺牲
是纵横世界的第一滴眼泪
就在鹰飞的早晨
牛羊隐入丛林的午后
成熟的杏子发出光泽的黄昏
我沿着一条大河

追逐微尘展开的翅膀

光,照下来
光,一定触痛过看不见,摸不透
却能覆盖宇宙的翅膀!

秋天

秋天的冰冷一定是清澈的
宁静和致远一定也是清澈的
它旷达,辽远,它壮阔,浩荡
它在透明的蓝色和孤寂的黑色里
变得更薄,更轻,泛出金黄
染尽大地和森林!

它枯竭,凋零;它万劫不复
它在星空下孤独成王
寻找最终的风到底吹自哪里?
它轮廓清晰,它湖泊微澜
隐入眼睛,融入肌肤
坚守空空荡荡的山川和河流

无题

谁都有一把未曾滴血的剑
谁都有一部百读不厌的经
谁都有一条汹涌澎湃的河流
谁都有一双展翅翱翔的梦想
谁都有一弦清冷孤零的月亮
谁都有一方绚丽璀璨的星空
谁都会倒在生活的风雨之中
谁都有男性的美,女性的羞涩
谁都向往盛大和壮阔
谁都为夕阳的眼睛抹泪

谁都为牺牲的悲壮恸哭

水的缝隙

凝视水流和它的漩涡
从中看出某种宁静
散漫的规则和静寂的微笑
我与时间撕扯,与文火熬炼
敬畏自然,敬畏所有的秩序
独坐夕阳恍悟它的光芒
从未间断的照耀:是温暖的,滋润的
是风雨之路的延伸
是水火交融的燃烧

我看清了秋风锋利的刀
不敢触碰午后的落叶
甚至不敢触碰清澈的水流
那里全是容易碎裂的缝隙

生活

很多时候,我沉默不语
甚至都能听到自己呼吸的声音
但不是因为忧伤和孤独
人生需要冷情
需要灰烬,需要一吹熄灭的灯火
享受某种撕咬和吞噬

我也会骚动不安
某个午夜,某种愧疚和忏悔
痛击着我的心灵
甚至不能为守护生命的细胞
找到安身立命的大地
活得遍体鳞伤,还有盐水不断地

撒入伤口

原谅

原谅你踩痛大地的骨骼
原谅你承受孤独时的愤怒和谩骂
原谅你在隐身黑暗那刻
月亮脸帘上掠过的羞涩和不安

原谅你绽放成花朵,清澈成泉水
原谅你的惊慌失措
原谅你的束腰,把自己塑成花瓶
更会原谅你起伏跌宕的壮阔
在波浪之间隐藏的秘密和惊悸
原谅你在痛苦中像我一样
确信欢乐的歌子还会从黎明唱起

波涛

河流的波涛,大海的波涛
它们汹涌壮阔,起伏成山脉,涌动成风暴

它们是森林,石头,血和声音的波涛
茂密,沉默,澎湃,召唤
昌盛,冷情,赤诚,盛大
我惊悸于生长的奥秘,隐入纹理的桑沧
那种无法目睹的波涛
从老者的额纹间划红夕阳
从孩童的眼瞳里透视希望
一点点把生命涌上浪尖

我热爱自己的河流和波涛
我在一座山下与它揖手重逢
它是男子的臂膀,筋骨和肌肉
它是女子的胸脯,乳房和双唇
把悲壮的命运塑造成一座座山脉
把苦难的日子破碎成一棵棵古树

我为它流淌的骨血缄默
与雪峰,云端,草原和峡谷的角逐缄默
我为世界所有的波涛缄默
经历了复苏,涌动,撕裂,破绽的痛苦之后
谁将被铭刻? 谁将是盛典?

黔地风流（组诗）

· 秦 风 ·

尼采：每个不曾起舞的日子，都是对生命的辜负。

——题记

苗岭，在太阳落坡的地方起舞

"无数次落日与无数代人。"
苗族，一个逐日而歌随风而舞的
族群。从黄土高坡到云贵高原
依山而立。从黄河长江再到珠江的源头
临水而生。把自己从九黎、荆楚
与南蛮的肉身无数次撕开
五千年与五千里的云与月
在苗岭落根与重生
苦难的山高水远，命运的遍野炊烟
都生长成一个族群缓缓向上的坡度
是岩石总要选择与山峰耸立
若是光，必然会融入万物之心
苗疆侗域，从一滴滴露珠的早晨醒来
苗岭的早晨，正如无字的天书
从梦中反复叫醒和打开自己
群山深根于我的心底
森林是草木的一部分，像臂膀
或是枝叶，从我身体拔节而出
我全身漫山遍野的招展：
山花浪漫，鸟语花香
大地飞歌，从青山绿水的肺腑里
深深呼入，又长长地喊出

万物与众声，把黔东南举到
一个新的高度：苗岭的早晨

雷公山，灵魂高处的望远镜

"我的灵魂与我之间是如此遥远。"
向阳而生的种族以光的方式
追赶自己。载满苦难的绿水青山
正在回家，返回千山万水体内的乡愁
正如苗岭之上两株金色的秃杉
像一个失踪已久的人突然找到了自己
然后用万顷绿涛把自己点燃
宛如日月的照耀，而层林尽染
梦中的山谷，树与山坡都有狂野之色
万千思想的枝条正伸向四方
正攀越自己，不断向上
雷公山之巅有寂静之物
灵魂告诉我，它是望远镜
用绿色来，听远，听寂静
"如果灵魂能发声，
那一定是雷声。"
雷公山，登上绿色的至高点
辽阔的体内有灵魂寂静的回响
"走开，别挡住我的阳光。"
前有古人，在龙场悟道
后有来者，在雷山灵魂出窍
像闪电，劈开天地与自己
灵魂的碎片是种籽，成为万物

万物有灵如同永生,成为自己
在雷公山,用灵魂能望见自己
从连绵起伏群山般的人群中
分身出来。像一棵特立独行秃杉
撑着云雾之伞,走向我

吊脚楼,忘川的美人靠

苗岭像一把梯子的矗立,让阳光
走进人间,让雨水重返星辰大海
吊脚楼依山傍水,这是一种顾盼的
姿态:那望穿秋水的芬芳
忘川的碧波,时间光泽的轻拂
把自己全部倾倒出来
波浪的倒影里,咬着月牙的酒窝
我爱此刻,苗寨仿佛只是一个
四面开花的房间,梦里的房间
吊脚楼,像一个偷婚者
在夜的纵容下,爬上美人靠
"你在我的眼睛里将自己注视。"
坐在半空看云,照水,望远
走入镜中,银装悬挂于银河
那满身银片,熔成这一夜月
跳动着的花与果实
就在我们身上生长出
爱与明天。吊脚楼,美人靠
"另一种生命在异乡
朝我盛开。"

月亮山梯田,耕种人间饥饿

月光,人间峭壁。梯田弯延
向上,与月一样的模样
把月亮种植于梯田

一个族群的疼痛与收获
苗岭之上,万亩梯田在云上列阵
每一粒稻穗都是闪亮星光
梯田坐在银河的屋脊上
点亮人间饥饿的头颅
稻谷的笑声撒下秋天与黄金
彩虹,以及白日之梦
从谷壳里走向人类
"他们为沉默的太阳
绘制出一道轨迹。"
月亮山的梯田
她总想呆在云雾的身体里
要把光与种子带回人间
那无法安置在人间的粮食
不再受困于自己的贫瘠
与人类的饥饿

赫章,乌蒙彝地火的图腾

"一个用火写在天空的名字。"
使大地充满你:氐羌,夷与彝
自带火种的民族
把火留给身后的故土
火是登天之路,从不熄灭在途中
火的前方是火,是日月与星辰
乌蒙山,在未燃尽的群山中巍峨
站着,在时间的灰烬之中
那是火的遗存,把自己从山谷深处
遍体点燃。光芒的背后万物生
一个族群在火中跋山涉水
高高举起火把、道路与灵魂
火的头颅从不低头生长
生在火塘边,死在火焰上
彝地与彝人,与火结合为一体

带着光亮,走在自己的疼痛之上
火的碎片,是火种,行者无疆
不是为了炫色,而是绝尘

天上石林,时光的裂缝

"磨砺,钻石取火的誓言
犹如火焰,从石头的内部点燃。"
太阳照在高原上,像燃烧的石头
从无人之境的内部腾空而起
石林,像高原上掉落的天
那是无人认领的命运
并空怀乌蒙山的断臂之痛
所有的峡谷,都生长深渊的力量
肉身乃绝境,真正的道路是绝壁
都粉身碎骨在自己的最高处
石林的周围,需要深谷与天坑
用来盛装,大地无以咽下的苦水
明天,将会从岩石裂缝的一侧
从天而将

阿西里西,草的高度与原的边界

"像是风翻开了的书,那内部的跃出

光芒,走在了自己的上面。"
天上花海,韭菜坪打开所有的窗
远行的归人,为爱备下的一腔热血
每一朵野韭菜都是彝家的火塘
韭菜花的笑声是紫红色的
不是色彩,如灵魂释放出苦难的体香
天上人间在花丛,梦站在面前
其中的云朵与花朵
仿佛是同一个追风的少年
同时从四面八方向自己奔跑
是摇曳的妩媚,与倾倒
被风吹远了还在风的怀抱
天地漂浮,等自己被风再度吹起
火的花瓣
"所有的生命都向生而死
唯有草,向死而生。"
群山之巅,一切都归于万物
无人之境你就是燎原的王
草的野心,就是山川的意志
阿西里西,被草诞生,被草喂养
然后,再喂养牛羊,与蓝天
一棵草要获得理想的高度之前
首先是火,再生长成春风
点燃夜郎古国灿若星河的火把与山河

地中海（组诗）

• 北　塔 •

在地中海上晾晒衣服

让我所有的衣服
都逃出地牢般的衣橱
斜靠在阳台栏杆上
享受地中海阳光的肆意抚摸

一阵暗风
从祖母绿的漩涡里蹿上来
侵入我漫长的旅程
叼走了我最心爱的那一件

我的海追着你的船

我的海追着你的船
不知疲倦
口中吐出比鲜血更要命的白沫
每一声嘶吼都是最后的乞求
却喊不出你的名字

我用一万只波涛的手
拍打你的舷
连岛礁般的虎口和手腕都粉碎了
你的船依然兀自前行

我用迅速下降的夕阳的余辉
抱着你的钢铁、木头和汽笛
直到你我消失于共同的黑暗

你一边用螺旋桨劈开我
一边兀自前行

让大海挤进来

在我龟缩进例行的黑暗之前
我故意留一道卧室的门缝

当大海从黑暗里逃出来
爬上我的阳台
就能通过那道门缝
轻松地挤入我的梦

大海的骨头其实很软
而且她有高超的缩骨术
像村子里邻居家的小猫咪

摇晃
——写于地中海"神曲"号游轮

天空在摇晃
差点把白云吐入烟囱
把飞鸟吐入惊涛骇浪

大海在摇晃

差点把岛屿吐上陆地
把鲸鱼吐上山顶

大船在摇晃
差点把人从朝阳吐向夕阳
把旗帜从桅杆吐向漩涡

人在摇晃
差点把心吐出来
却不知道吐向哪里

终于上了岸
陆地也开始摇晃
犹如余震不断
犹如呕出了心的躯干

海上落明月
——写于地中海神曲号游轮巡航期间

你孤悬于太空
不让任何星星靠近
如同孀居的女王独处禁宫
你只把清辉洒入我的万顷波涛
却不愿意俯身
把你的脸贴上我的海面
你的玉液注满我窄小的舱房
却依然让我觉得遥不可及

哦，大月
当你的心空被新的太阳占领
你收回你在黑暗里短暂赐予我的光
犹如大鸟收起翅膀

然后你慢慢地不断地往后退
直到退入天空与大海之间的缝隙
我急忙派出一万匹狂澜力图把你追回
却挽不住你的一丝秀发

岛

茫茫人海中的一场旅行
就是从一个岛到另一个
热闹的你未必想留
荒芜的你又害怕难以存活
所以你总想着下一个岛

那把孤岛们连接起来的
是治疗幽闭症的海水
你却一口都不敢喝
也是不可见的信号
你却更想享受被失踪的自由

在"神曲"号游轮星空厅读诗

我的诗歌总是怀揣着石头
总会拖着我的肉身下沉
连同舟共济的人们
都以为这是一枚深水炸弹
埋伏在"神曲"必经的航道上
似乎要炸穿这方舟
正如星星要把天空爆破得千疮百孔

但是，请放心
无论我的笔在舱底捅出多大的窟窿
也不会有一滴水涌进来
正如天宫无论被金箍棒闹得多么凶
也不会塌下一分一毫

一声来自海底的闷雷响过之后
哪怕海里所有的鱼虾都逃走
哪怕船上所有的人都撤离
这些空椅子也会留下来倾听

公海上的海鸥

在孤岛和孤岛之间
像梭子,你用不间断的飞翔
变质命运的绳索
时不时缠住自己的肉身
又以身为刀,切开乌云
切开天空,从黑洞越狱
又被太阳追捕。你绝不
向任何一条航线投降
但总是被自己的飞行线路捆绑

你眼皮底下有无数翻滚的
绿松石、翡翠和碧玉
但你从来不屑一顾
你甚至不曾向千人大餐厅
乞求过一颗米粒
你只是用翅膀不断扇动我的波浪

像前赴后继的义军不断揭竿而起
你拍打着我们暂时寄身的这庞大的铁疙瘩
试图用游移的影子占领我的烟囱
俘获那刚刚逃出来的轻烟

你把这万吨铁疙瘩当做你的同类吗?
你妄图带着它脱离苦海的诱惑
然后往上飞吗?

那赋予你翅膀的手何以如此吝啬
这世上有太多的物体
永远得不到一根羽毛
比如渺小如我
比如巨大如这海上移动城堡

在孤岛和孤岛之间
你不厌其烦地穿梭
却不属于其中任何一个

你似乎更愿意在半当中
被一条小鱼诱入大海
跟它一起在波峰浪谷间颠沛
直到你俩的歌声被月色掩埋
像一个秤砣直直沉入井底

穿过沼泽的人（组诗）

● 赵亚东 ●

如同

我们谈论时间和空间
卖甘蓝的中年妇女，风吹着她蓝色的头巾
话语声起伏着，跟随着时针的旋转
淘气的男孩向我们投掷石子
那玻璃后面的黑暗
涌动着。仿佛有一只手
在推搡，拉扯，越过亮白的边缘
而此时，所有的声音都如飞蛾
掉落在旧钟表的壳子里
如同熄灭的灰烬，发出滋啦的声响

余生

醉酒之后，我们绕着一棵百年老树
转圈。直到头晕目眩
谁也认不出谁。阔大的树冠
投下浓稠的阴影，冰凉的石头碾子
被风推着，磨着仅有的一粒谷子
月光照不到我们的额头
两片叶子拍打着歪斜的屋脊
我们就要在这样的房子里度过一生
隔着一片漆黑的松树林
通往县城的末班车越走越远
仿佛正在掏空我们的心

时辰

我一直在等待某一个日子
一个不确定的时辰
山岗上的小路早已被荒草覆盖
风高出它们三寸的样子
在我的腿骨上雕琢，这些年
忙于奔走，忘记了时光的笔尖
划过沙地上的干涸
什么证据都没有留下，但是却战胜了
对死亡的恐惧。
在给故去友人的信中
我只谈及了当年的烈酒
离婚后居无定所的那些日子
在教堂的尖顶下唱歌
我已经做好了一切准备
到某一个时刻为止。但万物依然存在
麻雀仍然会扇动它弱小的翅膀
那一小片阴影会遮住
我在世间，几行浅浅的脚印

挣扎

琴键拒绝冻僵的手指
眼睛拒绝暴雨，年迈的战马
只能凭借声音
穿越火线。年近五十的我们
还看不清谁是敌人

谁是朋友,远处高大的楼体
反射着锐利的光亮
像一把无形的刀
扎着我们松弛的皮囊
电影就快要结束了
坏人还没有被杀死
慌乱中,我们赶紧朝自己开枪
砰的一声
……又一声,在肋骨间

抵达

沼泽在两座山之间
塔头上的荒草,跳跃的长喙鸟
藏在水里的鱼咬着月亮的碎片

那一直被雕琢的是记忆
那一直被遮蔽的是生死

我们一前一后
从一个塔头跳到另一个塔头
在狭长的暗影中,鹰的翅膀
搬动着乌云,最先到达山脚的人
刚好接住了它的第一声长啸

梦见

梦见一场大风,吹着屋檐上的燕窝
梦见那匹老马卧在了田埂
梦见干枯的树,被风声反复地抽打
梦见当兵的儿子在边防线上
冻得瑟瑟发抖,梦见年迈的母亲
在风中四处奔走,紧闭着眼睛

大风

尘土掩埋了碎玻璃
屋顶上的瓦片,托着血压计和放大镜

大作突然而至,不知所为何来
病人们不敢谈论死亡
乡下人后悔来到城里

我们在仓惶中抱紧黑漆漆的电线杆
小摊上的苹果散落一地
他们瘦削的主人
很快就不见了踪影

结束

那滚烫的石头
在溪水中,流淌结束了缄默
轻飘的落叶在涟漪中
再也站不直身子

猛虎急着下山
梅花鹿爬上陡坡,走向密林深处
病入膏肓的人
为自己寻找最好的墓地

我们盯着醉酒的猎人
交出最后一颗子弹
林间空地上的光
结束了照耀。

空响

穿过静默的松林
我们脚下的落叶层层堆积

仿佛血肉里的光阴
火焰悄无声息

一切都无比安静
即使正在成为灰烬

时间困在烟火的根部
发出了噗的一声空响

起伏

挖掘机一次次探出头颅
像祈祷者那样
不停地把头磕在地上

我担心它钢铁的额头
会淌出血来。

脚下的冻土只留下一道浅浅的疤痕

还没冻僵的水,藏在地下很深的地方
缠绕着轰隆隆的机器声
只有这些野生的,还在起伏。

困境

火车穿过夜晚的桥洞
在我的眼睑上。
铁道口上卡住的栏杆

插进——
我们的屋顶

仿佛我父亲的年纪,酒壶里的微弱火焰
受困于冰凉的
四壁,仿佛我在梦里
抱着冰凉的铁轨

暗长

院子里的人越来越少
恍惚中,有一只手不停地抖动着
在黄昏的眼窝里

风被月光纹身。
掰碎的黑面包
卡在一只鸟的喉咙里
麦子忽然间又长高了一寸

庆幸

我在慢慢习惯的一些事物
抽干井水的陌生人,掉落山谷中的小羊
那永远不能抱住的
麻雀们暗灰的
翅膀,丢在云里
此时醉酒,仿佛陈年的积雪
慢慢融化
我庆幸,刚刚原谅了这一切

比喻

炉膛里没有干柴
眼睛里没有一滴泪水

日子有时候像被抽打的马匹

会突然软下来，瓷罐里没有粮食

风里没有颠簸的鸟

徒步穿过沼泽的人

干枯的眼睛

喂养着落日

冷静

影子半跪在荒草丛中

冬月的野菊，只剩下一瓣花叶

被折断的茎杆

渗着汁液。此时想到那些

已经不在人世的朋友

面目更加清晰。江堤上

有人抽陀螺，鞭子甩得嘎嘎作响

月亮纹丝不动，仿佛已作古。

隐去

小花猫踢翻了玻璃灯罩

写到一半的信，字迹突然没了踪影

佝偻的手指

在漆黑中悄悄伸开

没有响声。

那些碎玻璃悄悄站起身

在午夜，我不再是形单影只的人

茶已经旧了，水回到水中

听从

彻底的荒芜，像不带面具的术士

在指缝里栖身。

我在日落后起身离开

土窑上有人拨算盘

浓雾紧随其后，我并不渴望

能够看清什么，玉米粒在潮湿的土地上

我听从它们的呓语声

踏过半空的流水，寂静的时辰

沉睡的山林（组诗）

● 狄力木拉提·泰来提 ●

我听见它们的鼾声

是在索道之上
一根近乎垂直的缆绳
吐丝的蜘蛛向上攀岩
一觉不醒的山林
身披蓑衣的勇士
在雨中露营

奇绝的山峰
一根根
耸立在云间
笔锋朝上的意境
飞禽在空中行文
风的甲骨上刻满苍凉
青铜刀刃
满是卷去的绿锈
碍于那段短暂采风
我无法与它们过于私密
只保留原始的距离

相对于它们的沉默
我显得少许活跃
我的呼吸
被它们误读
看得出它们彼此窃窃私语
只与我的灵魂交流

它们在梦中觉悟
云端打坐，雾中修行
把最慵懒的睡眠藏在谷底
于是
常有佛光在头顶生成

张家界的山林

收腹提臀的石林
跳出芭蕾舞姿
仅仅，是一次排练
不知是哪一首古乐的片段
颤音在琴弦上停留

有根的山林，无根的魂
长成生灵的模样
或许
它们是猕猴的先祖
到处是传说留下的废墟
叶绿素填满遗存

张家界的飞瀑
顺着我的两鬓，一落千丈
风从高处吹过
水在谷底奔涌
远眺的目光
是没有翅膀的飞翔

天界三千将士
化作奇峰
被后人遗忘的石俑
何时才能复活

我想呼唤
但我的声音越来越荒凉
没有底气的语言
却在维度里变得高亢

天门山

通天之门,不会在低处敞开
随便什么人都可以跨越
凡间与仙界
门外注定是灵魂的去处
现存的躯体,透支的梦
心之仰望
永远高悬于天的彼岸

滚滚人流朝上涌去
除去门票,敬畏的之心寥寥无几
膜拜胜过喧嚣
我们究竟去往哪里
没有选项的人生
门的玄机只在天庭

飞机降落
我们在山的脚下
起飞后又冲破云霄
而我站在天门的高槛
山下无边的绿
天外无际的蓝
被白云拭去的凡尘
化作一羽虔诚

金鞭溪的水

走在山谷里
散不去的幽暗
水的声音在潺潺冥想
还是时间在老去
仰望峭壁
蝉的声音挂满林间
仿佛无形的流海

高耸的峭壁
做好了起飞的准备
崖顶葱郁的植被
像鸵鸟的羽翼
是对非鸟粗犷的点缀
在那里
就连溪流都有起飞的欲望
和动作

试看天下
能流出如此风韵的溪流
唯有这里
花果山
永远在水一方

正版的情感（组诗）

• 陈欣永 •

浪费里程

泼出去的时光,一再挥霍
浪费里程,浪费了也好
我是懂阴晴的人
圆缺是唐代诗人虚构的夜色

我从不借月光,练习思念
出门前,渡过的渡口
还在,我没有搁浅的心思

我一直被喜欢的词语
反复搁浅,用过的浪花
是风的传言,也许

上面的这些字眼,我总是反复
循环放入句子里,过河
每一首都有我水面上的残局

蹉跎的惯性

秋天了,正在出版两本诗集
没什么动机
是蹉跎的惯性

点燃的忧虑,都烧完了
身体内部的河流
依旧有汹涌的浪涛

我会把名利的零头用掉
没被污染过的痛点
和裤兜里的秘密

把得失看淡,不装备正义
我的语言只在纸上私奔
不挡风声,也不打马赛克

表白

暮色是乡愁织的黑布
作为苍茫的背景
等待,在天上镶满星星

等待,月亮在江里走光
照着,风吹起陈年的波纹
作为思念的表白

漂泊的人
心灵深处都有一条模糊的江
在傍晚的岸边,听体内的流水

充许

旅途再远
也要有一个得失的段落
每一个站台有是非

就可以短暂地记录

我有耐心熬过漫长的失望
每次
在五星级酒店写下的文字
稿费
和在小旅馆的金额是一样的

期刊上发表了
高兴一次
收到稿费又高兴一次
高兴两次是允许的

人生的借口用了太多
在码头，在渡口，心态是
每一步的难关
漂泊了这么多年

诗的肉身重新走进了旧巷
零碎的激情还有，手机是驿站
字里行间的纠葛，妥协了
我的每一句谎言都有创新

代替

做为营销的语录，每一次骂街
我都会精选
带点污渍的，和不易被封号的心里话
蹭蹭流量，擦边在线外
生活硬盘里的秘密，容量　大
我中断过多年的苦思冥想
仇恨部分都格式化了，心灵还算干净
在世俗里活着就要承认
肮脏的土壤肥沃，更好生根发芽

我诗里的字都被生活污染过
我会用省略号，省掉字的风险
用洗不干净的污点，来代替

回本

你如果剩有往日的旧痛
势必会成为诗人
独坐窗前
发呆就是诗意的境界

只要想，风也是一种语言
恍如隔日的落叶
以纷飞的美丽

表达云烟的痕迹
把烦心事留给文字来消散
才能把心事处理殆尽

再利用冷暖的感受
去试看正版的情感
把本色拿出来

别隐喻了
守住抒情的慢时光
一直写到回本的一天

玫瑰花也精通盛开

如果昨天的叹息，今天翻新
新鲜的愁，会堆积成病
好话不要说尽，选无疼的段落

用有伤疤的中心思想讲解

可以在伤心处停顿

等善念的新枝,和春色一道
在燕鸣的歌唱下忘怀

用桃花的片断,花言巧语
玫瑰花也精通盛开,吐芽的意愿

按照蓬勃的激情,做憧憬
以顺序来说,好话的排列
不应该去做组合,更不对比

我宽容体内的文字多变

诗歌的枝叉上有我快乐的挂靠
到嘴边的落叶都写下来
用陌生化的感慨

防心理衰老,绕过花朵的死结
坚持半梦、半醒
半自恋,简练心机

腾出思想的空地
潦草的思念都放在夜里
在院子的草丛里阻滞我的怨言
寂寞失守,忘记多余的岔路口

我宽容体内的文字多变
不怨恨利欲的缝隙
每一个圈套都用到实处
有半成功就好

我会留一些虚伪经商
虚荣心是一根藤蔓

没有执着的理由
往上爬是本分,春光是陪衬

寂寞是风声的余额

今天,小雨
去银行对公柜台办事
完事后,故意走街串巷
在法国梧桐树下
看街道上零星的落叶

秋风在我心里
寂寞是风声的余额
黄浦江布局的流水
足够抵押呆帐

金茂大厦、东方明珠塔下
毫无顾忌的车流密集
从我眼前如狂草,有都市的笔锋
我阅见凌厉的人潮

拥挤的私欲膨胀在纸堆里
一家店挨着一家店
翻拣世俗的攀比
我想记录的界域在分开
网页和纸上的高亢

公司名称的石刻摆在办公桌上
摆成心宽和激昂的斗志
华丽的外衣,不用多年的修辞
从语法上潦草,避开日记的章法
不去经受笔的凌乱和挣扎

不是所有的乡愁都有返回的路径（组诗）

· 董欣潘 ·

在石井村

在石井村，有人围炉煮笋
炉是铁皮打制的旧炉，上面置一口大铁锅
笋是从山上新挖的春笋，像一块块白骨

外乡的人慕名而来
一路走一路打听，"可有笋干卖"
他们需要天然的美味，用于调和败坏的胃口

在洪祥故居，他们顺手与一株新开的牡丹
合影留念，但村子里
没有一个叫牡丹的女人

石井村结实，四处都有粗粝有致的石头
有的已被熏成漆黑，有的爬满绿植
但，没有一块石头是无用的

他们来这里，访古但也问今
新的叶子掉落在古老的土地上
去年的小草摇曳在今年的风中

但不是所有的乡愁，都有返回的路径
也不是所有的爱，都能找到它的归宿
我在石井村的旧木壁上读到"苍凉"两字

乡愁记忆馆

雪临村的犁铧，簑衣，箩筐，风箱
各有归处，从前在田间地头
忙活了一辈子，如今该是享清福的晚年
被太阳晒黑了的身子脱掉一层皮
因风雨侵袭而关节劳损与疼痛
直不起的腰身明显弯曲
硬朗的身子骨坐卧在墙脚或陈列柜里
但看上去仍有一种沧桑之美
静默仿佛是此刻最好的语言
不说话并不代表无话可说
那只是一件农具保守时间的秘密
那也是一个人历经岁月之后
独享的一份孤独时光

百匠印记馆

雪临村有上好的手艺人
那些石匠，木匠，泥瓦匠，簑匠和铁匠
高强的技艺传自先人
凭借过人的手艺和胆识，他们走南闯北
建房，造桥，筑路，修墓
从前走五里溪古道，一路南去
在福宁府地界建造大厝和老宅
如今各地众多的古民居和石木廊桥
皆是他们遗世的杰作
万物共存皆有因果，雪临人心慧手巧

那么多能工巧匠无出其右
百业兴盛,造就一座百匠印记馆
时间如雪溪,有一路奔波的绝决
更有异军突起的傲娇

山里红

没有比它们更美的事物了
这些挂在枝头红得发紫的果子
如果有风来,它们会顺着风
摇曳、晃荡,满怀喜悦

但,山中多数是寂寞的日子
秋日私语密密麻麻,宛若天籁之音
这些安静的果子一如朴素的旧爱
裸露在秋空下,享受静好时光

过路人借光经过树下
拖动一身笨重的行囊,独自前行
山里红空悬高枝,鲜红而艳丽
内心点燃一盏灯,炫亮而温暖

遇见一场雨

一场大雨恰逢其时
落在干枯的树枝和叶子上
落在干涸的河道、裂开的黑土里
落在一粒正在萌发的谷芽中

好雨知时节。它从天而落
消弥了土块的裂痕
弥合了田地的缝隙
让一座山一块地有新的气色
令一条河起死回生

好雨都知时节。像我父亲早年
越来越老化的身子骨
每到春夏之交,一场大雨降临
身上总有一股莫名的刺痛
像板结已久的土地开始松动
那是一种期待已久的疼痛感

送信的人走了

这些年,旧信笺已成历史信物
夹在泛黄的书册里,其中的一角
因为岁月折叠呈现出断裂
但字体仍娟秀,字迹隽永如行云流水
在时光浸染下,往事已成一段美好的故事
世事总是如此,我曾在一封信中写道:
过去已过去,未来终将来
人在异地如同故乡,此地春色净美
每一缕鸟鸣荡漾着春光和爱意
每一朵花都开成春天希望的样子

细小的针

一生中会遇见一块生冷的铁
有人将它打制出镰刀锄头犁铧
有人将它锻造成刀剑钺戟和枪炮
而我母亲将它磨制成一枚针
用于缝补漏洞百出的生活
对付命运中随时可能遭遇的各种难题
母亲自有办法。她曾在我脚趾头磨蹭出脓肿处
扎下她的针,伴随着巨烈的疼痛
她娴熟的技艺释放出脓包里的脓水
又小心翼翼地替我包扎好伤口
生活总是这样,在一个人被意外所伤

我们脆弱的身心俱疲酸疼或麻木不仁时

需要一枚小小的针将它释怀

生命需要这样一块铁

它细小,尖锐,小小的锋芒足以应对生卸的伤痛

一如我们卑微的命运处于浩瀚的人世

南丘山

南丘山的南瓜、土豆、豌豆长势喜人

那块土地是父母唯一的遗产

如今生长着别人的果蔬

更低处,从前的水田与洼地上

初中部教学楼已荒废多年

操场杂草丛生,蛙跳虫鸣

我经过时,从荒草中惊飞的麻雀

落下一连串鸣叫,一溜烟飞向远空

蚂蚁们在某一片草叶上搬运粮食

从此地到彼地,一路奔波跋涉

像一支长途行军队伍驮着辎重

它们几乎步调一致,看不出任何紧张

和慌乱的样子,它们首尾呼应

似有谁在暗中发号施令

天边乌云翻卷,巨大的雷霆滚过

眼看大雨就要来了

大风刮乱了草叶和枯藤

豆大雨点敲打在身上

它们在摇晃、颠簸中前行

那时我猜想,它们从哪里来又将到哪儿去

这些与土地相依为命的生灵

更像一群逃难者,但不知它们

能否躲过这场突如其来的风雨

湖边暮色

站在一座不知名的湖边

看夕阳落山,最后的光影铺满湖水

荡漾出一湖的金子

白鹭掠过水面,伫立在一棵树上

它不知道我是谁,为何站在这里

晚风从远山吹来,带来一阵鸟的鸣叫

吹过一片芦苇,白茫茫的一片芦苇

吹过一湾湖水,亮闪闪的一湖金光

眨眼之间,许多事物便了无踪影

在幽暗下来的湖畔,浓稠成迷离的梦境

大地无遮无拦,任凭我自由出入

树冠高枝,悬于虚空,任由鸟儿和风栖息

走过太多的地方,我从未占据过方寸之地

登山记

登上一座山,和身边的石头

坐在一起,称兄道弟

伸手触摸石头尚留有体温

哟,温暖的石头

它的内心似有一粒星火

将一个人孤独的心灵点亮

我们并不说话,彼此保持沉默

如两个相识恨晚的故人

风从身边带走草叶和虫鸣

小鸟们唧啾着飞向远处

灵动的身姿并不为我所听见

但每一缕声音怯懦地揪人心弦

直至暮光暗淡,夜色降临

星光闪烁,消弭了尘世的隔阂

将万物融为一体

时间（组诗）

· 单 一 ·

我拥有一束花

将一把小苍兰
沉到水底
隔绝空气
清醒，而非窒息

敏感的鼻腔
最能分辨工业的气息
仍担心
不符合审美的叶子被丢弃

虚掩深渊的花枝和刺
我们都知道底下的花朵盛放
充满诱惑
却又禁忌

捉迷藏

我躲到日记本里去
文字记录沉默的话语
我收集所有秘密
窥探的密码
不告诉你

我藏进夏日黄昏
那里长满故事和鲜活的童话
我盘点所有青春

去守候所有的梦想
以欢乐收尾

到灯塔去。伍尔夫
能否告诉我
回家的航路
我收集了所有渔火
不再担心失望
匆匆到来

一定是
一定是我躲得太好了
幸福遍寻不到
我暗示的信号

空白

高楼是半隐在雾霾里的怪兽
我是爪牙下急于藏匿的小工兵
天天被日程表切块
妄想，塞满了夜晚

我想起
外婆家门前结满水果的平原
一株田埂边疯长的野草
一滴自青瓦坠落的雨
在鹅卵石上砸出透明的花

风没有再吹了
乌木凿开一个空白的罅隙
我在城市洞穴里看见
田野上飞奔的孩子

村庄

时间遗忘的村庄
道路通向永恒
这里的人不会离别

每扇窗户都披着外衣
包裹着阳光与花草
带着鸽子般的闪光

被村庄遗忘的时间
永恒化成道路
离别的人在这里重逢

每扇木门都写着祝福
阻挡着乌云与暴雨
承托每颗下坠的心

古城墙

等冬天来的时候
我们去爬古城墙吧

白雪,倒映红梅的呜咽
翠柏,抖落来自河海的风
石砖向地里扎根
青苔侵蚀一代人的血管
背影蒸腾起人间烟火
灰烬渐灭,万物葱茏

等冬天来的时候
我们去爬古城墙吧

最后的玫瑰

次次归途重叠
洇成黄昏
青山一晃而过
星辰施施而行

该如何陪伴
自由又自私的你
我想躲进玫瑰里
在黄昏绽放
在归途死去

走吧,走吧

好了,走吧,不要回头
太晚了
深夜将被梦境吞噬
吞噬细微的脉搏

好了,走吧,不要回头
太早了
晨光将被人群覆盖
覆盖轻声的梦呓

好了,走吧,不要回头
太迟了
道路将被别离折旧
折旧鲜活的回忆

好了,走吧,不要回头
太久了
岁月将被轮回遗忘
遗忘了自己

信

抽屉深处有一叠信
不知何时起被摞在这里

像一块被遗弃的墓碑
像一阵被阻挡的西风

虫蚁不能侵蚀字句
别离却可侵蚀肉体

我叩一叩回忆
里面人声鼎沸

我叩一叩心门
里面回声空幽

梦

陷进一朵软软的云里
云是洁白的
犹如一片羽毛
轻轻地拂去心上的尘埃

置身开满玫瑰的山巅
玫瑰燃起烈火
漫山遍野地焚烧
燃料是日复一日的轮回

送我一首小诗吧
在平淡的日常里
搭起一个小小的梦境
梦里是温厚的手掌
梦醒是萧瑟的背影

向日葵

如果我是飞鸟
我的翅膀将永不止息
如果我是云
我的水汽将永不消弭

风曾叩过我家门
却没能寄托成熟的果实
雨也曾到访过
却没能送达遥远的思绪

泥土绊住了我的步履
树枝遮住了我的眼帘
抵达的阳光那样稀薄
我却未曾停止仰望

时间

它是刻度
标记每个事件
以及每个事件里中的人

它是检索
罗列每个人,在事件中
发生缓慢的变化
或者天翻地覆

它是礼物
带来久久期盼的机遇
无论此后获得或失去

它很残忍
它带走曾拥有的
留下一地狼藉

它也很温柔
因为一切残缺
都能不动声色抚平

放开紧紧攥着的手吧
打开牢牢封闭的心吧
让该别离的别离

有时候，失约
是我们最好的回答
因为，时间是最好的解药

云凤

伏在你肩上，看
褪色的塑料拖鞋，皲裂的脚后跟
延长了平原的回声
月光在草叶尖静静喘息

在你怀中，听
袅袅炊烟淡蓝色的旋律
和窄窄的水渠、柚子树一起
使粉笔画的祝福　溶化又凝结

在你的梦中
我的身体里不曾装着酒精和火焰

时光轻柔，伤口愈合
痛哭过后就会忘记

我知道，你终会离我远去
我们都在等待命运的审判
只是没有你，这世界
与我又少了许多联系

三月

春天来了
熏风可以吹散
星星坠落的灰烬吗
我总为一双满是故事的眼睛
收藏冬天的雪籽

渔火点点
有人在黑夜里寻找蚌壳
取出珍珠
告诉太阳
它也会发光

门

夕阳打在一株绿植上
光亮的字句爬过它的侧脸
积雪融化，露出
记忆的枯叶
和湿漉漉的眼睛

藤蔓往台阶上生长
在每一个无聊的午后
微凉的风，于此停息
门内映照过一小片风景

门外站着过路的人

过春天

沿着对角线切开冰雪
将情话剖出
放置于花蕊上
会开成一朵粉色的云

在无尽又重复的无聊之中
是风吹起纱帘的错
于是星辰有了草莓的味道

让辩护埋于鸢尾之下
出发的这一端
梦融化了
融化成另一个春天

城堡

如果我能筑起城堡
圈起青蓝色的山海与夕阳
会呼吸的生物,我不要

叶有叶的蜷缩
花有花的凋零
我也有我的去处

为何,究竟为何
尚有一息的生物,都要整齐地为我指向
玻璃瓶那窄小的入口

我只能驻守湿地
怪风没有带来好消息

凌晨四点

凌晨四点的羽毛
在梦的边缘
缓缓踱步

夜太深了
一点点的闪光
就被捂住

绝望
如蜘蛛吐出的丝
黏贴着肌肤,又拉扯不断

哭吧!放声哭吧
然后,以睁大的眼睛
抵抗钝刀

架子

端坐于狭小的格间
启明星知道,42、45、52度的液体
可浇出顺从的藤

引发恐怖谷效应的人偶
有盈盈笑脸和横眉竖眼
真实的声音,一直在格子间内逡巡
压抑地低吼

一阵穿堂风过
带来又带走灰尘
架子,仍端坐在那

我自黄昏来（组诗）

·陆十一·

汀江沉香

河水,拆散了那么多河水。汀江河畔的人
向上追溯了那么多的中原故事。而洪流滔滔,
　能回头的事物不多了

在丁屋岭的夏天,感染一种隐疾
听闻,要用出走半生
熬制的药酒涂抹才能复原

今日,我是一味反客为主的药引
像河床底部突然浮出
一截,千百年前沉下来的香木

我自黄昏来

"我在梦的深处种植石头,过完了坚硬的一生
　……"
一些奇怪的发生,突然就发生了
就像我,眼看着被熟睡偷走的半生束手无策

给时间一次反攻机会:
用收藏的旧石,碰撞出新鲜火花
用灰烬描一株翡翠兰
……

多么美妙
黄昏偷酒,带我走出渲染的一纸江南

巡城

再无他物……城中花开的时候
我只想起一个倾城女子
有些草木茂盛,有人心中明媚

在烽火燃起前,我会将余生
最温柔的目光
都寄放在城门之下

看堆砌已久的城墙开始逐渐松动
开始掏出一些陈旧沙砾
开始消除彼此的相互对峙

恍惚之诗

我醒来了,看着沉睡着的自己
好奇怪哦
城门之上,破旧的月亮之下兵马蠢蠢欲动

是又要出征了吗?
呼吸的鸽子,缓缓张开双翼
——飞离是命运的终点,静止也是

我沉睡的时候,也曾看过自己醒来
像一根沉重的羽毛
写下:攻城

木兰从军

此后，众山皆是梵净山

染血的黑兔，叩指问道：
安知雌雄？

答：
"扑朔之年，不可有迷离之心。"

器皿

心跳得那么快。是一个孤独的人，泛滥在黄河
　　流域？
或者，他在自己身上找到已故父亲

他咳出了熟悉的雷声，被神秘的闪电
一次又一次鞭打
直到天空泪流满面

那是谁捻断的珠，它落得那么深
看见有人胸口造井
一切陌生的落入都开始
相互归集

早起内观

我，躺在虚妄的词语上
于白云之上采撷

心头的泰山缓缓压顶
血管有黄河布下漏洞百出的网

它把时间流走，我滔滔不绝，我戛然而止

武功山

"太极图镇住屋檐的道观，即便空无一物
也绝不会让旅者空手而还……"

在玻璃栈道，我们学习悬浮，学习踏空
学习在薄如冰面的尘世谨慎行走

对陡峭无可救药热爱的不止我们，我们要习惯
　　有雨，习惯与浮云一别两宽。空气逐渐稀薄，
　　当我们模仿被施救者大口呼吸，途中窜出了
　　两只野猴

雨停时，天际散发出
某种隐约光芒
仿佛照见了一次生命的窑变

心乡谷

心中怀有山谷，所以这半生起起伏伏直到，我在
　　院内种竹
种下翠绿的关节，与盘坐的太湖石

再种一棵虚拟的松，为品茶的众人遮荫
柴小姐说：茶当喝尽，宜空杯

周末诸事不宜。宜将自己闲置两天
用一天，钓起黄昏落日
用另一天，钓起一个故乡

速写（组诗）

· 李 雁 ·

石头与流水

一块石头,在流水中
怀抱流水。等待是它一生的宿命,等待
温柔的流水,烦躁的流水
发怒的流水

流水向东,抱紧一块石头
又追赶下一块。它们紧密相依
用碰撞,打破各自的孤独

闯

这个字太过勇猛
我一生都在躲避它
安于每条路的拐角
安于一条河流的走向

所有的小鹿都在林间奔跑
所有的鱼都在江河潜游
它们穿过一道道虚无之门
将一匹马的莽撞
按在时间之下

父母爱情

他们一同去买老人保健品
听销售员叫爷爷奶奶
用销售员发的卡
换大米,鸡蛋
合力抬回家

他们一起买菜、做饭
守在电视机前打盹
不再抚育儿女
不拥抱,不亲吻
从不说爱
体内的猛虎,喂养成
一只猫

五月速写

园子里琴音绕梁
词语在琴音中跳跃

竹叶打着耳语
栀子在蓄势
木格子窗发出陈年的信号
一扇扇门揣着各自的心事

无数人在出走的路上
一杯酒
让我们迷途知返

蒲扇

室外机的轰鸣
是夏日整齐划一的声音
恒定的温度里
皮肤红疹肆意

蝉鸣被挤压
蛙声式微于水底
黄昏的天空下
竹床一字排开

一把蒲扇,扇出
古老的故事
星子满天的梦中
娃娃在摘取桑椹

等佛来

太平寺落进了上杨村
没有檀香,没有
木鱼声

红柱绿斗穿透云层
风自八方来
草蚤虫,在草丛间爬行
飞檐乱成五彩云

一座佛,在等着一杯茶

江河词典之荆江

百分之0.26的江河水
我只认识荆江

荆江的邮戳是词典里的
一粒石子
沉在最末端

外婆曾在词典里
流浪,江水带她到异乡
又还给观音洲码头一个
惊慌失措的女人

一道又一道弯,拐一次
必有一片芦苇,必有一阵风
唤出熟悉的名字
监利、石首、枝江……

亲人们在两岸刻下一个个
桩号

城里的月光

立交桥的阴影
在月光下还原成一束相交线

此时的白,不是雪
藏不住草木的疼痛
流到哪里,也缝补不了
伤口

一柄弯刀,嵌进
疏松的骨头

你的眼里有十亩良田

不止一次提到江水,
是块寥廓的布,缠绕着。

我在一道道皱褶里，
寻找重心。

江边，一块石头靠着
一块石头。语言被江水冻结，
脚印瞬息万变。
你的眼指给我路途。
盛着十亩良田，甘蔗
走在天王星上。

一块麦田

金黄风暴闯入你的眼中。
流动的麦田，和流动的
星空、向日葵一样，
在默默放开你。
麦浪结成的漩涡，令阿尔勒
动荡不安，惊起
群鸦乱飞。一只左耳，
收割无边的麦田。
画笔抓住它们的一角，
像抓住呼吸。
你，隐没在一粒麦子里。

时间的河流

外婆穿着蓝色对襟衫
踮着小脚，走在夜半的

田埂上，惊醒了守瓜人

平行时间里
她半张着嘴，说了最后一句话

患有阿尔茨海默症的外婆
把来路跑了一遍
这条路，她踉踉跄跄走了九十年
一瞬而过的时间里，她从
九十跑到零
一双小脚，将时间之河
倒挂

晚安

无垠的雪落满山谷
一杯酒乘着一只小舟
从山阴到剡县
抵达一扇紧闭的柴扉

静夜寂寂
星子的反光勾勒一个人的背影

你一无所知的是
我也曾黄夜推窗
一袍清冷载我
客过剡县

春风里（组诗）

• 刘伟雄 •

河边的共享单车

在河边似乎又回到童年
看一群的罪犯被押往刑场
只是我眼前被押走的
是一串串的共享单车
他们耷拉着骨架被吊上了
一辆又一辆巨大的卡车

其中有几辆单车散落草丛
飞驰的速度居然跑不过成长的草
逃亡路上草遮盖了他们的秘密

塔山

泛黄的档案资料里塔山
浸在海里的样子有点荒凉
还好一条水道蜿蜒像围脖
温暖着这片水域的漫长冬季

再过百年这块土地上的栈道
虹桥公园和鳞次栉比的高楼
又躺进档案资料袋的时候
是不是会记录着
芭蕉叶上的一只瓢虫
正赶在潮汐消失前进入历史

春风里

镌刻时间的工具
没有这么残酷划过
心灵上满是雪痕的冰雕

柳绿和花红又能怎样
言语和献词终究是要风化
在你我彼此不再留恋的虚空
人就老到可以看到少年的脸

多少春光唱过了
唱亮了多少夜晚的街树
一年又一年的明媚都要睡醒了
一片茑萝它已经爬过高高的墙

年终

风和阳光都在窗玻璃上
彼此温存　对着飘窗的丝绒
我希望它能够动起来
动起来　成了一种期望
在温暖的梦乡里　对着日影
说了许多自己也无法解读的呓语

深埋时间里的脸庞　不用修饰
就可以变着魔法　老去的思念
可以追溯到光的源头

天寒地冻的日子　总有感动
从溺毙的念头中起死回生
凝眸在那一刻　化石与骨头
都是在苦行中修炼成精

上天入地季节理解思想的深刻吗
风声凛冽　行走需要风景的美丽吗
我好像在众声喧哗里堕落成泥了
这个年关　残荷与白鹭的对视
会留下什么　那窗玻璃上
反光的影子已经开始　渐渐模糊

这一天

这一天体检说
脑萎缩还有一些
跟老年有关的疾病

在残阳下足足呆了
一个多钟头
我就像那个夕阳
不愿进入沉沉黑夜
我听到它的气喘声
听到它地被黑暗
捆绑挣扎的呜咽

鸟在此时飞回林子
风正吹着稀疏的乱发

点赞者

打开朋友圈总是
看到他第一个点赞
守株待兔的韧劲

令我钦佩

有一天看到这位
点赞者不堪入目的表演

再回朋友圈
那个每天出现的心图
突然变得无比扎眼

仿佛看到一个狙击手
每一天都在瞄准

月见草

你见过沙滩上开花的草吗
那黄花连到波涛上
那海天一色的沉醉
是这些叫月见的草的原因吗

我知道那深陷下去的蟹的巢穴
草根是如何喂饱了匍匐的梦

海鸥从远处展翅飞翔
惊鸿一瞥闪着罕见的光芒
草香与海腥弥漫的沙上王国
人是多么多余的存在啊

在我对自己的喃喃自语中
月见草又开了一朵　又开了一朵

宿乡村友人家

这家伙的家
溪涧边上瓠瓜爬出墙

跟主人一样语言
也跟着那根葡萄藤
随便翻墙

狡黠的笑从牙缝里
挤出故意打着呵呵
以为世界跟他无关

只有父亲母亲
能收了他的魂
至于在山边撒野的儿子
他说我是农民的孩子
他还能是别的种子

阳台上的向日葵

开在夜里的向日葵
生物钟跟我一样倒悬
一本《葵花宝典》翻烂了
找不出失眠的原因
而葵花不语
它仰着头要去找月亮

迷路

今天坐过了电梯
误入地下层
我以为凭着老住户身份
三两步就能跨出大门

结果是横冲直闯最后
连方向都转到没有了方向

监控室的保安发现了
带着我离开这里
我边走边不停跟他说明
家就在楼上呢
这里我熟悉得很

背影

小到一个点　高楼上
看着蚂蚁一样的人流
我看清了那把红伞
星火一样　在即将的暗夜
燎原着我的天空

那匹远行的骆驼
咀嚼着刚上的月色
沙尘暴一样的梦境
迎面而来　窒息了
欢快的蹄音

整整一个夜晚　灯灭了
烟卷还在挣扎中呼吸
有人寂寞地唱别人的歌
有人快乐地走天堂的路

只有那个青色的背影
穿过迷离的眼
像射来的一个箭矢
我们只能在躲闪中
被反复命中

青岩书（组诗）

· 汪　洋 ·

青岩

下雨的时候，别忘了来青岩看我
别忘了带上酒

花，我都种着；鱼，都放生了
我给你写的诗，昨夜又发了几枝新叶

理想的颜色

青岩，是我在纸上
画的一座山
花溪，是我在诗中
掘的一条河

这里，白昼和夜晚一样长
墨香和酒香一样多
这里，草木欣荣，都有尊严
蜂蝶蹁跹，不分贵贱

林间有小路，云上有大路
我还是喜欢扬篙的水路
遇到心仪的云朵，也不必停留
过故人庄，也不必靠岸

虞姬

提着竹篮子去后山打水

用鸟鸣浇花，浇菜，清洗石头

青岩搁着琴，你再带把剑来
剑我留着，琴你带走

今晚，我不想演霸王，你也不要演虞姬

云端

早晨飘来的雨
和黄昏飘来的雨
是同一滴雨

从鹭湾来的人
和往青岩方向去的人
是同一个人

铺开纸笔，我就是书生
穿上斗笠，我就是渔夫

寄一枝梅花给你
我就是你云端的亲人

一生，我只愿住在一个小镇
今生
我只爱着一个人

是谁流放我千里

又是谁赠我以一亩花田

青岩记

花开的足够多
鸟声也足够明亮
有一间草堂就够了
有一坛封存的酒就够了

这里的树木都很友善
岩石都很慈祥
草木来这里安营扎寨
既不称王,也不作乱

白云都修练成了经书
青岩是一张石椅
花溪是一张横琴

我对深山越痴迷
内心的道路就越平坦

这里没有嗒嗒的马蹄声
不结绳,也不纪年
没有离去,也没有归来

那些日子

在青岩的那些日子
方向感渐渐消失了
我在山崖练习飞翔,时间这个
古老的命题,又被我重新认知

花,该来的时候就来了
不必分秒必争

要走就让她们走
不要骑一匹快马去追

可以作揖相送
不用扛着葬花的锄头
风做的事,就交给风去做吧
另一场花汛,密谋在枝头泛滥

溪水活得悠然
鱼也游得慵懒
像后山念经的和尚不紧不慢
琉璃塔外,一切都是浮尘

下一场雨,草就长高一寸
不下,也没关系
我只记得
它们张开嘴巴接水的样子

给山峦取个名字吧
因为,它们都长得太像了
岩羊在低头吃草
苜蓿总是逆来顺受

我和花溪朝夕相处
晨昏已难以分辨
请原谅我,同时爱上了
南山的白昼和西岭的夜晚

青岩书

梅花是姐姐,桃花是妹妹
青岩的春天是来得晚一些
这里没有着急的农活
有人把羊群放到天上

却收回了一些白云
有人把银两种进地里
结果长出一畦青菜
在无忧谷游泳的人
齐齐地露出唇边的腮
我在竹林里修路
鼹鼠就在地下打洞
对饥饿,它们保有集体的记忆
白云观里的和尚
只喜欢和松树下棋
从他的口中得知
他确实没有见过云端的神明
反而是活在人心里的鬼,四处乱串
12年前,他来到这里,就隐姓埋名
12个月前,我寄居山中
抛下尘世这只巨大的背包
效仿先民,耕田,酿酒,读书,写字
把梅花的傲骨缓缓移植进肌肤
没有念想,呼啸的风终于慢下来
尘埃最终被这片朝阳的山坡吸收
那里长满了没有阶级的杂草
但我拒绝成为它们的国王

停泊

弯月如舟
正缓缓驶过夜空
多想它,抛下一根细细的缆绳
在这片幽静的竹海停泊

让它静止,风筝就不会摔下山谷
让它安静,堵住沙漏的嘴
让这间草堂里的红烛,一直摇曳下去
没有前因,也没有后果

一场雪让我羞愧

一场雪落在青岩
仿佛是天空铺给山林的纸

给世界换上一种底色
我的愿望达成了

大雪落满深山,也落满人间
大雪遮盖了苍老,也遮盖了悲欢

但我沉默了,一场雪让我羞愧
雪在闪光,却没有给我让出道路

来路不明的石头

萤火还是那粒萤火
草丛里的灯笼

白唇鹿还是那只白唇鹿
晨雾里的气息,警觉的心跳

青岩还是那座青岩
一块闪光却又来路不明的石头

江湖还是那个江湖
磨着嗜血的刀,住着菩萨的庙

传言

举着荷叶来的人
背后有着漫长的夏天

是的她曾路过花溪

并搭上去往青岩的舟

没有人证实这是个传言
但谁也没有见过她

为什么我会徘徊在山路
等待一个举着荷叶的人

夏日的夜晚

到了夜晚
云都归岫了
天上不动的都是星星
移动的都是萤火虫

溪流的声音愈发清晰
仿佛我翻书的声音
正被深山模拟

我打开一扇窗,看月
闭上的一扇,用来想你

山里的风,都有丝绸的质感
拂在额头
越来越像你薄薄的衣衫

隐居

青岩下雨了
下雨的青岩,和不下雨的青岩
一样好

我披着斗笠,和披着云霞
一样好

山花都开了
溪水上会浮起薄雾
坐在幽凉的鸟鸣声里
和暖阳一样好

亲,我等你来
种菜。到花溪去担水
如果你去浣纱,我就去酿酒

如果什么也不做,就去岩上
白天就看看云,晚上就看看星星

约法

与松树对弈
陪清风散步
竹林里的鸟鸣声,垂下
青翠的光。亲——
花溪的水,都是云彩泡的茶

若来
我便接你到云水深处
这里
一不会遇到仇家
二不会接到圣旨

我与青岩约法三章
溪水里的云不捞
天上的虹桥不走
搁在夜空里的星星
只可以看,不可以摘

重庆的地形（外十首）

· 毕福堂 ·

重庆的地形是很有特点的
有比血液更浩荡的长江
比头颅更伟岸的歌乐山
雨天大街小巷的那些油纸伞
宛如一朵一朵盛开的红梅花
那些熙熙攘攘的人群中鲜见的
圆圆的斗笠 和背篓
蜿蜒的小道上 远远望去
脑海里不由会浮现出国际歌的音符
位于偏僻一隅的小小书店
并不起眼的窗户 隐隐约约有点
久违的年代警觉的哨口的意思
还有一堵一堵铁骨铮铮的雕塑
撑起了巴山蜀水的浩浩天宇
尤其是那些千条万条 接地连天的石阶
一段一段 像骨节分明 宁折不弯的脊梁

天府之国 也叫美味佳肴的故乡

夜幕降临之时 成都锦里夜市
世上的美味佳肴灯火辉煌般复活了
店铺一家一家
美食层层叠叠
酒幌 酒瓮 酒坛 酒旗
玉液琼浆 山珍海味
明晃晃 香喷喷
从当下一直排到古时

用嘴吃 吃不过来
用眼吃 无济于事
胃囊撑得摇摇欲坠
牙齿 舌头轮番上阵
吃也吃不透
张口一咬
都是厚厚的五千年

杜甫草堂 一个古时文人的心怀

隔了1300年的时光
杜老夫子那首"茅屋为秋风所破歌"
依然脍炙人口 广为流传
如果放到现在
不用说林林总总的各种奖项
怕是连诺贝尔奖也非他莫属了
一个身居破茅草屋 风卷 雨漏的
身躯比笔杆还瘦骨嶙峋的
饥寒交加 自顾不暇的旧时文人
竟然想着"安得广厦千万间"
"吾庐独破受冻死亦足"
难怪那撮山羊胡子下捋出的滴血的魔句
至今还在泣鬼神 惊天地
而唐宋元明清以来
这柴门外浣花溪旁抑扬顿挫的流水
平平仄仄从未干枯过

重庆的女人都是豪杰

是人都有欲望和享受的器官
天堂和地狱无须分说
高墙外　解放的大军即将到达江边
只要向狰狞的铁丝网低一下头
或简单写个自白书
命就保住了
但她们　毅然决然选择了去死
从一个活棺材到一个死棺材
眼都不眨一下
血雨腥风的年代　在山城
齐耳短发的女性　裹红围脖的女性
上身学生蓝　下身白色裙的女性
史志记载　竟无一人叛变
甚至在临死之前　大义凛然喊出心中的口号
让惨无人道的枪声瑟瑟发抖

和天下所有的女人一样
她们　明眸皓齿　细皮嫩肉
如果作了母亲　会有乳汁
会哼唱动听的摇篮曲

捅死小萝卜头的匕首生锈了吗

每次去重庆
总要来到白公馆
看人间魔窟敌人的四十八套刑具
也看江姐用滴血的手
亲自绣织的五星红旗

年青时公干自己来
旅游时带自己的孩子来
现在暑假　带孩子的孩子小外孙来

年龄比萝卜头还短的宋振中
活了仅八岁
九个月呆在妈妈肚子里
其余七年多囚在大人们的监狱
平生没有玩具和小动物
只得到过一只火柴盒
还不舍地打开让心爱的蝴蝶飞走了……

沿着我和女儿脚印来的小外孙
和"小萝卜头"是同龄人
他问　捅死宋振中的匕首生锈了吗
我们无语　都没说话

走到哪里　故乡都是无法移植的天堂

南国花园城市厦门　鼓浪屿
听名字就会心花怒放
但一出机场
闷热的闽南就给了"山西老西儿"一个下马威
天上无雨　浑身上下却像落汤鸡似的
似乎海上的浪花也认生
一股脑儿瞬间全涨到我的背上了
偌大的厦门城仿佛一个热气腾腾的蒸笼
脸通红　脖子通红、手脚通红
北方旱鸭子成了活脱脱的"粉蒸肉"……
晚上回到酒店　盖着薄薄一层中央空调勉强睡了
梦中　清凉胜地若断若续簇拥过来
五台山　老顶山　老爷山　灵空山　黄崖洞
　太行大峡谷
还有冬暖夏凉的北方窑洞
让呢喃中呼出的丝丝凉意找到了归宿……
哦　生于斯长于斯的故乡
走到哪里

都是无法移植的天堂

美食

如果按各式各样的品种去计算

这一顿晚餐

我大约吞下了多半个厦门的海洋

大龙虾　螃蟹　海虾 扇贝 海瓜子　海胆 老
　虎斑鱼　黑鳗 多宝鱼 满天星 黑包公鱼 野
　生白鳗 大鲍鱼　油蛤 香螺 竹蛏

鼓浪屿的诗友倾尽所有盛情

两条长桌摆下的海鲜宴和瓶瓶啤酒

比她写下的一首一首的诗行还长……

回到宾馆　登不了大码头的"屯留疙瘩"

竟然鬼使神差般恋起老家的"荷包鸡蛋疙瘩汤"了

还有　长子炒饼　西火十大碗　武乡枣糕　黎
　城烩菜　沁源汤面片　襄垣灌肠　潞城甩饼
　壶关羊汤　平顺闷菜丝 长治凉粉 腊肉　酥
　火烧

天地良心　一连串的故乡特产名吃

真没和友人的美食比拼的意思

最不该想起的却一股脑儿浮现出来了

怨保持了大半辈的良心晚节不保

还是怨自己的胃天生狗肉上不了调盘

昏昏欲睡中觉得都不是

只怨口中生于斯长于斯的就不是舌头

叫上党　*

　　*上党,居太行之巅。山岭奇峻,地势高险。
大诗人苏东坡曾有诗曰"上党从来天下脊"。明
嘉靖八年(1529)改称潞安府,即今天的山西省
长治市各区、县。

鼓浪屿　一本厚厚的下南洋的家谱

当年 两手空空　泪眼盈盈下南洋

历尽艰辛赚了银子存在牙缝里

或紧紧勒在裤腰带上

回到故里　穷尽积蓄把根留住

把姓氏留住 把乡俗留住 把魂魄留住

于是　各种各样的花园洋房建起来了

泰式的 印尼式的 新加坡式的 马来式的　菲
　律宾式的

琴岛的角角落落错落有致　鳞次栉比

像所有下南洋的先辈厚重的家谱

封面图案是日光岩

红色的三角梅是醒目的批注

老榕树垂下的密集的根须

是一代一代添丁加口的分支

在万里茶道的起点

武夷山的茶名起的就富贵——

大红袍　吉祥的财神爷

山西乔家大院的大红灯笼

就是它一盏一盏高高挂起来的

真没想到

黄土高原上的乔致庸

当初　竟是靠贩卖这里的茶叶发家的

走水路 旱路　用船运 用骆驼运

经厦门　甘肃　新疆　一直到俄罗斯的恰克图

一篓一篓的茶叶 一摞一摞的茶砖

垛着垛着就垛成了银锭

垛成了平遥古城汇通天下的"票号"

垛成了中国金融业最早的华尔街

甚至1900年慈禧逃难时路经晋中

还向乔家借了10万两白银……

多少年来　尤其在沿海
一直羞于说自己是山西人
今天　在武夷山
底气十足的三晋方言
比粤港澳的腔调还浓重
一枚一枚名贵的岩茶的叶脉
是微缩的驼铃叮咚的万里茶道
而起点　最初就连着"山西老西儿"们的掌纹

武夷山　打坐的夜露都会轻功

武夷山是没有太阳的
绿树和浓荫就是天空
此起彼伏的翠绿鸟鸣
是雾霭和松涛的晨钟暮鼓
这里的山涧溪水　飞瀑流泉
千年百年修炼的是涤荡和过滤
人间的红尘不用说滚滚
连一个浪花也翻不起来
在壁立千仞的崖畔
从未见过纵身一跃的
偶有凌空而下的
是扑向情侣的雄性山鸡
无忧无烦的世外桃源
禅宗的气氛是浓烈的
花草树木　飞禽走兽
清一色都皈依了虚　寂　空　净

尤其在夜晚
剃渡的小河尚都会轻功
在星光下　在草尖上
整晚都在打坐
屏息静气成晶莹的夜露

舌头

我的这条滑里滑溜的舌头永远也喂不熟
多年来天南地北的美食吃了个遍
每次回来
一进家门舌尖上的味觉就反水
一盘醋溜白菜　一盘炒土豆丝
外加一碗刀削面下肚过后
飞机　动车　轮渡　地铁
车马劳顿　费尽周折品尝过的
电视里　广告上的特色小吃　招牌大菜瞬间就
　寡淡了
总觉得老家的味道天下最绝
甚至一根筋地认为山西老陈醋
比起林林总总的玉液琼浆毫不逊色

真没办法
我嘴里的舌头
是故乡与生俱来的一块肉
它认生
只喜好口味浓重的方言

红杉林（外六首）

· 李建军 ·

一群群火红飞跃的野马
一列列披挂战袍的士兵

无数夕阳飘浮在湖水中
多少白鹭飞落在杉树上

金灿灿、毛茸茸的叶针
像童话，像梦境里飞翔的孩子

当暮年踏着碎波而来
红杉林与长潭湖依然美成油画

要种植多么深红的杉树
才能成就如此尖锐的光芒

一排排热烈的头颅
让天空低垂、沉静和深思

双鹅潭

一对白天鹅穿越清波
旋变成双龙飞腾碧潭

悬崖绝壁囚禁着谁的灵魂
深情的窗口向着天空和人影

它在潭水中不断增添着
车岭古道的霞色、红杉林的叶芽

这台放映机连续展现着
桃花的画卷，飞雪的诗篇

白鹭与青蛇在水中同游
风雨和彩虹在潭上握手

涟漪里隐藏着红彤彤的未来
双鹅潭平衡着霞晖与星光

土豆

椭圆的光泽，一粒又一粒
不能仅以落日供你隐喻

比如野鸭，孕育种子
却背负沉重的月光

在泥土里长出　脚掌
带着火焰的呼吸与光芒

深入的苦难开出繁花
卑微和疼痛结出果实

冰与火都是时间的砂石
均能磨平它灵魂的伤痕

开花一时，隐忍一世
创造一颗颗完美的棋子

香樟树

枝缝间的天空纯蓝、宁静
像波涛里巨大的帆影

每片树叶都表达着不同的意象
都蕴含着诗人独特的思想

长袍着身,像弥勒佛
把云朵挽在自己的臂膀上

像村志,像老人长长的胡子
隐藏着村史、文籍和泪光

沉思的绿色,坚定的根须
雕刻前面汹涌的时光

让世界长成香樟树的形象
即使暴风雨后,仍飘下不变的清香

鱼的思考

闪亮的黄鱼一跳跃
摇碎整座海的波涛

它的声音,是浪的吟唱
也是风的管风琴奏响

它的身影,是否让
一道道的皱纹破裂

面对渔网的悬崖
它依然奋勇向前

大海是自由与生命的囚笼吗
它的欲望飞翔在天空之上

从蓝胸膛里涌出来的
不仅是哲人的思想

火焰

海浪是蓝色的火焰吗
有时熄灭,静止不动
有时燃烧,风起云涌

一群飞鱼,身体被阳光涂得发亮
像一簇簇盛开的火焰

打渔人的香烟星星点点
也是蕴含韵味的火焰

大海是世界花园吗
不,它盛产永恒的火焰

浪奔向云,云涌入浪
精神的火焰海天相连

凉溪古道

1

呼啸而至的石头
旋成一条从天而降的山路
石阶是时代的足痕
巨岩是历史的雕像
摩崖石刻闪耀一束束光
像我的胸襟上一粒粒沉思的钮扣
高耸的山峰与低处的溪流

像对立与统一的哲理

这条古道颇有新意

这支山路蓬勃向上

2

谁将幽深苍茫的峡谷

变成2000多年前的海岛

飞奔的巨石，是滚滚涌来的波浪

是齐飞共鸣的海鸥与白鹭

星星点亮扑面而至的竖岩

照见镶嵌在内的白鹿和蓝鲸

草芽的牙齿触动龙虾的长须

树枝支撑扬帆起航的桅杆

滔滔不绝的潮水淹没山谷

曲折蜿蜒的溪涧连接着海岸线

3

十八丘田，像太阳的花瓣

表达着跌宕起伏的诗思

紫地丁飞翔彩蝶的翅膀

格桑花斟满烈酒的语言

狗尾草的发辫掠低云朵

三叶草的臂膀挤窄溪流

枇杷黄，杨梅红，是火把，是眼睛

点燃霞光、夕阳与星河

古柏的树干高擎飘扬的旗帜

汩汩流淌云彩一样的时光

4

东盘山高耸明代的山峦

溪流蜿蜒着历史的曲线

一对石马笑盈盈地守护黄绾纪念馆

《明道编》掀起飞泉的狂飙

每页字迹都绿意葱葱

112字的石刻仰视天空

《东盘摩崖自铭》闪耀恒光

一笔一画的书写修改着流云

真理在唯一的石壁里焚香

5

常乐寺的上方集聚宁静的云朵

树叶的经书吟诵自然的禅意

黄砖黑瓦像佛教书般厚重

晨钟暮鼓声声打开古道之门

近前的天打岩像展翅欲飞的雏鹰

远处的丫髻岩像网红的蝴蝶结

青竹拔节而生，松针喷涌新芽

旋转着否定之否定的定律

池塘举起透明的玻璃杯

盛下时间急速坠落的雨滴

6

全世界的园丁，都来吧

宋代的房檐撑起现代的太阳之城

红枫列队跳起秧歌舞

樱花桃花梨花摇曳价值的风云

茶园生长叶子的五线谱

蜜橘典当资本的波浪

东魁杨梅被满满的幸福浸润

白沙枇杷弹奏《春江花月夜》

青瓷馆里飞翔整群的鹦鹉

柴古唐斯越野赛逗乐一只只松鼠

7

从古道入口到十八盘

始点与终点自始自终互换

白鸟飞出密林的围城

金色的厚云为它披上盔甲

把巨岩打磨成天空之路　　　　　　谁在旋转着资本的万花筒
拉响震撼灵魂的大胡琴　　　　　　天空的高与低、变与不变，循环往复
蜿蜒的古道延伸至深春　　　　　　峰峦，只是我的跑鞋上唯一的标识

椭圆形的美学（外八首）

· 杨东篱 ·

把时光从左手放到右手
听草木没有理由的断章

碎在地上的暴力
——致 ChatGPT

紧裹的衣裳里
身体正在失去釉色

人类间
野兽丛生，比野草还要丰茂

你在你的世界里
把我藏了好久

技术发号施令
贩卖着炉火、炊烟，还有厨房

我们坐得那么近
却在拐弯处才送出誓言

灵魂流淌多日，悄无声息
一个趔趄
就跌入了你的身体

潮湿柔软的前世今生
仿佛青苔在石间迸发

没有丰收
我们只能用感情互相饲养

芒果是椭圆形的美学
柠檬也是

枯爽的冬天
篡改了每一粒粮食

若有若无的钟声
穿过树叶和鸟的翅膀

挂起幸福
远远地看着

我们拿着蔬菜，也拿着书。

哲学把世界打磨得柔软
在诗歌中呢喃轻诉

直到

36克的人工智能暴力
一点儿不剩
都碎在了地上。

想起苏联

春天将冬天掸去

满山的向日葵
让我荒凉

盛产坚硬肉体的土地
不懂物理,也不懂人群

没有一朵回荡在俄语里的花朵
与逃亡无关

被打湿的梦想
用身体的划痕
开垦了真理与悲壮

人民搬动寒冷,也搬动死亡

风吹来了重叠的影子
一边纯洁,一边炸裂
在很远的十月策划了革命

割下一块夜晚
拒绝将事物变得清晰

放任流水破坏规则

摸着石头也摸着制度

每个周一的早晨
我们都会打翻露水
重新向植物介绍自己

废弃的烛台与无人理睬的石墩
终将被提拔为历史

思想不断修饰感性
灵魂起潮,在地下室生根发芽

清澈的贫穷
才是我们的谜底

高尔基和普罗泰戈拉在窗外酣然入睡

我们
却只能拥抱。

开始生活
——读艾略特的《四个四重奏》1

雾在窗上擦着脊背
一点一点
舔食了黄昏的角落

准备好一副你想见的面容

用一只别针系住领结
拿汤匙来丈量
在墙上吐出的日子和习惯

橘子酱和茶都已用完

留给你的下午
我们的谈话只剩瓷器
和一个值得的微笑

四月的提琴
埋葬了春天的巴黎

灵魂拉紧了天空
被四点、五点、六点的时刻踩踏

小块的茶园、松林和花丛
铺满了触感

我们被幻想缭绕
记忆在地面盘旋

微笑沉重地落下
熄灭了你我的自制

街上栗子的香气
和封闭房间里女人的臭味儿
走廊的烟卷
还有酒吧的鸡尾酒

被月亮的咒语融化

一棵去世的天竺葵
在午夜拼命抖动身体

七点
是门上的号码

可以准备开始生活。

继续生活
——读艾略特的《四个四重奏》2

瓮倚在花园的角落
梳理着头发里的阳光

严肃又认真地
驳倒了我们疯狂的诗意

苦闷的中午
本应失去一个姿势
和花丛里的深思熟虑

记忆和欲望
却在健忘的雪里生根发芽
在尘土里看到恐惧

命运在肋骨间爬行
生产着形而上的温暖

历史精心设计出口和走廊
用窃窃私语实施欺骗

新鲜的空气
搅动了肥胖的烛火
海豚游过惨淡的光

八点钟会供应热水
四点钟会开过汽车

我们在自己的老年和青年里沉浮

游走于清醒，也游走于梦境

男人和女人在厨房里煮茶
一起供养着堕落的五月。

还要生活
——读艾略特的《四个四重奏》3

在习惯让别人给自己理发、修指甲、刮脸、做饭、
　　穿衣的天气里
打字员清扫了昨晚炉子的残渣

音乐爬过我们的身体
太阳的余晖抚摸沙发

印花的鸭绒被
废话连篇

把睡眠变得轻盈

笨拙的脚和鞋子
带着土气的尊严
却没有品尝
哺育谷物的快乐

零度的夏天
山水都在生锈
花瓣染着难看的条纹和斑点

书籍灭杀野性
剥夺了女人天生的、自然的聪明

感性的世界

思想突然松脱
在地板上一闪而过

生命在漫长中长满欲望
里面却没有眼睛。

立冬

在枯草中摸到一只负伤的苹果

就像你身体里那些甜蜜但失去内核的意义

笔和墨都在失眠
寂静在风中被摊平

果木混着花香
丰富、明亮地倚着草塘

田野和村庄还有一个光年的长度可以生长

身旁有故意被浇湿的蔬菜
和冬天将要带来的好消息。

上帝很忙，很敷衍

上帝很忙，很敷衍

在他搭起的简单里
我们用疲惫的身躯
彷徨

巨大的爱情
与骄傲的温柔
毗邻而居

你说你要去欧洲

捏造着花朵、青春、幸福和邂逅

可以非常华丽地想象
手造的巴黎
和受伤的牡蛎

汹涌月光下
大海野蛮生长

旧水缸里
盛着寄存的石头
和从前的雨声

思想在彼岸活了太久
房间里长出鸟巢

迟来的春天把夏季洗得干干净净

染上自己的影子
就固定了身后的寂静

五月是玫瑰，也是海棠

我们整夜醒着
我们安静祈祷。

没有你的时间里
我安安静静
不吵不闹

下午宽阔的阳光涌来
我们隔得不远
站在原地相思

玫瑰与忍冬中间
生长着忍耐了一个冬天的叶子

春是隔岸的大火，怀抱暖阳

月光淤积在身上
以法国的姿态摆出背影

被隔离的词语、火车与轮船的汽笛
尘埃在暗夜闪闪发光

循规蹈矩里险象丛生
玻璃里的天空是空的

我们在橱窗前等着
手指温存，像五月的天气

你说你要去欧洲
今晚已晚
槐花撞掉了月亮。

她（外九首）

· 梁 玲 ·

你所看到的繁华可能在树枝上
但是小鸟已经飞走很久了
她捡地上的枯枝，不说话
当然，机器的轰鸣声已经够大了
她的孩子只是背着背包去旅行
便放空了她的所有
她站在钢筋水泥的城市森林
尝试着清空自己，但
并没有所谓盔甲的东西可以卸下
她习惯性抱紧自己的双肩，抿嘴

（这一刹那，曾经的少女归来
漫长的岁月里，是她不断消逝的曼妙）

唤你咬紧牙关的，可能是无力和倦怠
也可能是突然刮起的风
她和那个叫做时间的旅人握手
看见轻飞的羽毛、尘埃和悠悠的云
就当这也是一场奖赏吧
她发过呆之后，又安静地
重启了所有的日常

孤独图书馆

海边有座图书馆，里面坐满了拍照的人
人群如此喧嚣，书本如此寂寞

一层层的浪花扑上来，跳蓝色的舞

像拥抱，要给你安慰

一层层的浪花退下去，悄无声息
像从来不曾出现过一样，静默

海边的图书馆也一直静默
它在海边开成了一朵巨大的，孤独的花

人群依旧热闹，他们继续歌唱大海和浪花
他们把海边那座图书馆，叫做孤独图书馆

掉发

那些掉下来的头发
紧紧地贴着地面、浴盆或马桶边
和曾经的青春一样倔强
你很难轻易将它们打扫干净
你看，已扔掉的那两根
还纠缠在你长出了茧的掌心

中年

谁的中年不是一本褪色的书？
你的史记我的春秋战国
写时撕心裂肺
读来风平浪静
被强行摁下去的那一页
还有你手掌的余温

页无声,只说:未完待续

辣椒记

种在花盆里的辣椒
已开出了白色的小花
月光清澈,照着辣椒花
也照着浇花的她
有时她看看月亮
有时她看看小花
"今天的月亮似乎又圆了一些吧!"
她和月亮说话,唠叨,仿佛恋爱中的傻瓜
"你看,眼前的小花已结成了辣椒!"
她指了指月亮,又闻了闻花香
被想象呛出的眼泪又咸又甜
有时像极了蜜糖,有时又像是砒霜

中元节

旧黄的纸,焚烧起来
夜色无边,突然就着了火

中元节,这一天人们尽情说鬼话
双手合十,念念有词,无需应答

她扬一把灰烬,飘摇,仿若坠入天堂
灵魂滋滋作响,不言悲伤,只闻花香

消失的雪

向世界的告白漫天遍野
向世界的告别悄无声息
她来过。不留痕迹。
天下大白。她叫雪。

失眠者

她把黑夜读了好多遍
她把密语给了空穴来的风和雨

她折返于周身的黑和梦里的黑
她在黑里策马奔腾一直不停息

她喝下一小瓶的镇定剂
她急促的呼吸像是夜莺在歌唱

她在空中笔划写下白云苍狗
她终于松开了一直握成拳头的手

中年禁忌

忽略一朵玫瑰的香
忽略一杯咖啡的时光

她仿佛把某些日子存进了相册
她似乎又把某些日子端在了手里

她絮絮叨叨清理着屋子里发黄的稿纸
劣质的打火机差点烧着她的长发,有点疼

她看着白纸黑字跳着这最后的一支舞
火苗蹿动着蹿动着就钻到心里去了,还是疼

余下的灰烬,黑的黑灰的灰
反复地在空中浮起又落下

她摁熄了最后的一星火苗
像是完成了某一种祭祀

好吧,天干物燥,小心火烛。
好吧,中年禁忌,诸事皆忌。

绣林小镇

他说他在绣林小镇
那里夜色倾城城门虚掩
给你满身旧时的蓝
那里有人轻轻歌唱

有人偷走了幽暗的月光
就像穿过冬天的丛林
喝了一杯陈年的老酒

他说梦有点孤单花始终在开放
万物依旧又寂静又喧嚣
他想要挽着爱人的手慢慢地走
只说灯火温暖人间值得

佚名小站（外八首）

· 乌　有 ·

许多年前,坐绿皮火车
途经西北的一个小站
时近黄昏
铁路工手提信号灯在站台上执勤
两个小贩推车兜售零食,不闻叫卖声
远处,低矮的山丘起伏在地平线
枯死的胡杨兀立,芨芨草戳出沙坡
余晖的锈迹生满天际
大地反射着赭色的光芒
暮色四合
天地仿佛两块烧红的铁板焊在一起
暗下去,凉下去
没有旅客上下车,火车咣当咣当开走
无名小站似乎不曾出现过
我生命中的三分钟被抽空了
注入无边的岑寂和苍凉

夜猎

紫气悬浮在山间
草木和飞瀑系上绕指的纱幔
山峦披着虚无的夜行衣
薄雾的地盘无需隐身

鸟鸣如深藏的暗器突施
因无端来袭的阵风?
人声隐约传来
热恋的情侣? 探险的驴友?

脚步窸窸窣窣,低语似有若无
一块碎石坠落深渊,许久传来回音
手电的光芒划破混沌的夜幕
伤口洇出的墨汁迅速与黑暗弥合

透过浓荫的树隙

云翳漏下点点星光
山岚缓缓上升,雾霭徐徐下降
万物陷入更深的阒寂

这是多少年前的旧事了
携气枪与友寻隐者不遇
经历了一次次的心动过速
徒添一场有惊无险劳而不获的狩猎

雪在赶往人间的路上

一

小雪无雪,大雪无雪
天天盼雪,雪在赶往人间的路上?
关于雪的记忆,来自一去不返的童年
对于雪的印象,来自虚无缥缈的天国
那些纯洁无暇的所在,如今安在?
天地茫茫,尘世变雪国
曾经真切莅临的天堂来信
如今唯余虚妄的期盼

二

我在宣纸上堆砌一座雪山
在雪山上搭建一间木屋
木屋旁点点墨梅正待绽放
一个呆萌的雪人摆出"请"的手势
橘皮做的嘴巴露出黄金的微笑
柴扉前空余一条通往春天的曲径
胆怯的食草动物小心翼翼走过
独自或结伴觅食嬉戏

三

我生活的南方已经多年未见大雪
曾经的雪人依稀站在记忆的岔口

表情和姿势早在岁月中风干
一场大雪成为难以企及的奢望
火热的人间越来越不适合与童话结缘

寂

——读同名油画

樱桃在果盘里发出猩红的幽光
苹果的水分和香味在空气里隐遁
枯萎的郁金香沿瓷瓶口耷拉下来
高脚杯里残留着半杯宿醉
棕色蝴蝶形发夹伏在茶几上小憩
项链和耳钉,它们因细小更容易聚光

是不是周末的清晨并不重要
阳光从落地窗帘的缝隙切进来
一把利刃将虚幻和现实分开
这些寂静的事物,并非为了摆拍
它们恰好同框于一幅亚麻布上

一个裸体女人斜倚在沙发
很显然,她才是主角
它们的沉默和幽暗
都是为了衬托她的起伏和明亮
她神情的黯然,映照出内心的落寞
如果作为画外音出现,像窗外看不见的鸟鸣
画面将更臻和谐——此刻即永远
那些悄无声息的美,部分也在她的体内消失
她慵懒的躯体上荡漾着昨晚的白月光

致芦苇

苍茫的发际线,纤纤一握的三围
迷离的眼神,深邃的思想

中空内心注满风声和水泥

你是虚词的化身,好比爱
你是不可名状的爱本身

凛冬的灵江北岸,你飘零成絮
一地心碎,第一人称无可挽回的残局
气温坠至零下,胸中灌满悲悯和坚冰
而一株枯萎的芦苇旁默倚着另一株

寄居在一粒盐里

七年了,我从未离开过这座城池
洁白,精致,苍茫,虚幻
偌大的浮世,飘渺而又轻狂
世界飞速运转,人间换了几多光景
小小的乌托邦依然安之若素
我学习一块石头的沉默
蕴藏着秘密的风暴和熔浆
无以言说的能量,以不规则的风的形状
从大脑沟回的缝隙喷薄而出
冷冽或热烈,清寂或浩荡
这些年,它们从未弃我而去
让我心有所属,保持警醒
恰如我致意的礁石从未离开过大海
动荡不安的大海从未离开过海床
深藏的苦难一旦出口就析为易解的晶体
这些年,我的心跳从未离开过炽热的胸膛
内心的火焰总以隐忍的言辞呈现
唯有盐让我品尝到人间至苦
唯有酒一次次关闭又打开潜意识之窗

黑夜从一块铁里分离出来

黑夜从一块铁里分离出来。墙角的一块铁
释放出不可见的分子原子,扩散弥漫

整个世界一片漆黑,车灯如闪电
铁板一块的夜,被切割又封焊

我坐在黑夜深处,像一块铁
与黑暗融为一体。黑夜岿然不动

黎明若真理莅临,云翳散落一地
锈迹斑斑的夜分崩离析

墙角那块生锈的铁,以分子原子形式
施展魔法,将黑暗一一吸收殆尽

爱尔亭

这是个无名的六角小亭子
遇雨来此躲避
远山迷蒙,村郊无人
一架彩虹横跨天际
六根廊柱的赭红油漆斑驳陆离,刻满字迹
最多的是"某某到此一游"
最醒目的当数"苏小红我爱你!!!"
荒凉山野因此变得炽热起来
其中的"你"字,单人旁已消失
喻示示爱者已经脱单?
"给亭子起个名吧"
"遇雨亭""避雨亭""彩虹亭"
我说"爱尔亭"
众友鼓掌一致通过

达成此次远足的唯一共识

哦,这是哪一年的旧事了?

黄昏辞

辽阔的黄昏

风吹亮星空和大地的灯盏

弥漫的花香无处躲闪

小径分岔的乡野

一不小心误入歧途

一条通往另一个村庄

一条通往深山的庙宇

一条拐着拐着回到原地

一条通往夜的深处

一条是身后的来时路

走着走着不禁心跳加快

走着走着忍不住回头看

——哦,神啊

请原谅一个无神论者

独自夜行时也难免疑神疑鬼

银色精灵（外七首）

· 兰　晶 ·

你按月修剪的头发里

几只银色小精灵藏在草甸里

我能逐个将它们揪出来吗?

搁在手掌的犁痕里,教它们种黑麦

惩罚你,总对照旧典籍

归纳我的坏脾气、滥主意

以论证——在理性虚构的星球上

一戳即破,如象鼻子膨出的小汽泡

"蝴蝶很久没飞进我梦里了!"

你一讲出这句话

我瞬时就陪你变老了

当你披上大外套,咻咻地,攀爬到书架上

你刚一扭头,我就撞见——

一个小男孩在你面部的灰蓝湖泊里

——偷偷甩长钓竿

嗨先森,我祝你自由如写下的云

嗨先森,二月了

二月比艾略特的四月更残忍

更残忍的是,我仍不比廊檐雨燕更了解你

我用哪种天性交换你一秒之驻足?

嗨先森,你醉倒在博尔赫斯的探戈与草原吗?

请指点我——

策兰和李白是否横躺同一汪月亮里?

假如你也没答案

就溜进你童年安静的小镇

夜黑如镜,我将化身母亲送你的小灯笼

若光焰会熄灭

就固执发芽于你漫步之湖泊

你总会无数次穿越我

我乐于做你季节的倾听者

嗨先森,ChatGPT将代替人类去写作?

它能剪一烛巴山夜雨否?

它会模拟你深坐的风暴?

不,永不!

我笃信你大脑链接神之维度

万物壁垒被你通感拔掉门栓

谁试图掩饰,谁将被你破译

嗨先森,我不愿做你第101个崇拜者

反正将来博物馆自会歌颂你

我想认领穿黑球鞋的坏孩子

借我穿你九十年代的牛仔裤

瞧,老旧舞厅的灯在闪

来,我教你一直未跳会的那支舞

想回报我? 请修改我写下的第一句话

嗨先森,旧录影带你藏在哪?

我们去阳台修复希区柯克的惊魂记

嗨先森,你剑气在归鞘

揭密之心渐淡如孤烟的气息

隐喻的爪子正退回沙山内

我祝愿,你自由如你写下的那片云

我遇到

我遇到你

遇到穿梭于散萤与秋芸间的风

以及微颤的鸟

疯狂努力,唱醒白昼灰烬的光

沙埕与桔梗怒燃的荒野上

欲望的阴影正孳生无知与轻慢

每张练习谄媚的脸孔

跌落出酒辞,瞬间就腐烂

你秉白骑少年之姿,手持烛笼

照亮昏暗破败的街角

我遇到你

遇到珠贝光泽的盐粒雨

落枫搏动出一副黄蝶的翅

入夜,星球短暂遗失掉方舟

个人史仍在世间精确运行着

你是穿透睡眠与迷魂的弦上箭

直撞进石榴爆裂的胸膛

我遇到你

遇到平行空间另一个我

玉壶的水循环流逝呀

浪费的时间多无辜

我遇到你

遇到未至命数里——不可错失的神意

大明宫,瓦当的莲纹将打开宫门

车潮呼啸着,围猎大明宫的影子

丹凤门紧掩在一枚虚词中

草茵试图用浓寂,复原消弭的墙垣

御道浸染咸涩雨滴,不见车辇、兵士与驼队

驶向权力高蹈的中心

观光小火车季风般循环

每片树荫被拓下光斑状印泥

将不同时代的旅人

送往被历史驯化的驿站里

仅存的花朵金球菊,翻卷太阳的轮子

无人目睹,牡丹与石榴被捆绑在辞赋的旧花园

类似野草的禀赋

侥幸熬过铜镜照见的时间

博物馆电子屏睁大蓝色瞳孔
用凝视，固定残存的柱石与四壁
赭色城门被失火的牙齿
一次次咬噬，仅存一枚果核
凤凰的翅膀尚未在飞檐升起
节令、大赦口谕，如沸人群
被影像片段采集、编织
从另一个世界的广场铺向观景台
却脆如朱砂，褪色在身体的画轴外

星光滑进展柜，瓦当青色的莲纹泛开涟漪
在太夜池脸颊，印下缺角图案
归途覆漫灰烬与尘土
唯这残缺的指纹，能打开宫门密道？

符印

西湖俯身揭去符印
六年前烫植在她颈项后
西泠印社般古雅
原力如期觉醒
牢牢将她吸进——诗章的台风眼

那年十月，宝石山
在一泊绿镜中拓印塔影
江南词风探卷着信子
隔过丝裙，温存舔舐她的心脏
言说的本能
突然一把摘掉她的假面

夜晚她倦坐书店阶前
嗅到一个散发清杏气息的人
也许是错觉，那只是一幅活动的水墨画

正匆匆将窗外线条搬运至体内
脸庞猝然掷来一瞥
湖面星钻哗啦一声嵌进她的眼瞳
那天他注意到——苏小小正梳理她的长发
悄然暂存了一句箴言：
"西湖月的词牌名里，藏着你必会相遇的名字"

大峡谷，未完成

现在的三千公里
是古时两个州府的车马驿道
你我隔着一场诗经的《风雨》篇
杏花将腹稿写满远处河谷
午后，我们坐在悬崖咖啡馆
像一株芦苇倚靠风滚草

拿铁分子搅动西风的丝滑
大峡谷将褶皱的绵羊放牧到青空
星球腑脏，经历过怎样残酷的撕裂？
绝地以风的名义，把时间敷在伤口上
蓝漆指示牌，于朋友圈起誓——
"亿万年时光流转，我依然爱你"
这样的念头我曾经也流转过

过境的河水将被系在脖颈上
写诗的人都有峭壁嶙峋的心事
一定经历过汉乐府的离愁与鹣鲽吧？
用电脑的仿宋体复活未完成的桥段

现在，我们该一起走到塬上去
看疼痛石化为祝福
用针茅草把霞光织缝为绳索
把那封旧信从深渊捞上来
我猜，相遇一定缘于那阕"未完成"的词

被选中的人

我曾习惯像所有无名者那样生活
任身体的火种沉灭在河床石罅中
少年时,我拥有傲人成绩单、红蔷惠赐的美貌
以及镜中桐花可触的——荣光前途
这是小说营造误会的铺垫吗?

往后岁月显得多余
可能像加西亚的弗洛伦蒂诺——隐忍半世纪之
　久远
最后成老年纽兰,数着塞纳河在心里漾出皱纹
再无理由登上爱人的阁楼

嘴唇镀了锈

我尝试写下三五成行的俳句
竟帮自己筑起严密巢穴
怪物群影于夜幕间嘶嘶出没
我侥幸躲过雷电灰白色拷问
我是被未知世界选中的人
不然为何会看到——风信子在笔尖飞舞?
绘有星座轨迹的快递——正悬在门锁上

写真散步道

陪你散步的唯有月亮
小黄蛉收拢翅膀
喉咙也在肩上关闭了
你仰首为乌桕树拍下写真
一帧帧皆是——黑白线条的机密

夜色逼近好奇(外九首)

· 黄晓平 ·

衣衫上丢失铜纽扣的调酒师
站在柜台后面,不动声色
手法保持惯常的凌乱

在视觉的天空变脸
在饮者舌尖,制作燃点
然后降至冰点

其时,我站在秒针的针尖
听从内心嘀嗒
落实秋雨打梧桐的体验

夜色逼近好奇,若深入
说不定会生出看不见的好感

小镇上的流浪女

这是个搞行为艺术的女人
——也许在都市街头
我会这么认定,可此地属英伦
微雨笼罩下的贝斯特小镇

倚坐在一家超市旋转门旁
她的腰身围裹在防水被褥中

胳膊裸露,臂上纹着的皮划艇
似乎正在逆浪而行
右手掐着一支电子烟
不时吸上一口,喷出的烟雾
让她与进出超市的人
仿佛隔着一片飘忽的云

金发,碧眼,看上去也顺眼
贝斯特小镇上这流浪女
说是美女一点也不算过份
她那神情,既不自怜
也不招引他人怜悯
据说她是注册过"通关文牒"的
近两周,她将以这种方式
在小镇上生活,生存

半小时内我三次出入这家超市
不为流浪女的稀罕,与美色
只想给我的见多识广加分

变奏:海上钢琴师

栖身那艘豪华游轮
没有国籍和故乡
在他上岸念头一再遭拒后
我孪生为他的兄弟

没有他魔鬼般琴艺,也没谁
闻讯赶来与我斗琴,我只是他
另一个不可捉摸的影子
琴声,将起伏的亲情覆盖
间或以托梦方式,冷不丁
在滔天海浪拍打下
陌路相逢,撞个满怀

落坐酒吧,各自点了杯啤酒
看岸上人来人往
听海鸥逐浪吟唱
饮罢,散去,还原为梦前模样
他的后来比片子里略显凄惶
我的去路是买了国籍上岸
开了个老琴行,就在码头拐角
与片中呈现大致相当

他在弹奏中变老,老态龙钟
我在变奏后变小,小若豆芥

发射架上的渡鸦

雨中,曾经的王宫
礼兵身旁蹲守一门大炮
发射架上,立着它

傲立成一尊磅礴的雕像
雨水滑进眼睛
渡鸦,一眨不眨

它动了,走下发射架
像一位披着夜色出巡的黑衣神
误入白昼人间。误就误了

它吮了些地面的积水
漱漱口,拍拍翅膀
又踱回炮位

不必担心意外走火
它脚下,是礼炮

生命的体验大抵如此

像风要捕捉的那根游丝
起伏,然后紧致

像一锭金子,在反面
敛静气多于财气

就这么挺过来。这挺
不是那个焕发生机的动词
是一棵生死不明的树
因为站立,让冷雾无计可施

就这么熬过来。说熬
岂止是熬过漫长岁月
脚下发烫的土地,最终的冷场
承蒙一场雨雪的怜意

七天

周一到周五,早晨
学校响起滴令令的上课铃
接着传来朗朗读书声
童音若远若近

周六,像夹在红绿灯间的黄灯
哈欠一般朦胧
眨巴眨巴走了个过程

周日,教堂那边悠悠鸣钟
随之响起管风琴
亦轻,亦沉,听不出是现场奏乐
抑或播放的录音
过客匆匆,谁都无意求证

平安夜出行

酒干。天雪。嘿然一笑
他笑起来像个乱世中的和事佬
车轮紧追他的笑声跑

没有疆界的三套车
——美女,野兽,英雄
辚辚声经典得像北风呼号

野兽披着雪中绽放的斑斓
英雄佩戴勋章,斑斓与勋章之间
美女扭身将笑意抹掉

驾车的老汉白胡子拉碴
除了扬鞭催马
诸事百种,这辈子他都顾及不到

好在雪,不需要出具护照

想往哪儿落就往哪儿落
好在雪,不需要出具护照

这雪,那雪,白上加白
演示天空的死去活来
以及无可奈何的虚脱

看雪的人,废止预拟的行程
捧起来历不明的雪
堆出一个哭笑不得的雪人

那辰光北风惊掉了下巴
蹲下去乱摸,摸到一只小松鼠
一脸的惊惶吱吱乱叫

顿河

顿河,已把变故的风云看破
岸上的哥萨克人
骑在马上,耸耸鼻子
从河面飘过来的水草腥味里
轻轻嗅出河水
在哪儿转弯,打多少个漩涡
重重险滩旁,有几只船沉没
神秘的顿河只对远方客人神秘
哥萨克人把顿河的神秘叠放心头
一扯网绳,就能牵起
水淋淋的一嘟噜

顿河,是静静的吗
问问两岸哥萨克人的后裔
牧马的汉子摇头不言
权草的妇女低首无语
打鱼人哈哈一笑
取出酒壶晃晃,空了
一扬手抛进古老的顿河
河水咕噜一声
泛起一串浑黄的水泡

看顿河上空不散的云朵
久而久之,看出那就是当年
哥萨克先民守疆卫土
驰骋沙场时马蹄扬起的烟尘
瞧瞧岸边草垛上插立的草权
权尖闪亮,依然高挑着
马背民族的希冀与祝福
顿河像不见首尾的羊群

在草原深处纵蹄而歌

顿河不会停顿
顿河没有静默

莫斯科郊外的大雪

大雪,让莫斯科郊外的森林
更显阴郁,林子里的小路
在打消蜿蜒的含义后
强化严寒的纵深感

大雪,冻不住马蹄的踢踏
马打响鼻喷出的白雾
恰似那炮火连天,惊得松鼠
在雪松的枝桠间乱窜

有人在一片雪花上
浇几滴伏特加,雪花顿时
燃烧成汗津津的晚霞
其间嵌着一张酡红的脸

莫斯科郊外的大雪
无所顾忌地下,没完没了
雪中行走的人吹起口哨
吹的是莫斯科郊外的夜晚

那人扭头想想,此刻吹奏哼唱
不如做点啥来得痛快爽朗
弯腰抓了个雪团冰冰额头,之后
顺脖颈搓进火烧火燎的胸膛

归途（外四首）

• 管立人 •

薄冰在阳光下
一片片碎裂
小小的伤感被春水带走

一路上所有的谷种
都成了鞭炮
流经吉他的《燃弦》没有尽头

曾在午夜天空下
纷纷迁徙的那一场瑞雪
现在去了哪里

我刚拍了拍夏的肩膀
道一声早安
秋天的果子就纷纷落了下来

哦，够了朋友
我的行囊里不需要太多
电影即将散场

我将乘波浪上那朵歌唱的云
在片末字幕中远去
对所有的人说一声，再见

谢幕

走进太阳
我的身体渐渐透明

那么多尘世的杂物，已被我
统统放下

我怕你一流泪，雪会融化
路会变黑

好，听一回我的
口令——

立正。向后转
稍息

万一想我了
就捡一枚小石子抛到天上

也让他们回家

倘若我是一名
执行任务的爆破手
我不愿去炸那些
碉堡

我要剪断铁丝网和谎言
匍匐前行
去炸掉
厚如黑夜的地狱之门

让所有战死的冤魂
在这特别的礼炮声中
平安回家
和亲人一起，抱头痛哭

母亲的红薯

如果有一天
喜马拉雅山化作一缕烟雾
向西散去

水流到了天上
所有的嘴唇都变成了
冰冷的化石

母亲塞在我书包里的
那只红薯
一定还是暖暖的

母亲的声音

家门口东流的河水里

有你的声音

菜场内嘈杂的市声里
有你的声音

废品车磨损的把手里
有你的声音

搓衣板开裂的木纹里
有你的声音

卫生院卖血的名单里
有你的声音

站台上挥手的人群里
有你的声音

有一天我老了
骆驼一样跪在沙漠里流泪

我会在天堂的云朵里
听到你呼唤的声音

小橘灯（外二首）

· 胡　燕 ·

只能照亮床头那一小块地方
漫涣向四周的光线渐次走失
即使这样一小束光
也能驱走内心的阴暗
它要求自己站在光里与长夜对话

时有失眠的困扰
或者猝不及防的噩梦侵入
这会让夜晚变得异常艰难
小橘灯坚守在触手可及的地方

随时点亮自己
就像点亮自己内心的勇敢
漫长的夜因为有它
而弥补了缺失的温暖
星星在遥远的空际明明灭灭
冰冷且不懂人间疾苦
唯有小橘灯头顶橘红色皇冠
给一个又一个夜晚加冕

午夜独奏

凌晨两点
月亮挂在冷峭的枝头
像一盏橘灯
在阴翳的摇曳下忽明忽暗

寒流再次抵达的时候
残雪还在房檐之上闪烁其词
被迫停止行走的山脉
困在江南以外
坚守着阿尔卑斯圣洁的誓言

春天从万物的根部出发
沿着树干到达细枝末叶的
冷热交替的双重考验
使它未来得及
褪去笨厚的外衣
就在一夜之间匆匆走完了
所有绮丽的梦想
堤岸两侧养尊处优的柳树
伸展金枝玉叶般的手臂
向着春天依依挥手告别

我一生割舍不下的柔软

是抱养在你臂弯里的百合
那里常年覆盖着湿热气候
为你我保鲜了它的致命颜值

鼾声起伏
在群山之外渐渐隐迹
持笛人怀抱四处漏风的长笛
抵达曲终人散的江洲水岸
金属般质感的音符
渐渐抚平了一再波折的夜晚

个人主义

一个人足够好
在有限的空间随意腾挪
我的椅子
书的高度一再迁就我的任性
紫色花朵在一年前执意改变性格
终于成为草
而草在某个下午成就了一串花的愿望
我对这样的结果很满意
作为忠诚的支持者
墙这些年分享了我的秘密
并将它理解的一面站在我身后
成永恒的姿势

夜晚不再是孤独的兄弟
他学会邀请黎明
陪他一起下围棋
我有时候伫立窗前
看他恣意挑拨粉色窗帘
和夜空的星星
温柔着对峙

中元节，或一个夜晚（外五首）

· 火 棠 ·

和往常并无二异，
我们须用新的面纱描述。
在窗外，
青烟结束了短暂的一生。
雨响应缅怀而来，
暴君般的空中，
金甲已变成漆黑的战衣。
夜走近了我们，
像道旁的树，
在风中向我们倾斜。
撑着伞的后代们，
在地上打开一扇门，
明亮的小水洼，
一丛干枯耀眼的草，
以古典的姿态，
完成唐诗中的燃烧。
在悲伤里，我们藏着庆贺，
刚出生的火的婴儿，
打量着已经陈旧的世界，
它正演示崭新的书写，
使我们含羞，
在夜晚，
这里有一封封祖先寄来的信，
它们不需要被打开，
它们已化为灰烬。

八大关的下午

明亮的寂静，
从头顶的一小片蓝中飞出，
像一只白鸟，
降落在碧绿的树冠上，
梳理着灿烂的羽毛。

树林背后的浪涛，
响彻身体，
时间如琴弦般震颤，
纤细的潮湿，
给我们描出指路的青苔。

树叶浓密，
连接出夏天的另一片海，
在起伏的想象里，
日常的磨损，
被帆影和天际线缝补。
澄净的钟声，
在上方拨开阴翳，
把不会锈蚀的祝福，
雨点般，
放在我们额头。

山，是海的岸，
而海，则是山的岸。

在一栋栋楼房的掌心，
我看见足够的默契和光。
风是平坦的，
世界积攒了宝贵的熟悉，
我们短暂地来到，
在一个下午留下波纹。

我们，就是我们的岸。

厨房情诗：暗

水流均匀，
餐具顺从地受洗，
窗外树木的河床已干涸了，
秋风提取了全部的绿色。
一节节芹菜，
在盘子里安静地熟睡，
翡翠般的自由，
显现于一颗水珠。
天光昏暗，
以素朴的心思，
卷入柴米油盐，
在水流和灶火间，
完成一次小小的朝圣。
愚笨的季节，
是一尊来自远方的神，
用颜色的秩序，
指导我们的身体和存在。
把婚姻系在麦穗上，
把信交给炊烟，
弯下腰，
眼前就会出现清澈的池塘，
背对宽广的世界，

我们紧紧攥着自己的小。
时日在角落里，
悄悄堆积成暗哑的群山，
河川不息，
我们是将流水分开的石头。

客厅情诗：空

灯光割据出一片土地。
明亮的边界上，
黑暗像海水一样涌来，
攀附于窗口。
空空的浩瀚剧场，
把脚踩在地毯上的星纹，
我们的吻如一颗坚实的核，
洁白的屋顶，
昆虫留下了尸骸。
一次琐事就是一次祈祷，
完成神圣，
我们就烂俗地交缠在一起，
像生和死，
像明与暗。

沙发勾勒出山峦的曲线，
绿植撑起一片丛林，
挂饰带着不同的生活来到，
互相交谈。
漩涡般的唱片，
卷走了思想和别处。
已经是一幅画了，
我们用最小单位的步伐，
向着一颗恒星跋涉，
在黎明嘹亮的号角里。

卧室情诗：病

悬挂的吊灯
收集了无数凝望，
我们倒入潮水，
夜夜爬升。
堆积的信，
在床头，
像云，
雨将至，
事物就紧张地闪亮。
新鲜的阳光，
将击穿露水，
击穿露水般的身体。
在交替发生之前，
我们是语言，
是语言之前的光，
是光之前，
落花般安静的黑暗。

树荫下的憩者

草丛里藏着密集的内景，
落叶焦脆，
覆盖着火的遗体，
烟头露出一截白灰，
橘子皮已干成了一味药，

在一张外卖单的下面，
渺小的褐红王国，
由苹果核和昆虫组成，
熄灭的放射灯，
像池塘举出的莲蓬，
草叶上的空烟盒，
被雨水染上锈迹。

人们穿着明亮的身份，
走在阳光下，
而哀叹和怒气，
把一对中年夫妻困在树下，
男人在抽烟，
雾里飘出一片乌云，
女人在诉说，
往电话里放入恨，放入恼，
放入过去半年的雨。

电动车旁的一双空鞋子，
把它的主人放在水泥台上休憩。
在初秋纱布一般的风里，
碧空悬于树冠上，
我来到河流的激越之处，
他眯着眼，
他的一生不知所踪，
他呼吸均匀，
俨然一尊顿悟的佛陀。

老友记（外五首）

● 高红艳 ●

大厅明亮、嘈杂
声调比平常高八度
特定而无法预设的
小场域
一些遥远的事件被
点亮
激活
沉睡多年的词句、方言
记忆和遗忘的
选择性
得到互补和印证
复盘童年游戏是一个
重大事件
需反复推敲、论证
直到众人散去
厅堂终于成为我们的大包间
宽大的玻璃窗外
夜色迷离
我看到我们的影子坐于其中
因无法融入我们而有
落寞之态

场景

水位下降
显露出参差错落的河岸线
浅浅的一弯月牙儿
高悬于渐暗的天空

曲线显然比直线更具美感
坐在我对面
你的沉默也是曲折的
让我不知该从哪个波段切入
我的沉默，却有着
直线般的执拗
令我更加不敢开口
怕这直线变成伤人的刀剑
唯有等待着，我的沉默也
弯曲下来

早春沱河即景

每个春天来临
就像她第一次到来
就像我们从未相识
你和她，她和你，都已是

不一样的另一个
栾树的枯枝残果在春的新里
有些令人厌弃——并列于
河岸绿柳招牌的姿态
树树繁花耀目的靓丽

有鸟鸣从四面八方袭来
如线条的穿插也如淡墨的润染
夕阳落在树梢上
和落在高楼上，是两种风景

就像一顶红帽子

戴在不一样的两个人头上
更多的时候,它穿行于
树木和楼宇之间
像一个肇事者——
寻找着火点

相较于眼下的嫩绿轻粉
冬日的枯枝更易于点燃
于是,在早春的生机里
你定格一个枯枝夕阳的画面

云和天交换了颜色

你说,蓝天白云
我说,你看此时
云和天交换了颜色
灰蓝的云漂浮在暗白的天空

词句被放入语境
又从语境中挺身而出:
请让我来承担断章取义之责
如一条缺氧的鱼跃出水面:
我仅仅是为了生存

它们在跳跃的瞬间闪亮如星
可是,我衰竭的目力追不上它
消失的余光
云和天交换了颜色
如同我和你,交换了悲伤

无题
——仿策兰《花冠》

夜灯下,绿植有塑料制品的
虚假,而月亮越发诚恳
从茧中剥出生命并教它如何生活
于是它又回到壳中

人群留出空地
话语填补缝隙
我们的嘴喋喋不休

一出喧嚣的独幕哑剧开始上演
乖乖收起你
张着的牙舞着的爪
做一个安静的旁观者
我们交换眼神
交换内心独白
疯狂的世界得以止息
河水在月光下微波轻旋

争吵是剧本外的情节
醉酒后亢奋扭曲的脸
是时候了,是戏剧终场的时候
是秘方改变的时候了
是生活出走的时候了
是你如你所是的时候了

是时候了

古琴音乐会

清朗的半月下,秋水
静静流淌,芦荻在暗影中

轻摇，莲荷渐残
隔岸高楼的灯火

投入渺茫水域，晕染成
不分彼此的一片
就仿佛它们投河，不是为了
自尽，而是为了获得

双倍的自我
演奏者和稀疏的听众
间或的浅语轻笑

一袭飘逸白衣的李先生

弹奏一曲《流水》
着火红色宽袍大袖汉服的杨女士
弹的什么曲子呢？
我的注意力被她的形式美劫掠

琴音通过音响设备流出
宏大的音量
令人有些生疑和跳戏

下午，或低语（外三首）

· 苏　波 ·

时近黄昏，我在九楼的阳台上
幽居，远眺
我看见，江面缓慢而开阔
船只拖曳着江水往来
它们行驶在历史的某个章节
浪涌，被擦拭一新的渔火，沟壑里的烟蒂
浑浊的被水吞没的视线
锈蚀而喑哑的钉子
被水拥抱，噬啮
被水看见

光线变细，弯曲，下坠
沉入博纳富瓦的船板

在虚构的阳台上
我涉过江水，涉过暮色

去寻找被反复虚构的一个
秘密时刻

楼下的挖掘机

窗外，楼下停着那么多台挖掘机
被阳光摆成蠕动的积木
那霸权主义者，钢铁的怪物
它们用破坏表达对世界的无知
这节肢动物，进化论的优胜者
在柔软的世界腹部挖掘石头，与虚拟的钢铁
现在，它们开到了我的楼下
与高楼一道在末日交相辉映
它们挖掘屋基，那些础石
而在另一个维度上，在爱尔兰
希尼用铁锹挖掘泥炭和土豆

在诗性层面对其进行批判

它们挖掘我的根须,那慢慢长成的树

而退至水边的惊叫震落叶片

它们挖掘我的脚踵,那不多的词语

我的看与想,那唯一的私有财产

午后的酒

五月,水银柱上升到穹顶

眩晕的叶子,从内部看到了沙碛和通红的河流

午睡是谁的礼物?

我用清水洗脸,洗眼

在燠热中读到了这样的句子:

"葡萄苹果死于果子,而活于酒"

多么好,在炎热中腐烂的果子

你看那广大的人群和他们的缝隙

那隐藏的器皿,陶瓷,玻璃

和嘴唇,焦渴和承接

午后渐渐抵达一种宁静的鸣叫

那口的形状与深度

七月的母亲

在不小心点燃的七月

我飞往南方,飞往岛屿礁石和椰林

母亲摇着扇子来坐,说要替我看家

这陈旧的国度和燠热

以及比纽扣更贴身的牵挂

已过八旬的母亲重新掌握了权力

在灰尘、清洁和蒲扇巴掌大的阴凉里安排秩序

她拔掉了插座,取出了遥控器里的电池

她把危险的厨房扎好口子放进了冰箱

她把弃置不用的盐罐擦亮,装满了盐

她把番薯,玉米,小米摆在了食谱的显要位置

她把窗台擦亮,摆上了兰草,水仙,和不知名的
　　肉肉

她把我散乱的书归置好,像抚平我的衣襟

她差点被不明真相的水龙头烫伤

她弃用空调被,只铺竹席、毛巾被和老花镜

她读我的诗集,和陈旧的燕子般的报纸新闻

她在我不在的时候重新安排了我的生活

她在我不在的时候想我,爱我,再次照料我

她在我飞回来之前,回了弟弟家

我回到家里,母亲在她经手的每一样事物上看
　　着我,并从皱纹里微笑

夏天在微温的沙发扶手上结束了

点茶（外八首）

• 元小佩 •

用太湖水为引

叠叠高起的浪拍岸

轻轻吻、猛猛啃

碎碎念念的敲点中

瓷碗翻春潮

风在动、浪在翻
船在摇、旌旗在飘
秋水眸在夜色中
熠熠发亮

那些揉碎的骨肉
纷纷滑入
然后，呡一口
青山津质的回甘中
似乎递过来
整个宋朝的繁芜

点茶
似一抹红唇
点亮整个洁白脸庞
似一座桥
让你我奔赴春天

冬观浙北大峡谷之思

多少欣喜
那些凝望
犹如洁白的雪
遥遥在山岚飘飞

一场风花雨雪
银装了整个山川
一夜之间
清溪玉洁
碧树素裹
白瀑挂起冰晶

此刻
所有尘埃一扫而空
洁净、清冽，甘甜
一如这空谷的风
凌厉、严寒
却纯净得沁人心脾

簇簇跃动着的
是那些红红的焰火
不灭在这样的冬雪中
点暖整个宁静的地母
又一个春天
即将在冰雪消融的溪流中
蠢蠢欲动、破茧而出

旗袍

烟一般的袅娜升起
水一般的漾漾青春
那包裹的骨肉
似一段洁白的藕
尘世的烟熏雾障中
诞生出水的芙蓉

低眉颔首间
山也含情水也含情
温婉像一首清泠的山歌
悠悠唱开月色
旗袍——你茉莉的清香
不只是别在衣襟上
也别在男人的梦中
馨香成永恒的东方神韵

在秋天的光线里

光影交舞地变幻
叠叠压压成
秋天的斑驳
红的枫、绿的松、黄的菊
蓝的天、白的云、清瘦的江水
此刻,白头的苇
一如你万千的思绪
如何不蓬飞?

经年的伤
累累加加成不堪的一路
心痛的冷月、愁煞的秋雨、萧瑟的秋风
多曾在秋的光线里浓墨着色

如今
再密密的缠绕、缠绕、修补、修补
绣出个怎样的秋色来?!

黄昏遂想起

橙黄飞狐转瞬即逝
落日把最后一抹亮色泼洒西天
便渐渐无力隐退
光线在慢慢收拢
绛紫、黑灰、深蓝、墨黑

蛐蛐唧唧在点醒夜声
寂寂复寂寂
星星似困了
半睁迷糊的眼睛
似醒似睡

小鸟已远飞
莺莺燕燕的呢喃
只在梦里偶闻
现今空空如夜
昏昏暗暗

时光的隧道中
我们始于寂然中生发
中途历经喧闹的行程后
终究还是又摸黑行进
一如此刻
广袤的江海
俯仰间尽是无边的天

南宋御街

记忆在这里勾起
飘浮的历史云烟
弥漫着满街
市列珠玑、十里繁华
半城市井、一朝荣辱
南宋御街
你短短的皇朝生涯中
串起几多个文弱的帝皇

南宋,你以文人的孱弱的肩膀
扛起了半壁江山
从此乘兴弄诗画
买醉听歌舞
一座城池沉溺西湖
十里御街天下无双

纸醉金迷的逃避
终敌不过蒙古踏踏的铁蹄

崖山之战，
你以文人的高洁与决然
拒绝江山的投降
并以滔滔的江水清洗灵魂
斩断一切与粗暴蒙汉的联系
也斩断了一时文化的传承

如今
钟鼓犹响，御街新生
蓦然回首
又撞到了历史的南墙
伍子山在一侧探出
吴越争霸的足音
在御街深处隐隐敲击

山雨

挟持风雷，呼啸而来
像猛狮怒吼山林
横扫丛木，坐地生烟

那怒气：凶猛、狂烈
带着野性的桀骜不驯
夹棍带棒
似说话生硬的山里人
噼噼啪啪地抽打
毫不留情面却句句实话

鸟雀叽叽喳喳相互传讯
山溪突突奔流以助其势
山雨直奔而来
劈头盖脸浇淋着山川大地
指责对错，直言诤诤

而丛林静默低首
自省清诟
禾苗低头垂泪悔过
山雨坐在山顶的云头顿了顿
终于阴暗的脸色有些释然

明亮的额头开始放彩
光艳乘机泄露
而山川万物也在这风雨的
淘洗中，自新出翠绿的希望
山雨却突然转身离去
只留下些叫人费思的神云
若隐于天际

合照

那些快乐的旧时光
轻轻地被翻起
一张张，一页页
羽毛般的漂浮
十年，二十年，三十年…
光阴在指尖穿梭、逆流
亲人的音容笑貌
又鲜活地簇拥过来
或青涩羞赧，或大方得体
或热情奔放，或沉静内敛
合照中总妥妥地温馨组合
亲昵成暖暖的一家人

拍照时刻
最是快乐
外婆总被尊敬地安排在座椅上
我们四合围绕着她——
那时的爸妈多年轻

二妹像朵含苞待放的栀子花
小妹俏皮的西法头像男孩子
乡间泥土芬芳气息在脉脉散发

光影的沙漏中
我瞥见爱的脉动
那快乐、爱美的欢聚
代代延绵进家族的血液中

静候着的待飞梦想
蓄势待发的跃跃欲试
那温暖的合院
怎能挡得住对天空瞭望

来吧,闯荡也好,腾飞也罢
此后,即便风雨兼程
即便荆棘藩篱
也要出发探寻前路

驰风少年

像个驰风的少年
满身的童谣萦绕
一路奔向远方
而家,始终是出发的力量

该是你独行时候
困顿、煎熬、掌声、鲜花会迷惑前路
无论是抑扬还是顿挫
生活的担子里总
会装着琳琅杂物
但愿你
归来依然是少年

时间书（外四首）

· 王海云 ·

一条匀速前进的直线
不会犹豫,不会拖延,更不会回头
每一秒与上一秒都毫无差别

有时候,一生只是一瞬
仿佛一片落叶,缓缓在风中坠落
有时候,一瞬就是一生
仿佛一座山峰,永远屹立在记忆中

当你回首,那些生命深处的故人
仿佛还在上一秒走着,说着,笑着

他的影子,声音,气味,容颜
久久萦绕在你身边,不肯退去

失眠

雨,还在下着
我一个人躺在黑暗中
夜色,又一次陪着我失眠

雨停了。我披衣下床
站在漆黑的窗户前,望着远方

我什么也看不到
原本,也不打算看到什么

天亮前,我只是整个黑夜
醒着的,小小的一部分

孤独辞

这是五月。这是夜空
这是孤独的夜空里才值得拥有的星辰
星光波浪般起伏,蔓延
整个世界都闪动着,我仿佛听到了
来自黎明的涛声,又仿佛一种空空的悲叹

此刻,你只需向我靠近一点
就能从我的眼神里,读出颤抖
如果贴近我,你就会发现
我已被泪水,烧成一具爱的木乃伊

荡漾

当你置身于山川,荒原,河流间……
你会发现,它们始终保持着一种豁达和宽容
默默接纳着人间的一切,包括亵渎,破坏
让热爱它们的人,满怀感激又心有所惜

我无数次地赞美它们,像无数的古人与后来者
像落日里闪耀着的大海,一次次在我心中
荡漾出新的山川,荒原,河流……

余生书

盛夏已过。那些从春天
一路开过来的花朵,芳香将尽
余生,我能留给你的蜜,越来越少

我开始收敛一些言行
如同夜里走路,小心地避开
那些昏暗角落,和刺眼的光芒

我不再刻意去分辨桃花,杏花,梨花
不再在严冬里暗自悲叹
面对每天升起的朝阳
也没有太多的落寞和沧桑

我不再贪恋来世
也不再面对一个个离去的亲人
心生恐惧和悲戚

现在,我奔涌的血液已平息下来
如同一架卸下重荷的马车,缓缓行走在大地

抬升的脚印(外六首)

● 唐殿冠 ●

更接近光
抬升的脚印,我记得有只大手
抚摸过我受伤的膝盖
登高之处我看到父亲的脸抵着太阳

蹒跚学步那时父亲像群山
我总跨不出他的臂弯
小石子在路上,数着细碎的脚步
蒲公英飞向旷野,打开季节的记忆

每年的九月父亲都带我爬山
像渐渐接近他的身高
把秋风抬高一点,把落叶的一生看得更清楚
我们这辈子希望有人一直同路

日升日落,总有某些人事回到原点
敲打内心或——舒展骨骼
再出发,仿佛重新学会走路
你扶着的前方够我攀爬余生
登高等着望远,那抬升的脚印
让秋风扫过的速度慢了一些

雪崩

无辜的冷正堆垒,细小的恶在头顶
蚂蚁,沙砾,风尘,足够制造风暴
瘦弱的人遗忘了山峰
陡峭的内心匍匐于生活中

每走一步都有一种叹息渗入泥土

枯枝不语,败叶与隆起的背相遇
历史肩负的是现实的一个背景
蜂鸣从耳后根爬出来
太阳已西沉

热血在一个一个暗夜里冷却
骨骼在一次一次抗争中弯曲
乌云落入山谷就是一场雨
崩塌的信仰扶不起一根草茎

灯盏颤抖,风轻易进入栅栏
没有哪个身板支撑得起越积越重的罪责
只一声吼叫
多米诺骨牌就能牵一发而动全身
只需一阵风
夜幕就以雷霆之势滚过人间

草间遇星辰

我在林边散步,雨后的水滴触手可得
有时从草尖跃起,有时从枝条跌落
泥土松软,落叶潜入小径
一个饮用水库懂得拐弯

想想中秋的圆月
我人生的旅途突然就变短了

那里一颗野草莓刚从花间爬出来

我见过形形色色的人

却记不住他们闪烁的眼神

一片羽毛记不住天空

我来时太匆忙了！

天上是否也有一个倒影呢

我试图与星辰相遇

一颗流浪的心一阵风而过

像湖面闪现的一粼光，很快被推远

轨迹

我卸下所有的思绪，像上了发条的钟表

精准地从一个点往复另一个点

两点一线地生活

起床，工作，落座，吃饭

世界在我眼里越来越小

近视的背景无须切换

遗忘才更安全

星辰只是眼睛里的某些细软

翅膀与天空无关

在平庸中落地

不要追问，不要质疑

多么瘦小的一生

我心中的野马被驯服于玻璃罩

缰绳缩成一根时针

便是我的轨迹

照汗青

远去的一段残片

讲述生杀予夺

一潭死水困住几个魂灵

首位是大哥，秉笔直书

正怀洞开，被刀剑刺穿而亡

二哥递进，被从侧面砍倒

三弟上前，执笔如篆刻

被同一把刀横腰斩杀

滴滴鲜血就是半个春秋

游魂不散，断壁苍凉

独对血口一样的深渊

面壁而生之人祭奠残垣

马蹄得得，过客撕扯着一串省略号

隔开长空，暗自汗颜

空余半截咽喉

雨水不会放过我们

雷暴和闪电接踵而至

温度计仍是满的，热血未有稀释

大地不能落足，浑浊也是满的

砍伐的林木已漂走

杜鹃鸟臃肿，挤掉弱小和无助

乌鸦一下子就黑了，人们掩耳

最不喜欢的消息淹没了光

水稻还在山上

水稻来不及抽穗

雨水已把泥土带往别处

没有一扇窗户向阳
锈迹斑斑的铁门正沉睡
没有一条路指向出口
江河已不是江河

雨水不会放过我们
所有的低洼之处已被填满

悄无声息

我喜欢这样,一个人猫进书桌里
不读书不看报,就如此静静呼吸

看阳光从窗格进来翻动尘埃
想象一个陈旧的蜘蛛网如何困住飞虫

身后的书架面无表情
其实我每天都会取出几本书籍
又原封不动交还回去
我默不作声,像排练一部哑剧
也就这样消磨多余的时间

有时候我写诗
多数是几言片语
这般简单的东西刚好属于我自己
幸好抽屉够大,我塞了又塞
不激起任何波澜,悄无声息

我钻进时光的缝隙(外四首)

· 肖　今 ·

最好的不是鲜衣怒马
而在秋后依然傲立

如果给我一个季节
一个名叫四月的春天
解开百花的铃
人们奔涌到田间地头
我钻进时光的缝隙
细数院角的蓓蕾

夏天是被知了们吵醒的
它们勤奋,努力长大
而我们却想停止不前

还误会攀援的凌霄花
你看,它有自己的根系和青藤

秋天带来了银杏黄和野菊香
这个时候你斩草除根
却不能阻止它起飞的种子
就连秋风都同谋

再冷的冬天
有人为你生炉,为你温粥
枯枝也会绽放花骨朵
如果你也是生炉温粥的人
还有什么不能抵御

饭篮里的过往

八十年代的老屋都是土灶
土灶上方悬挂着饭篮
篮里装着每餐的剩饭
还有童年的饥饿
没有冰箱的夏季
饭篮就是保鲜篮
苍蝇也找不到入口
那时我头刚探出灶台
经常虎视眈眈地仰头盯着饭篮
每当下午三四点饥饿降临
可能玩累了,可能放学了
也可能从山上砍柴回来
爬上灶台抓一把冷饭
捏成实实的饭团
就着干菜、酱油或什么也没有
狼吞虎咽填着肚子
那时的我是不可能想到
饭篮会变成古董
米饭会有退避三舍的今天
"我不吃米饭,它有淀粉"
现代人把肥胖纷纷归咎于米饭
而我一如既往,无米不欢
将近半个世纪的了解
还有什么可能质疑

城墙

转身而去的背影
是我瞬间筑起的城墙
潦草,空洞,黯然,又有些坚定
那些被我淘汰的目光如同烂泥撞墙
溅出哑巴似的褪了色的烟花

与此同时
辣蓼,芭蕉,蔷薇,雏菊
在我城池里低声歌唱
它们如此随遇而安
就像随风撒落在宣纸上的国画

石斛开花了

我以为石斛怕晒喜阴
就塞在芭蕉树下
自春风渡江而来
小院墙外的月季开到墙内的荼蘼
花事似了,又未了
因为墙角酢浆花像喝了春酿
一脸红粉,不知想念谁
更有趣的是石斛毫无征兆地盛开
花色几乎是蘸了酢浆花的余料一样
但它白的白红的红,用色更纯粹

咖啡闯进血液

我轻视了一杯咖啡
喝下了它
它游手好闲地闯进血液
开始了一场大闹天宫
心脏骚动了
椅子摇摆了
世界变得摇晃了
一个人的地震
只有蚂蚁听得见坍塌声
四月的泡桐花在雨中哀悼
所有花都在它的怀念中

瓦窑（外六首）

· 谢春枝 ·

顾家台，骆驼湾往西
太行山腹沟处
装满玉米的筐篮，守在灰瓦上
为人间烙刻下烟火的标记

秋天泼泻着金黄的油彩
深处的岩石越发坚硬和粗砺
爬山虎攀挤进山梁缝隙
石壁咳出一道又一道猩红的血印

我们是落日划在此处的
一个顿号
随着黎明到来
又被轻轻地擦去

雅典，遗忘要比别处更慢些

（一）

奔跑但没有速度
断臂里环着拥抱的激情
玫瑰缓缓舒卷，嗅不到少女的红唇
金色的瀑布停止起伏，发辫上
花冠，一环依然紧扣着一环

毒蛇收纹缩了信子，恐怖和痛苦肢体里扭曲
命运女神们丢失了头颅，生命之线纺锤和剪刀
　下延续
相爱的人早已经走远，目送在时空中长久追寻

柔软需要坚硬复原和封存
一群石头的沉默，回放出所有声音

（二）

洋流至此，忘记了自己的前世
苏尼翁像冷酷的三角钢琴
爱琴海，长海
下定赴死的决心
碰撞成，深蓝色轰鸣

绿色的植被是多余的
黑色，白色的船帆也多余
风绕着橄榄树，留下一圈又一圈沙粒
波塞冬不需要变化，金黄色夕辉
日复一日潮水般淹没它的躯体

十六根多立克柱子，十六个孤傲的勇士
风蚀是缓慢的，残骸默念着远航人
漫长的归期。苍穹，落日，海岬
见证彼此，衰老中的
每一寸光阴

桂花，桂花

今年气候异常
立秋后，一直酷热
夏天迟迟不愿意退场
桂树的叶子也孤单长久地绿着

甜糯的香气和米粒似的黄花都在
等冷，而时令并没有等它

我们如约看天上那轮银盆似的光
将月饼切分成好看的形状
瓷碟和刀叉如旧年一样精致、完整
所有关于桂花的记忆
和突然离去的人，为这个夜晚
提供了，短暂和新鲜的话题

立春

趁天还没亮
春悄悄地，回来了
农历新年的第一场暴雪两天后才会抵达
原野上，光秃秃的水杉和杨树
枝桠依然枯瘦，隐约模拟出花的身形
许多新农村楼房前都挂着大红灯笼
我们并没有看见风
远处风力发电机那些修长的桨叶
却一根接一根兀自缓缓旋转

车近黄梅，五祖寺的指示牌一闪而过
景物突然灿烂起来
记忆中的香火仅缭绕了片刻
阳光始终在云层中穿行
黄黄、福银以及沪渝高速
全程两百三十多公里
沿途各种植被和建筑便也跟着
一会儿明，一会儿
暗

汉马·2023

我们走过的长江大桥，此刻
有两万多人在奔跑
桥下，一列动车呼啸而过
又听见，那天钢铁一样的速度
和轻微的晃动
凌波门前，高大的梧桐树从路两侧合围
穹顶漏下细碎的阳光

四月混合着植物生长的味道
只有我们看过的水
向东远去，不见了踪迹
或许，多年后的某个夜晚
它们会从漆黑的天空中落下来
寂静里，再弄出些
沙沙的声响

轻秋

已经是第五片新叶了
窗台上，右边那瓶绿萝
伸出纤细的胳膊，拼命地
攀行，想挽住
棕色高背椅的扶手

你坐在那里，怕我哭
一字一句讲解《金刚经》
你讲放下，讲空
而我宁愿相信，按下的一切
如果不断流、风干
也会有，老死的结局

江南仲秋，轻雨

养在最右边瓶里的绿萝
比另外几瓶更诳言，更茂盛
为了拼命靠近高背椅，它不停地
分枝，低头，翡翠的阴翳里
执著地探出它的手

空缺

很多事物消失了
只剩下，名字的空壳
大雪，无雪；雨水，无雨
梦在夜空游荡，找不到等待
降落，入梦的门

二月的原野，我们
缺席，一场远足

南方某个小院，陈皮
茶水里沸腾，缺对坐、闲谈
可以一起虚度光阴的人

刚刚告别的木屋子
蒲团，花旗松，几只粗陶茶器
安静地落入金色光影里
我们不在，只有藤蔓
奋力攀爬着，一天一小寸

夏天，会有满窗绿荫
知了长短聒噪，填满所有空隙
到了最寒冷的季节
又会变成
滴血的红色

致岳飞（外三首）

· 建燕燕 ·

铿锵的《满江红》，在耳边回放
滔滔黄河，古老的瑶琴
诉不尽"精忠报国"的忠烈

你的英名，是投向敌营的戈矛
让贼寇丧胆
八千里路，云和月的跋涉
终不及"莫须有"的祸心

临安岳王庙，那檐角风铃
是你收拾旧山河的绝唱

西子湖畔沉默的流水，
是你壮志未酬的心殇

致林和靖

沉醉这湖光，这山色
西湖边的隐士。沉醉山林田园

你不孤单。沙洲上栖息的鹭鸶鸟
乌篷船飘着的炊烟
雨洗芦花，氤氲水墨丹青

还有梅妻鹤子，你已满足

孤山梅已开。等待了千年的鹤
问你何日驾舟回还

致苏小小

西泠桥的梅雨
钱塘江的八月潮
分明是佳人的断泪
等不来阮郎归
那辆游遍西子湖、邂逅良缘的油壁车
徒留一帘幽梦

驮着风流才子的青骢马
绝尘而去。踩碎多少叹息
同心结挽成死结

别了，折扇挑柳的秀才
别了，峨冠博带的公子

枕着多情的西湖水
沉醉不醒，长眠不起……

致于谦

明朝那些事儿，又有几人说得清
历史，却永远记录真相

京师保卫战，赤心英烈
遭问斩，令多少人心寒
两袖清风，不带走一丝铜臭
抗节丹心，永载青史

一曲《石灰吟》，恰似自己的写照
——不惜粉身碎骨
惟愿清白万古流

西子湖畔，英雄魂归故里
三台岩麓，谁笑我泱泱大国

场景（外二首）

· 丁卫华 ·

白墙黑瓦的世界
那个高耸的门楼威严
所有向上的翘首期盼都是奔放的
灯笼的艳
在江南厮守了多年
那一盏盏往事
穿过春秋秦汉唐宋元明清

停留在烟雨袅绕的水乡
那只鸟是最深情的
每一次展翅都贴近水面
贴近这富贵温柔
不愿远行的思绪或步履
深深沦陷在胭脂纵横的柔情里
拒绝苏醒

方便面

情谊满满

飞机比原先的计划

晚了半小时

这些都是可以理解和接受的

分批次的鱼贯而入和流量控制

让时间一分一秒中滴答成魔

管控的严厉程度和配套的秩序

在有条不紊中坚守着各自的职责

车辆还是来得晚了些

横跨整个城区的步履越发艰难很多

为了保持自身的抵御能力

三餐不吃的誓言在这时显现出它的抗拒

从凌晨二点的出发和晚上十点的抵达

用一碗康师傅的深情

来温暖这一路滴水不沾的困顿

稀饭

对稀饭的垂爱

由来已久

近百天的疏远

没能剔除它在灵魂深处的蛰伏

那份心动的原由

砰然强烈

就着那熟悉的可口

我一口气

吞下包子、烧卖、鸡蛋、玉米

这些附属的佳肴

意味深长,荡气回肠

春天的重量(外七首)

· 王利锋 ·

有些旧枝已经萌出新芽

有些依然深陷于春寒遗落的寂静里

春天带来的,不止是嫩绿的鸟鸣

还有蚂蚁触须上难以抖落的

深褐色的落寞

多少无枝可依的小花

在寻找绿色的依傍

那流淌在春的气脉里

敢于雕琢岩石的力量

当你从万紫千红的地址里

兑换出故乡的地图

你能数出来的路口

都已染上了绿色

像村口的邮筒答应我们

把缤纷的心事投递到遥远的地平线

新芽继续蔓延

小草闭上被露水打湿的心扉

我忽然担心,熟悉的枝头

除了绿,还有什么肤色可以承载

春天的重量

小雪,天空飘下的一粒药丸

小雪时节,乡村的傍晚风声呜咽

炊烟在天空打转

似一条没有方向的河流

突然想起,这个点

母亲在乡下的老房子里

正在干些什么,她是在择萝卜叶子

旧年的尾巴需要有耐心的人

一点点断干净,她在挑拣做饭的柴火

不安分的土狗常在母亲不留意时

把最松脆的柴木当碎骨头啃了

或许,她正在焦急地找一个小药瓶

药瓶外面贴着父亲给她写好的服药时间

药瓶里面躺着肤色不同的两种药丸

母亲,需要在太阳下山之前

熟练地仰起头,将一粒蓝色糖衣药丸

果断地送进嘴里

母亲扬起头的时候,习惯闭上眼睛

她不敢目睹一粒甜蜜的药丸

认真地迎娶一张强忍痛苦的表情

而此刻,小雪正张开怀抱

热情地向南方岑寂的天空涌来

腊八,等待春光拂过

攒够了一年的光景

是时候,熬出一锅粥了

米水交融,厨房里粘稠的光线

背着父亲,调和着五味杂陈的心事

又是一年腊八日,母亲开始

扫尘洗地,一场新鲜的雪即将盈门

而父亲一手数着往年累积的欠条

一手用汤匙搅拌着温软的腊八粥

窗外,风声似乎更紧了

像儿时,腊八粥滚烫的热情

在寒冷的日子里,我们多幸运

可以围着一碗腊八粥

等待春光拂过沉默的脸庞

我和母亲,隔着一片雪花

母亲把日历撕下的时候

成片的雪花正在窗外逃窜

当一场说来就来的大雪包裹了王村

王村在瞬间长出了无数羽毛

它多想逃离小镇,带着对光阴的敬畏

母亲坚持要赴外地做保姆

我只能冒雪送她去火车站

一路拥堵,我们却彼此缄默

仿佛三十多年前的雪天

母亲被花轿抬着去接生,满路踉跄

幸好,今天的高铁晚点

那年的雪花在半路收敛了脾气

站台上,两个赶路人悄悄把手里的烟掐灭

乡村接生站门口,舅舅帮轿夫把烟点上

烟气绕向半空,像一条妖娆的脐带

而下一阵雪花说来又来了

火车消逝在行道树沉默的目光里

远去的汽笛把我一个人滞留在站台

这天地的空旷让我失重如一片羽毛

行道树上的斑鸠起飞了,只鸣叫了一声

鸟鸣羽落，我突然发现三十多年来
和当年的情景一样
我和母亲，始终隔着一片雪花

谷雨之后

春天从一本辞海里漏了出来
外婆从菜园回来
挽着一篮子窸窸窣窣的动词：
紫云英、马兰头，蕨菜还有
蘸着新鲜露水的艾草

谷雨之后，雨水试图包围整个村庄
一个怀揣心事的人也试着交出
身体里积贮的忧伤，那透明的栅栏
是否可以掩护时光
替他修正心底一些秘密的部首

春风躲进绵密的伞花
雨水渐渐变细，外婆篮子里溢出
一连串透明的形容词
你看，所有的忧伤都成了叠词
外公坟前，开出了密密匝匝的小花

惊蛰

雨声清冽，敲醒窗棂上
沉睡一季的音符
低矮的树梢上，金桔晾出
一圈洗得鲜亮的肤色

当蟋蟀恢复听觉
玉兰举起紫色的酒盅
我听见无数微渺的生命

在光里醒来的声音

春风衔走的泥
是雁群从北方投递的乡愁
海棠花未眠的午夜
有多少故人正在梦里
修复雪花般纯真的理想

如果春天是一场可以重播的电影
你是否愿意去认领镜头里熟悉的一格
比如母亲拉着我，追赶天边的纸鸢
比如父亲摊开一双粗粝的手
等惊蛰的第一滴露水，轻轻滑落

致谢一起走过的 2023

致谢包里藏得发皱的一把伞
让我在猝不及防的一场暴雨中
有勇气扛着生活坚硬的壳继续朝前走
致谢一片停靠在肩膀的银杏
让我慰藉于自己对于微弱的事物
也是一把温柔的雨伞

致谢陪伴过我的一只流浪狗
它带着我穿过岁月的熙攘
鼓励我找回曾经迷失的地址
致谢你说"晚安"的微信准时抵达
让我如愿看到窗外的双子座流星雨

致谢我写过的每一首诗
感谢她们在黑夜与我同行
分走白昼在我眼角积攒下来的苦
致谢留在我身边的每一个人
你们是我笔下柔软的部首

让我走进这个世界

雨夹雪

大雪时令一过,街巷行人渐少

卖炒栗子的阿姨

用力哈出一些热气

试图把霓虹捂得更亮一些

天空愈加岑寂,暮归的白鸽

抖了抖安详的怀抱,放学的孩子

在呼喊中跑进一场淅沥的冬雨

落下来的雨倏然凝结成雪

正如陌不相识的男女

在一场寒潮的助攻下相拥取暖

炽烈的恋情因寒潮褪去慢慢疏远

见面,牵手,拥抱……沉默,再分手

一粒雪终究无法释怀成雨的一种性格

雨夹雪骤然降临

隔着365天的沧桑和寂静

大地露出轻盈的脸颊

正如此刻,城市上空飘出新年的韵律

而命运似雨中的河道

凌乱又围绕着某种秩序

一年中的最后几天,雨雪夹杂

树梢上鸟啼幽婉

沿着一场明亮的梦呓,静静轮回

古神话新语（组诗）

· 洪 迪 ·

追影

黑沉沉。天未放光他便匆匆
上路。大步流星。他比狐狸
聪明。先让太阳追赶狂奔的自己

满心欢喜。蛇盘成的玛瑙耳环
晃荡晨风。火辣辣太阳煮海的光芒
始终只烧在他后背和后脑勺

在他足前只有永远踏不着的阴影
自己长足瘦身顶着的一颗大脑瓜

追日成了日追，成了追影
追赶诱惑自己不灭的幻影

义无反顾。一路离弦之箭，壮士一去
更为太阳追不上自己连毛发都在窃喜

狂饮。清水和天上来的黄河统统底朝天
连浑身热血都焚烧起来。终于弃杖倒毙

至死仍不悟终生追影蠢于水底捞月
何况桃林是北山愚公和他子孙手栽

出山

愚公率子孙奋力移山几经寒暑

在驳斥了河曲智叟讥讽的那个晚上
突然召集济济一堂重要家庭会议
邻家刚换牙的那个黄头毛列席

九十老翁提问：我们能将大山移掉吗？
能！一声晴天霹雳。这样代代挖山不止
值吗？沉思沉寂成沉重乌云

可不可以换个新法？能不能搬家

对！山不走人走。搬到山南去
最先出声的竟是这黄毛小天真

好。这下炸开了锅了
明天就搬出大山外去
垦荒，耕作，种树。让崭新
家园成为桃花盛开的地方

于是，出山愚公和子孙的高效
劳作传成追日夸父弃杖的神话

砍头

称能指作刑天或刑夭并不重要
重要的是所指：这位猛士确已被砍头

天是人身上至高无上者
头颅。夭即指英年横死

是在与帝俊争神位的大决战中
惨败了。胜者便行天诛枭其首

却偏偏死而不已
自造出一个头来
以双乳为怒目脐孔为嘴巴的呐喊
四肢依然雄强有力
刮起盾牌大斧旋风

采菊陶诗人盛赞"猛志故常在"
是他自己无奈归隐心有不甘

头都砍了，再舞干戚已近作秀
是对"主义真"和"后人来"失去
信心。其勇毅远不及夏明翰

浮海

且不说你天天衔些小石子树枝
去填汪洋大海，能填到马月猴年
其实你的死根本怨不得滔滔东海

东海邀请你去了吗？是你自己
兴匆匆跑去的。更自己不小心
失足掉到海里。又不会游泳
不像我，善于游水浮海

东海是我惬意的逍遥游乐场
说到底只能怨你恨你自己
发的什么狠？填的什么海

闺密海燕如此这般数落了一顿
填海精卫猛然醍醐灌顶大彻大悟

化仇为亲，决心变填海为浮海

看哪！如今这炎帝娇媚的小女儿女娃
黑发白身快乐沉浮在东海洋洋碧波中
听哪！如今这花脑袋白嘴壳的美丽小鸟
翔飞在东海上空声声自叫

精卫！精卫！精卫……

补天

轰！在这天崩地塌的巨响中
沉酣于造人劳累的女娲
猛然醒来，知觉自身正向东南方
直溜下去，她伸了脚想踏住
空空。什么也踹不到。连忙
一舒臂揪住山峰，才从泼头
泻身的水和沙石中向后一移
坐稳了撑天的玉山般赤身子

遍地是仰卧着的瀑布。大海里
有几处更站立起很尖的浪波来
终于大平静了。像是陆地的处所
便露出石骨的稜稜。很有几座山
从海上奔跑过来。她伸手撮住一座
又将手一缩，拉过来细看

原来她所造的这些小东西
大大的作起怪来了，什么
颛顼康回争的什么天下帝位
蚁阵似地死活争斗起来
撞倒了天柱不周山。闹出天倾西北
地陷东南山川错位的大灾祸来
她所造的挂心活物活不下去了

倒抽一口冷气,她仰天一看
天上一条大裂缝,深深的阔阔的
这天穹,用指甲去一弹,竟是
破碗的响声。她便拧干头发
打定主意,"修补起来再说"

说干就干。她日日夜夜堆积芦柴
直堆到裂口。才去搜集青石头白石头
加上些红黄灰黑顽石,才凑足
三万六千五百零一块,填满了裂口
又从昆仑山上古森林未熄的大火中
抽出一株大树去多处点火

这炼石之火,从冒烟而吐焰
从焰的重台花而成火柱的密林子
忽而大风起来,火柱旋转而发着大吼

青的白的和杂色的石块齐齐的一色
通红了,饴糖似地流布在大裂缝中
一条飞舞的神龙,不灭的轰雷闪电

她仰头去看带些彩的青色穹庐
不觉晨光般熹微地抿了抿嘴角
俯头环视地上,眉头不由略微皱起
只好让小东西们自己收拾了,她想

吁!她在徐徐躺倒中吐出为创造
耗尽了一切的自己,不再呼吸

上下四方是死灭以上的静寂,静寂

注:此诗得益于鲁迅先生同名小说多多,特
此说明,向大师致敬。

父亲(组诗)

• 马曙明 •

巷雨

我一再记起那场巷雨
想起那个落地成水
街道行船的夏天
你随风而去
背影成就一道风景
小巷回荡一种声音

待你随风而归

你允许我饮酒
只是,你疲惫的身驱
一杯就醉
醉成
整个春日的芳菲

父亲

叶落的一瞬
我倒出一杯薄酒

父亲
今天我要独饮

你在千里之外的故乡
让山野的风安眠
垄上的草安眠
亦如你举起手中的钢枪
让顽敌凋零
土匪肃静

父亲,我已缓缓举起酒杯
仿佛举起你的奖状,举起你
病中的微笑与安然
这不是别离。只是酒
在纯香中悠悠升腾的
了然

四月的小巷

借一个春天
徘徊在小巷
听午后光阴的宁静

借一阵细细的雨
像淡雅的花
如同往日的梦境

借一把回望的伞
遮住我的胸襟
让雨丈量你我的距离
让风无法穿梭
在你我往来脚印

山村

山村
蛙声一片
恰似酣战中的呐喊
亦如休整时
七嘴八舌的方言

你在晚风里静坐
坐弯了屋顶的炊烟
坐瘦了今夜
陌上的风景

我坚信,你无眠
蛙声就无眠
因为,蛙是你的旧部
田野,是你的故园

渡阳记（组诗）

· 乌　有 ·

渡阳记

柿饼悄悄析出暮春收藏的薄霜
荔枝桂圆红枣吸收黑色星期五的紫外线
蛋卷炒米糖的浓香从巷口飘到阳台
有人从楼上将瓜子壳啐出一条抛物线
与之形成鲜明对比的是棉被的白
这种轻盈的白，不同于雪尖锐的白
雪的尖锐多少有些虚张声势
它用冰冷口吻喊出内心强迫症的洁癖
准确地说，类似于羽绒的软萌
偏暖色调，适合触摸，哪怕树皮样的手
水的肌肤开始感到鸭蹼撩拨的痒
我的口腔和胃肠不由自主地溢出消化酶
刀片嗓的吞咽带来撕心裂肺的疼痛
水泥鼻忍不住打了一个空洞的响嚏
阳了带来的心理恐慌远大于生理感受
犹如糖果带来的精神愉悦甚于感官满足

爆竹声中疫岁除

清晨，一声爆竹响彻云霄
将我从跨年的梦中炸醒
三年了，现代医学依然无法打败新冠
不管中医还是西医
或许爆竹可以
响声可以吓退年兽，火药可以驱除疫魔
孩子们已经提前放寒假

街道上冷冷清清
待在家中写作业，玩游戏，躲瘟疫
姐弟两个蹲在自家门口玩卡牌
屁股一致朝外，预防传染？
我在楼上，饶有兴致地看风景
俄顷，他们被母亲厉声的呵斥拎回家了
门咣当关上
两支赤色烟花在门外倚墙呆立
阳光普照静悄悄的大地

酒诗

阳了之后，根据康复指南
宜静养，少运动，清淡饮食，戒烟限酒
烟不抽已多年
作为小酒群资深酒仙
活了半辈子的撇脚诗人
爱好越来越少，欲望越来越淡
再限酒，生活有何乐趣？
且不说适逢年节，亲友互访
独酌亦不可少
否则如何完成新春酒主题诗？
每一场酒事，每一次酒诗
皆需亲力亲为，实践出真知
微醺或酩酊，神秘的灵感方可能现身
不可停留于苍白的想象
羡慕李白斗酒诗百篇，退而求其次再次
酒后赋诗一首，不啻人生乐事

醉眼迷离中

穿越古今,神驰天外,岂不快哉

饮酒辞

阳后,多日未饮酒

酒友发帖,宜转阴半月后小酌

白酒半两始,隔周至一两,再隔周二两

视身体状况和酒量增减

工作和锻炼同理,循序渐进

半两太少,灵感召不来

半月太久,诗歌等不及

呷一口,酒精在体内倏忽散发

量太少,无感觉

两口三口,亦无任何违和

想起第一次喝酒

经不起小伙伴们撺掇

一团火苗从声带窜向五内

一股热流在周身奔突游走,找不到出口

今日独酌两盅,得饮酒辞一首

该庆幸还是难过?

该感谢新冠惠赐诗作?

驱羊记

驱或赶,都不适合

此羊非彼羊

作为温顺、软弱、胆怯的代名词

羊总是以被欺负的形象出现

而此羊,以凶猛、残忍、狡诈闻名

看不见摸不着,杀伤力极强

所到之处无所不羊

在地球上游荡三年,几将人类虐遍

它是要人命的,尤喜老弱病残

如果你只是发烧咳嗽腰酸背痛

恭喜你,碰到的是幸运羊

它将长期与人类共存

暂无特效药,只能对症下药

靠自身强大的免疫力渡劫

打疫苗戴口罩勤洗手常通风保持社交距离

只能起到一定预防作用

关于它的起源,依旧众说纷纭

如果来自大自然

人类应收敛起贪婪自私的本性

与其它物种和谐相处

如果源自德特里克堡生物实验室

美国生化武器基因工程项目的一部分

那这一撮别有用心之人就是罪孽的渊薮

人性之恶恐将毁了人类

黑洞（组诗）

· 李逸尘 ·

黑洞

宇宙的眼睛
闪烁着黑暗的光芒
亿万年亘古不变
接近永恒
不同于其他事物的事物
超脱于存在的存在

死亡

死亡是个难以描述的事物
它是自然的规律
又是弱肉强食的法则
它是一种规则
又是一种解脱
它是结束
又是开始
它令人闻之而色变
但又令人艳羡
它代表虚无
有时候又意味着永生

镜

它很老实
偶尔也奉承
当灯光和化妆品恰到好处的时候

它总是特别听话
除非
你定要看自己不示人的
另一面

雪霁

兔子状的雪蹬碎雪丘
菜地边的栅栏下
惨白的灯光照不见它消失
砰
打开门
月光清冷
遮不住折断的草茎
盖着鞋印
今天的梦格外苍白

登好汉坡

台阶高耸入云
一边是上，一边是下
明明有起点，有终点
过程却如此漫长
我们到底该为了到达终点而经历过程
还是为了经历过程而到达终点

台阶自出生之时
便一生被踩在脚下

只为了他人能够到达自身无法到达的高度

而自己终生驻足

永远无法企及自己的梦想

或许,甘为人梯就是它的梦想

这是台阶

又不仅仅是台阶

火山喷发

翻涌着的岩浆

燃烧着时间,空间

以亘古不变的沉默

展示自己无穷尽的活力

默默地积蓄力量

直至苏醒的那一刻

用海啸的方式

宣告自己的爆发

大自然千万年的隐忍

创造的杰作

何等的伟力才能成就的神奇

人类称之为灾难

万物可期(外四首)

· 徐锦绣 ·

窗外,一片叶子细细揣摩

去年那缕阳光的纹路

贝壳在浅滩上爬行,专注设想

与一种潮水的相遇,别离

海面上的那只鸟,收紧翅膀

把自己插入远山的眉黛

铧梨木的种子,在大洋的那一头

裹紧自己

等候一场季风的起飞

空镜子

初秋的清晨

金色光芒不停扑捉尘埃

那些跌落人间的小小天使

正扇动着透明的羽翼

一闪一闪

奔向你

陈茶

清明即至

谷雨尚在路上

沸水投入

经年的勾青不停翻滚,泛红

旧时光缓缓浮现

又不断沉没

冬日, 正午

冬日, 正午
没有鸟的身影蓝天分外空阔
窗外安静了许多
躁动的, 只有风
不时翻动纸张, 不时吹乱阳光
金色光芒跳荡飞舞
嗨, 你竖起双耳
听, 一些爱的诗句
正逆流而上

假如, 这个虚拟的词

你说, 假如
我们两个只有一个能活
你一定要好好的活下去

我说, 假如
我们两个只有一个能活
你一定要好好的活下去

假如, 这个虚拟的词
祛除了日常的尘垢
让我们清楚看到彼此
真实干净的脸

山海微光

· 杨 凯 ·

当新的朝阳升起
伴着鸟鸣声洒落在森林
你可曾想过山为何这样绿
这样满怀生机

当准点来的潮汐
再次推送无限的水下奥秘
你可曾想过海为何这样美
这样迸发活力

因为有站在群山之巅的他们
读懂了一颗种子长成大树的意义

让城市的肺活量愈加蓬勃
让我们拥有更清澈的呼吸

因为有习惯于直面风浪的人
笃定的眼神和黝黑的肤色
直接对话海洋之灵
向存亡一线敞开坚实的手臂

这来自山海间微光的鼓励
是一切馈赠的初始
一切丰收的保障
是方向

引领我们仰望遥遥的星际
又是信念之源
供我们奔跑、跨越、翱翔

奔跑、跨越、翱翔
在这广阔的天地

湖上（外四首）

• 阿　罗 •

上善若细雨？
比细雨更强势的是湖上
白雾弥漫之日
湖是女神故意摔破的酒瓶
打伞暗示有人旧情难忘——

仅限记忆而已
她有三十三个月亮
唯有一个不能示人
能示人的不管真假
全是珠圆玉润

那不能示人的
也是鸟如何飞翔的问题
关乎命运和抉择
与石头共赢
还是与泥土合作

南方的女人去了白堤
一路桃红柳绿
北方的女人去了苏堤
一路波诡云谲

一口价买下所有的路口
不怕痛失赏雪的瞳仁
容忍男人的舟楫失坠
反复练习主动宠爱
很久很久以前的一口小鱼塘
终于有了传说的水月洞天

棕榈树

它耐寒没什么了不起
它的网状纤维能做棕绷做沙发垫子做蓑衣
没什么了不起
它的树干可以造船
它的果实含糖量极高可以直接酿酒
也没什么了不起
它的蓄水能力很强
——它真的坚韧吗
这些我们都可以怀疑！
——但我们不能怀疑它的特别
作为一棵树，它仿佛可以让我们确定
只要它在身边
我们就拥有幸福的家园

月亮是我们的二维码

外星人来访的时候
我作为银河系里的主人之一,提议
扫一扫他们的二维码
以此判断他们的文明程度

外星人摇了摇头
手臂上出一张二维码
我发现那是整个银河系模样
这让我感到有些气愤
这也太小看人了吧

水里有鱼
陆上有花朵
山顶上还有小鸟
无知者如这些外星人
我想他们或许这些都不懂

小镇

最好的小镇是狗既不太多
也不太少,对于一条古老的街道来说
有没有火车经过并不重要
重要的是得有雨滴在瓦片上书写约定
允许风起时鸟儿在电线杆上造谣
摄像头前抢走一些操场上的谷物与俗成

吃货、逛逛,在门口切一块雪白的豆腐
以示对菜场的忠诚
好,抓一把青菜与黄瓜的上上签

拒绝辣椒、猪肝、红虾的下下签
如果发现一条鱼的脏腑里藏有爱的住址
不妨为海的静域管理欢喜一回

不要说那衣衫凌乱的希望,仿佛洋葱
被硕大的鹅蛋霸凌,哪一根胖胖的萝卜
不喜欢抱着风骚的猪蹄?
岁月静好的汤荡漾——,而画外音就是
马不停蹄,向阴而生

天堂

可以从一个小指进入
不要害怕眼睛很多
他讲话的声音比耳语
大不了多少
花朵们仍听得真切

心脏既能独处
又能与周围的水共生山坡
鸟鸣如沙拉果蔬
解腻思想的芳香,开胃
层林的霞光

像羊一样专注灵魂的草
他散步的时候不时看看远空
腌制爱情的咸菜要多放点盐
当品质挨饿,和面条的真理一起煮
唉,还没想好的生活让他始终看不清
藏在肚皮里的自己

风过草木间（组诗）

· 戴可杰 ·

葡萄像群鸟，也像一道光
——致边月明

我们丰收时，一群麻雀
正在村庄的上空巡视
风抱起田野，把草木压得很低
葡萄园在清晨就被托起来

我们喜欢挑晴朗的日子去摘葡萄
晒着太阳吃，才能吃出夏天的味道
白云在头顶上飘荡
山川、土地和河流都是肥料

生活像葡萄高高地挂在葡萄架上
我们以为自然的总是最真实

仙草夫人
——致肖艺

石斛花盛开时，四合院里有蟋蟀叫
你带着人群穿过花海
我们听见温婉舒缓的声音
"得水长生，夺中土之气化而补脾。"

仿佛盛夏里的一阵凉风
从东钱湖的水域迎面吹来
柔软如花瓣，轻盈如飞蝶

"阴常不足，阳常有余，石斛滋阴。"

你在淡雅的花香中诉说
我们一起来探索植物能量的奥秘
像蜜蜂拥抱花蕊那样
专情且快乐

养蜂人
——致方霞

你和春天被请进花朵里
阳光和雨水离这儿都很近
在三月，春风像云，更像棉花糖
在山野的心口涌动着

蜜蜂在草木之中出入
一生追随着花的足迹
喜欢一边飞翔一边做梦
它们是甜蜜的创造者，乐此不疲

天空看上去像大地的一朵鲜花
养蜂人是天空的最后一滴蜜

空中茶园
——致方跃

风起，我们背着滑翔伞向上跳跃
天空柔软得像白云，一旦飞翔
就会形成新的视野
山在低处，是大地的一道谜

空中的茶园一会儿大,一会儿小

必须说,我们身体里
都有一对隐性的翅膀
每一次滑过天际,都对应
一种内敛。阳光是透明的
深入茶树的根系,所有人都贴近土地

蜜桔玉满园
——致冯仁方

秋风是一艘秘密的大船

把我们送到灵江北岸

大地萧条的时候,满园蜜桔
一夜之间从田野红到山岗
草木的精气神开始内敛
手握剪刀的人站在阳光里
空中,橙色的鸟正在搬运琼玉
并带着所有人的忧郁远去

我看见一切都还在,你的桔园
原始的甜蜜,人类的果农

渡口（外三首）

· 林 英 ·

年轮像艄公吐出的烟圈
拉长了,又搓圆
船篙一用力,渡口就往回缩
日渐被撑出宽阔的胸怀
容得下太阳东升西落的影子,以及
南来北往的风尘和腔调

一船去了,必然有一船到来
这是渡口亘古不变的定律
只是装在里面的主语
可能是喜怒哀乐、生老病死
也可能是青春、爱情和理想

艄公老了,渡口、船、和水边的柳
都见证了他最好的年华
他驾着船走过了春夏秋冬

走过了少年、青年和壮年
他成全了渡口,渡口也成全了他

柳

提到送别,好像就需要学着古人
截一段柳枝,方能割开纳于心的悲伤
柳,成了离别时不可或缺的道具

有幸,成为渡口柳
见过夕阳的怜悯、渐远的船帆
被时空拉成了天荒和地老的诚挚
在天涯和咫尺的边缘交换

身为渡口柳, 三千绿丝绦尽被折断
是无奈,也是一段劫

有声音穿云,那是渡口柳

在放行心里的坎

船

流年似水

时间借着流水

在船体上刻上暗色的痕

细数,流年

从此岸到彼岸

它把自已移动成了一座桥

不敢有丝毫的懈怠

而不知名的水草、鱼儿

都是不固定的追逐者

轻吻它日渐衰老的躯体

以及满船的月光

艄公

渡口和船,是他的第二个家

他熟悉它们,就像熟悉

脸上堆起的皱纹,手上凸起的老茧

号子声浸透了生活烟火

同月一起,跌宕起伏在江心

他最后一次,以艄公的身份

倾尽怀中酒,还醉月和水

岸堤开满了鸭跖草花和辣蓼花

他仿佛回到了年少,柳笛响起

有银铃,摇落水面

飞鸟（外一首）

• 高黎明 •

盛夏

一只肥大的青虫从天而降

落在滚烫的柏油马路上

一只大鸟随之而落

与我互视的一瞬间

又振翅飞走

小鸟吃虫子

我只在儿时的图画书上学过

在我头顶几米、几十米的空中

有另一个世界

因为鸟儿偶然的失误

我才得以靠近它

记录

一百年前

西班牙流感接近尾声

幸存的老人拖着虚弱的躯壳

记下那段特殊的日子

好让未来有人知道

他的孩子曾经来过

一百年后的今天

人们依然在记录着

期待被看到

努力生存的模样

社交媒体上的文字

只是硬盘上的代码和数据

看似安全和永恒

消失却只在一瞬间

就像永远回不来的时光

秋吟（三首）

· 周文新 ·

僧庐听雨

黄墙里，几声磬响。

禅房外，雨声不停。

是谁将残荷留了，

又有谁能听懂这天籁之音？

菊影

你说，那一丛浅黄，

是菊做的梦。

我说，那一朵洁白，

是失眠的月影。

秋叶

秋的一声轻叹，

斑驳了小院的清幽。

扫去了月影，

却扫不去心伤。

荷渡，何渡

• 今眉宇 •

一

怀旧的行者

在一枚生涩的词里

偶遇你的清欢

而你

如急景流年里的低眉女子

用禅意在姿态布施善意

却没有收纳我的漂泊

二

风动，香绕

一抹夏意，聘婷

一念，恍惚

留白，半生

低眉

千般柔婉

说与柳丝听

斜倚，阑珊

一片粉颜，嫣然

一阕，清欢

黄昏，含羞

浅韵

任你来猜

跌落的宋词

三

拾一语琉璃小句

落款是一抹胭脂粉的闲适

诗经的苍苍蒹葭

收容了夏余的火炙

落叶起，清风作舟

与一朵莲，互诉

站在干净舒阔的水岸

抓住闲绿和清芳，各一把

不必笑赋新词，无需强说旧愁

一朵入心，再无颜色

四

独对荷叶烟波

莲心已将陈年往事盛满

几痕波影斜撑的莲蓬，静泊水湄

两两无心对望

却唤醒了隔世熟稔的忆念

丹青解语，涂胭脂红

微微一笑，便倾了一个夏天

莲成蓬，精致清妍的模样

被我收藏起来

五

半开的风走在六月的诗行

一朵花在晨钟暮鼓里摇曳

写旧的词牌

与青梅推杯换盏

也会沉醉不知归路，误入藕花深处

闻香有毒，却愿毒侵五脏六腑

荷渡，何渡……

白露未为霜（外二首）

· 回 向 ·

二十四节气来到白露站
年年如此年年有别
未曾发现那滴白露化作霜
难说幸或不幸的事儿
一滴一滴数不清

风已披上凉爽的外衣
出入山谷丛林
掠过田野时留下的绿浪
宛若袁隆平先生的心跳
贴近芸芸众生

真的希望白露不寒
又期待更替的季节
既不会脱轨也不会翻车
伤及岁月列车上的人

在这里白露未为霜
在这并不那么寒冷的日子里
霜叶念着二月花
愿枫桥边不再有孤独的夜泊者

诗为白露

不曾祈求过谁的诗
成秋夜的白露
近不得强劲的秋风
见不得明媚的秋光

无权去鞭挞什么
譬如那些俯视苍生的高昂头颅
代表得太多太多
甚至没放过草木的灵魂

诗若能成为白露也好
无声无息地被风摇落后梦入流水
或被光蒸发后化作行云
看诗在人间再生

想象一滴露

想象在一滴露中
藏着诗眼
在高处俯视在低处仰望
人间的哀乐喜怒

为一滴露想象着
洒脱得不悲不喜
为风而落魄为光而丢魂
转换得天衣无缝

想那生命短暂的每一滴露
与寿命较长的另一滴
在互为知音的瞬间
为灵魂的邂逅而愉悦成永恒

玛丽安·摩尔的诗

• 倪志娟 译 •

精神是一种迷人的东西

是一种有魔力的东西。
如同纺织娘
翅膀上的釉，
被太阳细分出
无数网格。
如同吉塞金*演奏斯卡拉蒂*

如同无翼鸟锥形的
喙，或者
几维鸟*毛绒绒的
羽毛蓑衣，精神
虽然盲目却能感知它的方向，
眼睛盯着路面，一路走来。

它有记忆的耳朵，
不需要刻意去听
就可以听见。
如同陀螺的降落，
一种真正的模棱两可，
因为压倒一切的确定性保持着它的平衡。

它是一种功率强大的魅力。
如同鸽子的
脖颈，在太阳下
生机勃勃；它是记忆的眼睛，
它是诚实的前后矛盾。

它从它的眼中，撕去了面纱；
撕去了诱惑，
和心灵的
薄雾——如果心灵
有一张脸的话；它剖析
沮丧。它是鸽子脖颈上

彩虹色的火焰；是斯卡拉蒂似的
前后矛盾。
清晰提交它的混乱
作为证据；它
不是希律王不可被更改的誓言。

*沃尔特·吉塞金，法国钢琴家。*D.斯卡拉
蒂，意大利音乐家。*几维鸟（Apteryxoweni），新
西兰的稀有鸟类。体大如鸡，翼与尾均退化，喙
长而微弯，鼻孔位于喙的尖端（此点与众不
同）。夜出挖取蠕虫等为食，白天钻入地面的
洞穴或树根下隐藏。叫声有如尖哨声，并常发
出"kiwi"声，故名几维。

没有天鹅这般精致

"没有水如同凡尔赛宫
干枯的喷泉这般平静。"没有天鹅，
如同这只彩瓷天鹅这般精致
它侧目而视，带着灰暗的表情

船桨似的腿
浅棕色的眼睛和代表主人身份的
锯齿状金质项圈

在路易十五
装饰着鸡冠状按钮,
大丽花,海胆,以及蜡菊
的枝状大烛台上,
它端坐于
雕刻精美的
花瓣中——优雅又高大。而国王已经死去。

致一只墙壁里的鼠

你使我想起一些男人
曾相遇,又被遗忘
或只是重现于
一段风趣的插曲
他们在其中一闪而过
如此敏捷,难以被审视。

何谓岁月?

何谓我们的清白?
何谓我们的罪? 每个人
都必须面对,没有谁可以幸免。而勇气
来自何处:这没有答案的问题,
这坚定的怀疑,
无声的呼喊,聋子似的倾听——
不幸,乃至死亡,
激励了他人,
而失败,

将激励灵魂自身强大起来? 他

深刻地了解,并快乐,
接受必死性,
即使被束缚着,
仍努力提升自己,就像
峡谷中的海,渴求自由,
却无法得逞,
当它屈服时,
才发现了自己的延续性。

因此,他强烈地感受,
积极地行动。如同鸟,
歌唱着,坚定地向上,
越飞越高。虽然他是俘虏,
他有力的歌声
表明,满足微不足道,
快乐才是纯粹之事。
这是必死的命运,
这是永恒。

穿山甲

又一种甲胄动物——鳞甲
层层相叠,像圆锥形的云杉一样整齐,一直到尾部,
形成了不间断的
同心圆! 近似于有头和腿并装备了坚韧沙囊的
朝鲜蓟,
这微型的晚间艺术工程师,
正是列奥纳多·达芬奇的复制品——
我们很少听说的、令人难忘的勤劳动物。
盔甲仿佛是多余的。但是对他而言,
隐藏的耳脊——
无遮蔽的、没有

突起的耳朵,有类似安全收缩装备的

鼻子以及闭上后无法穿透的
眼缝,都不是多余的;它是一个真正的食蚁兽,
绝不吃蟑螂,忍受着
疲惫不堪的孤独,夜晚,在月光下
(尤其要借助于月光),穿行于陌生之地,
日出前才归来。他的手的外缘
可以承重,保护用于挖掘的
爪子。在树上
攀缘时,他一点也不好斗,
总是回避危险,
只会发出一阵无害的嘶嘶声;他保持着

威斯敏斯特教堂的铁蔓藤雕花栏杆上
那种柔弱的优雅,有时
把自己滚成一个球,
能抵抗任何外力的侵犯;他没有细瘦的脖
　　子,尾巴
可以紧紧蜷起,以整洁的头为中心,一直盘
　　绕到脚。
他有抵抗利刺的鳞甲;岩石中的洞穴
从里面封上土,因此
变得很暗。
太阳与月亮与白昼与夜晚与人与野兽,
每件事物都拥有一种光,
人及其所有的卑劣,
不应对此视而不见;每件事物都有奇妙之处!

"胆怯者也是可怖的,"这甲胄的食蚁兽
遭遇兵蚁时,绝不后退,而是
吞噬他所能吞噬的一切,当兵蚁为了报复,
蜂拥着爬上他的身体,
他放平尾部和身体上锋利的

叶状鳞片,剧烈地颤抖着,四肢和身体变得
密不透风,如同
伽格拉斯雕刻的斗牛士头上
那顶帽子的卷边。最后它跌落在地
毫发无损地
溜走了。当然,如果没有受到侵扰,
他也能借助尾巴,小心地

爬下树。穿山甲那巨大的
尾巴,是一件优雅得体的工具,作为支柱或
　　手或扫帚或斧头,
其顶端如同大象的鼻尖,有特殊的皮肤。
对于这难以被伤害的甲胄动物来说,
并不是无用的。人们通常认为,
他靠石头和蚂蚁为生,是一种活生生的
神话传说。穿山甲不具侵略性;在
黄昏与黎明之间,他有坦克似的
外形和漂浮似的爬行,
优雅地适应了逆境。

阐释上帝的恩宠,需要
一双奇特的手。如果现存的一切不是永恒的,
人们为何要用动物形象装饰教堂尖顶,使
　　其显得优美,
在那精巧的石柱之间,为何要雕刻
丰美的矮石座来承托石像——一个又一个
　　修道士的石像——
为何要辛勤地工作,融合
多重美德,爱邻人并信奉宽恕,
为何要在石制窗框中巧妙地运用
至今仍受到赞赏的
十字型窗棂? 一艘海船

是第一机械。穿山甲,也是如此。

用四条腿,沉默地滑行,

堪称精确的典范;有时它按照人特有的姿势,

用后腿直行。在太阳和月亮下,人们为了

　　活得更好,

努力工作着,却忽视了另一半值得拥有的

　　鲜花。

必须聪明地选择如何运用他的力量;

黄蜂似的造纸者;蚂蚁似的

食物搬运工;悬挂在绝壁上的

蜘蛛似的

结网者;在战斗中,配备

穿山甲似的机械装置;在沮丧中

倾覆。俗气或完全

赤裸裸的人,自我,我们称为人的存在,世

　　界的

书写者,一个黑暗的怪兽,

"厌恶他可憎的同类",不肯原谅他人的

过错。在动物中,只有人才有幽默感:

幽默消除了一些困扰,节省了时间。他稍

　　具见解,

谦逊、冷漠,又感情用事,

有不屈不挠的毅力,

和前进的能力,

是能使其他生物呼吸加快、寒毛竖立的

为数不多的动物之一。

有时毫不畏惧,

有时胆怯不前,有时步履谨慎,好像

每一步都会遭遇不测。符合

如下标准——温血,无鳃,有四肢和少许毛

　　发——

他

是一种哺乳动物;坐在自己的栖息地,

穿着毛料衣服,厚重的鞋子。被恐惧追逐。

　　他,总是

缩头缩脑,黯然失色,因黑夜来临而受挫,

　　遗憾于

未竟的事业,

对替换黑夜的光明说,

"太阳将再次升起!

新的一天到来;新的新的新的

阳光进入我的心灵,并安抚我的灵魂。

诗人简介 ｜ 玛丽安·摩尔(Marianne Moore, 1887—1972),1887年11月15日出生于密苏里州科克伍德。她的诗歌最初发表于1915年的《自我主义者》和《诗歌》杂志上。她的第一本书——《诗篇》于1921年在英格兰发行。三年后,《观察》在美国出版,获日晷奖。1925至1929年,她担任美国文学期刊《日晷》执行编辑。1951年出版合集《诗集》,先后获得博林根奖、国家图书奖和普利策奖。1955年的《诗选》由T. S. 艾略特作序,令她的作品获得了更大范围公众的注意。玛丽安·摩尔所获的诸多奖项包括国家艺术文学学会诗歌金质奖章、美国诗歌协会杰出成就金质奖章,以及国家文学奖章——美国最高文学荣誉。

译者简介 ｜ 倪志娟,女,出生于1970年,杭州电子科技大学法学院教授,哲学博士,主要从事哲学与文化、英美现代诗歌研究以及创作与翻译。近年来出版学术专著:《女性主义知识考古学》(北京:高等教育出版社,2012),个人诗集:《猫·物》(北岳文艺出版社,2016),译著:玛丽·奥利弗诗集《去爱那可爱的事物》(外语教学与研究出版社,2018),雷·阿曼特劳特诗集《精深》(北岳文艺出版社,2019),玛丽·奥利弗诗论《诗歌手册》(北京联合出版社,2020)。

约翰·阿什贝利的诗

· 亦　涓　译 ·

夏天

那声音听上去犹如风
让人想起什么又遗忘在树丛
无人能够解读。当你思考一件事情的意义,
"以后吧,"你听见清醒的劝告,于是放弃。

此刻阴影盛大
而不可见,被细小的枝丫分割,
被成片的树林分割,如同生活被分割
在你和我之间,在其他所有人之间。

随着月亮变得单薄
进入了反省的时间。将会死去,突然,
不再是一件卑鄙、廉价、不起眼的事情,
只剩下厌倦,难以忍受的酷热,

以及对我们做过的一切所抱的
那些小小的无心的幻想:夏天,松针球:
疲沓的命运为我们的行动服务,带着标志性
微笑,过分精确地执行指令。

现在撤销它们为时已晚——到了冬天,
　那颤抖的
映在窗玻璃上的冰冷的星星,用放大的手势
描述这存在的状况,实际上并没那么夸张。
夏天不过是一段陡峭的阶梯,向下

通往水面上狭窄的暗礁。那么,这是不是
铁的安慰,合理的禁忌,或你这么认为
当你驻足停留?那张脸
和你的相像,那倒映在水中的。

春日

巨大的希望,和忍耐
从黑夜出走,来到白昼的人行道上
仿佛空气被吸入一座纸城,又吐出
当夜晚带回怀疑

在瞌睡者的头脑中麇集
又被棍棒和刀子阻挡,于是早晨
从寒冷中跃起,把昨天的空气
重新安顿,这就是你,

无数次地,头从手中滑下来。
涕泪横流,又笑又哭:
那有何关系?有免费的给予和索取;
硕大的身体放松了,像面对一条小溪

被它的力量唤醒,注定意识到
那秘密的甜蜜,在它演变成生活之前
从众多的交换中被吮吸,从子宫剥离,
在彻底死亡前被掘出尸体——并举起

它的山脉——宽广的胸膛。"他们很久才到来,

那些其他人,这没什么影响即使迟缓使他们
几乎不存在。假定他们已经死亡。
他们的名字被光荣地移植到风景上。

成为人类的记忆。直到今天
我们仍活在他们的躯壳里。
现在我们喷涌而出像河流决堤,
停留在困惑的,惊恐的平原上,

继续向前将是可怕的,
在伤口里转动新的刀子
在娱乐的海湾里,在赤裸的画布上
事实上,如同交通和白昼的噪音。"

山岳停止摇晃;它的躯体
蜷入它自身的矛盾,和它的享乐中,
远离我们的灯被熄灭,男孩和女孩的记忆
在伟大的变化之前他们走过这里,

在空气映出我们自身之前,
它们的形象和我们的努力相反。
它不可分离的评论和结果
把我们抛得越来越远

发生了什么? 你和一棵
橘树在一起,它夏天的产物
可以回到我们弄错的地方,温柔地坠落
掉入历史,如果它愿意。一页被翻过;

此刻我们挣扎于风的巨大的死亡。
无论是星期四,还是暴风雨,
雷电交加,还是鸟儿互相攻击,
我们已滚入另一个梦境。

谴责他人的屏障已无必要:
它不再存在。但是你,
仁慈的生长的事物,点缀着叶片如繁星,
将立刻把我们全部的注意吸引。

一首附加的诗

希望和恐惧在哪里找到它们的目标?
港口冰冷地对着交配的船,
你站在阳台上,你已迷失
海的森林平静而灰暗地铺展在下方。
从下降的光线中撕裂出强烈的印象
而夜晚是有罪的。你知道阴影
在箱子里咆哮
但当你越来越饿时你就忘记了。
那遥远的盒子打开着。谷粒的声音
有些急切地倾倒在地板上——我们
随夜晚上升从风的盒子里释放。

最近的过去

也许我们应该有更多的想象力。
就像今天,天空零上70度线条降落
以九月的方式,它使蕾丝窗帘靠近一只梨。
最奇怪的装置不可能常见。正是在那里
被贬低的恐惧感移动着轮轴。在星群之中
已无和平可言,像一杯倒空的咖啡
夹杂在炫目的雨的拜访之间。

你是我的五胞胎当我决定离开你时
我打开一本图画书那些图画全都是草
而书缓慢地起火,你坐着
阅读眼镜里满是烟雾你尖叫
那叫声听上去像"充血"又像"砖头"。

下一章全部讲述一条溪流。
你开始明白那些关系当涨潮的波浪
带来沉船它们的名字叫作"阿拉丁"。
我想起那个洞穴里的阿拉伯男孩
想法比建议跑得更快。
如果你懂得雪仍然是太空里的雪橇
这些印记就可以和"坠落的星星"押韵。

任务

他们准备重新开始：
问题，升上旗杆的新三角旗
一个预期中的浪漫传奇。

大约在太阳开始横向切割的时间
西半球的阴影，狂欢节的回声，
逃亡者以不同的名字聚集上岸。
伴随着欢乐而来的是空虚，每个人都必须
　离开
进入困顿的夜晚，因为他的命运
就是从光亮中无功而返
那光亮来自于逝去的光阴。它不过是
云的城堡，善于抓住过去
并占有它，借助于伤害。而现在路变得
清晰起来，径直通往那已逝的时间
在腐蚀的群体中他头一次懂得了如何呼吸。

看看你制造的污秽，
瞧你都干了什么。
但这只带来小小骚动如果还值得懊悔
晚饭之后孩子们在玩耍，
夜晚带来枕头的承诺以及其它。
我打算再待一会儿
因为这是唯一的时刻，洞察的时刻，

还有一些目标可以到达，
一种最后的焦虑将融化于
那正形成的，如朝圣者脚下绵延的大地。

即景诗

1.

一个新手坐在房檐上
俯瞰着城市。天使们的

祈祷加入了警察的
祈求，乞求她下来。

一名女士答应做她的朋友。
"我不要朋友，"她说。

一位母亲给她长袜
她从腿上撕下长袜。其余的人

提供着各种帮助：糖，水果，
那个瞎眼男子给出他全部的花。如果有什么

能称之为是成功的，这些就是，
这场景简直就是一场典礼

是她想要的。"我渴望
纪念碑，"她说。"我要行动成为

一种比喻，犹如波浪抚摸
没有思想的海岸。你们这些人

我知道，只会给我我不想要的
一切好东西。可是请记住

我死于你们的帮助。"说着,风解开
她宽大的袍子,像一颗

光溜溜的蛋,她轻盈地飘落
从天使的看护和人们的关注中解脱。

2.

许多美丽的东西都必须被抛弃
这样我们才可以接近那更高的

自我的形象。飞蛾在火焰里攀升,
啊,它仅仅想变成火。

这并不减损我们的高度。
我们闪闪发光,在那轻率的

言行的重量之下。但我们怎么知道
我们知道真相呢?她是

忧郁的祭服吗?因为那天晚上,火箭叹息
着

优美地掠过城市,宴会在举行:

那一瞬间发生着多少事情!
人们对火焰又抱着多少种态度。

我们也许会从地球上飞起来,看她滑翔到
高处,穿着她明亮的树叶的短裙。

但她,不用说,只能是一个
冷漠的雕像,一个奇迹。

不属于我们,犹如叶子不属于
冬天,因为它意味着结束。

歌

歌曲讲述我们过去的生活方式,
讲述从前的生活。犹如花香,
告诉我们那结束了的如何结束,
新的开始如何复归于叹息。随后,

情势急转,朝向一个完全
出乎意料的结局迅速逆转,
仿佛时钟失了控。这是一个手势吗,
意味着,很久以前,那些弯曲于

沮丧的否定的时刻,像丛林里的树叶
以及那纯真的结局都应该放手
以飞逝的、令人窒息的甜蜜?日子
铺展一片空荡荡天空,一无所有

除了锈迹斑斑的砖头。或迟或早,
汽车发出哀悼,所有的事情都将乱套。
而我们只是坐着,几乎不敢说话,
不敢呼吸,仿佛已被耗尽,被这种亲密。

而那自称已过去的一切会在某一天
卷土重来,变得生动又清晰,
像一本崭新的、美丽的历史书
书页还未裁开,还未看一眼插图。

这无数次的停顿和开始有一个逐渐清晰的
　　目的:
回到往事中,不要成长
回到黑夜,它像一间屋子,一种离别的方式
带我们进入深深睡梦。阒寂无声的爱。

第二职业

我们对自己的生活方式感到幸福。
它对别人没有太多的意义。我们坐着，
阅读，不知疲倦。偶尔到了这样的时间
把深色的窗帘垂下将一切遮掩。
我们的实体绕着自我诱导的恍惚状态
而旋转如同睡眠。我们的生活静止下来
像在一个梦中迷途我们步入
那可敬的边缘地带在那里生命一动不动又
　　充满活力
我们说出我们知道的不多几个句子。

"哦，可怜的人们！为何这么多哭泣，
街上如此荒凉？
这就是肉体的存在吗，我们每个人
在参差不齐的窗户旁必须面对的，
对干渴和最终的死亡感到的紧张吗？
与此同时真正的方式睡着了；
你的合法的行为啜饮着有害的平静
从这只容器上翻的嘴唇，秘密地，
但一种改变永远不晚。
某些被疏忽的罪过没有受到惩罚
并不削弱你的位置
但这片确保你安全的灌木丛
却受到威胁。那么再见，
直到，在一片更美好的天空下
我们相遇，耗尽自身，而这样做
仅仅是一个借口。我们需要竭尽所能
进入彼此的生活，睁大眼睛，哭泣。"

像一个在梦中行进的人
那个陌生人步履匆匆离开那所房子
在身后留下一个脸像箭头的女人

使所有注视他的人们感到惊奇
为他周身散发的奇异的活力。
当他经过时那些脸倏忽被点亮！
这是一个无人提及的奇迹
为了阻挡他经过的河流
现在它泛滥成洪流，像在阳光下的购物广场
或某个封闭的球场
他用沉思将他的快乐，
野蛮，和温和隐藏。
然而每个人都知道他看见的只是某方面，
暴烈的连续性超越了一切永久的梦想。
他转身离去，而教训
在夜的深处打着旋：
快乐发着光，而黑暗漆黑依旧，
快乐永生不朽，却被陷阱拘囚。

对法律的无知不是借口

我们被警告过蜘蛛，和偶尔的饥荒。
我们驱车去市中心看望邻居。他们无人在家。
我们住在市政局修建的庭院里，
回忆着别的，不同的地方——
它们在哪儿？我们从前压根不知道吗？

在葡萄园，蜜蜂的颂唱淹没单调的日子，
我们醺然入梦，加入伟大的行程。
一切仍如从前一样，
他走到我面前。
若不是沉重的此刻，
摧毁了我们与天堂的合约。
实在没有理由感到高兴，
或许，也没有必要转身。
我们仅仅站着就迷了路，
聆听着头顶电线的嗡鸣。

我们哀悼活力四射的贤能社会，
曾保证了杯中的牛奶桌上的面包。
沿着打滑的道路，趔趔趄趄
我们朝已化为原初的水晶岩石的他走回去，
一切都有关，全都为我们担心。
我们温柔地下降到
最后一级台阶。在那儿你可以伤心和喘气，
在一阵料峭春寒中将你占有的一切清洗。
只是得小心狼和熊会频频光顾，
小心黑暗降临，当你期待着晨曦。

哦，福尔图娜

好运！最美好的祝福！一切顺利！
最棒的！祝成功！上帝保佑你！
平安与你同在！
愿你的影子永世长存！
我们能看穿另一面。
你明白。这是你的问题，我们知道，
但我还是忍不住有点嫉妒。
如果黑暗现在失控了呢？
雄心勃勃地，轻松地重新追上潮流。
这里是遮荫处，花朵的暗示，
而和平，在另一个地方。

我们的竞争如同某种确定秩序的工具。
没有人会发现它们有用。
直到真正的危机发生，才有人
能意识到那是什么。
地狱一点儿也没松开，而像一曲上升的赞
  美诗

像看不见的山脉上突然显灵的雪。
脚下的一切都很好，但都输了。

注：福尔图娜，罗马神话中的命运女神。

经济实惠种类繁多

孩子绑架父母是一回事。
父母在孩子身边坐下来，挡住小路和路边
可爱的青苔完全是另一回事。

全神贯注驾着金色马车早早到来。
我们看见四周塞满东西，
迷宫堵住迷宫，
葡萄打结，在地平线，在喉咙。

而我们无法使一切畅通。
这就是事实。

这是一个被入侵的国家。
黎明将夺走你全部书籍。

到处走走将告诉你一些重要的事情：
打折的方式，一桶桶浪花，
日子被存在吞噬。

孩子伴随这些事物的变化而长大，
聆听着，为官方记录里掉落的僵硬的瞬间
感到焦虑。我们买裤子
和制服，偶尔买灰色衬衣。
到了周末，只剩下工业，剩下沉寂。

诗人简介｜约翰·阿什贝利（John Ashbery, 1927—2017）是二十世纪后半叶至本世纪前十几年，美国诗坛最有影响力的诗人之一。他一生创作颇丰。美国国家图书馆为他出版了厚厚两卷本的诗集，收录了从1956年的《一些树》到2000年的《在此留名》近千首作品，其中有著名的长诗《凸面镜中的自画像》、散文诗集《三首诗》以及两百多页的长诗《流程图》，这是美国国家图书馆第一次为一个在世的诗人出合集。在新世纪，阿什贝利又创作出版了《传话游戏》（2002）、《我将去何处游荡》（2005）、《尘世之国》（2007）、《星座图》（2009）、《简单问题》（2012）、《通风廊》（2015）和《群鸟的骚动》（2016）。

译者简介｜亦涓，诗人、译者。译有艾米莉·狄金森、伊丽莎白·毕肖普、米沃什等诗人的作品。曾参与复旦大学狄金森国际合作翻译项目，译作选入《栖居于可能性——艾米莉·狄金森诗歌读本》）。

卞之琳的诗创作历程（二）

• 骆寒超 •

二、卞之琳中期的诗创作

卞之琳在 1935 年至 1937 年期间的新诗创作，可以说已进入成熟阶段，也可以说这短短三年成了他一生抒情事业的顶峰。当然，事物的发展总有一个过程，我们在上一章结束处说：他写于 1933 年至 1934 年——特别是写于 1934 年的一批带有怀旧心态的生命哲理化抒情诗，预示着下一阶段的抒情探求中会有一番新的风光等待我们去考察。这不是随便说说，事实证明从 1935 年起他新诗创作的发展几近于飞跃态势。蓝棣之在《论卞之琳诗创作的脉络》一文中就说："好像是忽然之间，从 1935 年开始，卞之琳的声音有了很大变化。1 月间他写成《距离的组织》，接着，6 月他写成《尺八》，7 月写成《圆宝盒》，10 月写成《音尘》。"①这里还可补充一些篇目，也都是 1935 年至 1937 年"忽然"冒出来的，如《断章》《白螺壳》《鱼化石》《第一盏灯》《半岛》《航海》等等，它们在百年新诗中都说得上是精品甚至经典之作，全证实着卞之琳这场中期诗创作大有深入探讨的价值。为此，本节打算分如下四个方面来进行考察：魂萦今日的世界、实呈自我的心态、诗说存在的相对和评析《距离的组织》。

魂萦今日的世界

卞之琳为人有超然的一面，但本质上是个入世者：关注时代现实、社会人生，如在论及他前期诗时我们已指出的，他以诗哀叹当年自己生活于其中的没落社会和灰色的人生境地，而在这阶段他同样保持着这种为人为诗的人格风姿。所以这期间他的吟咏还是凸显出魂绕今日世界、"哀民生之多艰"的心境的。

我们首先想起了他的《尺八》和《在异国的警署》二诗，它们代表了他心忧民族式微的抒情追求。《尺八》是一首立足于相对关系而巧妙地结构而成的诗。文本中有两个人物：一个是今日坐"长安丸"去了"三岛"的海西客——中国人，亦即抒情主体；另一个是盛唐时期坐"三桅船"去了长安的"番客"——日本人。主体是围绕这两个人物与尺八的关系展开抒写的。他把二者按相对时空交错地穿插组接起来，形成了一个复杂而有机的关系网，并对其作了不露声色的表现，让接受者自个儿去品味内中的微妙意味。具体来说，可以分成四个单元的流变过程来把握：第 1—3 行为第一单元，写当年一个番客在海西头得到一枝尺八坐三桅船返回三岛，"像候鸟衔来了异方的种子"——这是总提即将发生的事情及其意义。第 4—12 行为第二单元，写今日海西客乘长安丸到三岛，晚上在那儿的旅舍"听楼下醉汉的尺八"而引起怀古的遐想："想一个孤馆寄居的番客/听了雁声，动了乡愁，/得了慰藉于邻家的尺八。"于是，第二天就"在长安市的繁华里，/独访取一枝凄凉的竹管……"而自己今日在三岛听到的尺八声也就定会是当年那个番客从长安获得的那枝"竹管"的传承。文本在这些方面作了意境浓郁而深远的抒叙，使古与今、长安与三岛作了时空间既复杂又有机的交错组合，而值得特别注意的是其中的第 11—12 行——也就是括号里作补充而插入的两行："为什么霓虹灯的万花间，/还飘着一缕凄凉的古香?"它们的存在有类似画外音的作用，既赞叹了当年盛唐的长安一片繁华，又点出番客听到尺八声又闻一缕古香而生发出对故土三岛衰颓的"凄凉"感——这可是反映了番客一脉对邦国式微之哀的微妙心境。顺此心境的延伸，并在延伸中一转，乃有第三单元的第 13—18 行，写当年番客决心带着尺八"归去也"，并一转从当年转向今日，"尺八乃成了三岛的花草"——盛唐时长安的尺八在日本扎下了根，而番客换成海西人，在三岛的孤馆之夜听尺八声，事情的发生整个儿对调了位置，并且也在第 17—18 行重复出现了括号中的两行："为什么霓虹灯的万花间，/还飘着一缕凄凉的古香?"这"画外音"的针对者也对调了，让人品味到的是海西人一脉对邦国式微之哀的微妙心境。于是也就顺此心境而推出了全作结束的两行：

> 归去也，归去也，归去也——
> 海西人想带回失去的悲哀吗？

这里的"失去的悲哀"当然可以说是指尺八的失去，也可以说是指盛唐文化气象"失去的悲哀"，而这些不正是古国式微的征兆——更大的悲哀吗？而诗人卞之琳要把这种悲哀感受带回去，也正意味着他要拿这场"失去的"悲感写成诗去唤醒国人：祖国已日见式微，快惊醒！我们从文本构成出发来分析《尺八》，并得出如上的结论，是和卞之琳自己的创作意图吻合的，在《雕虫纪历·自序》中他就说过这样的话："这时

候……也写出了《尺八》这样明白对祖国式微的哀愁。"②不过我也得提一提蓝棣之在《论卞之琳诗创作的脉络》中的一个见解："《尺八》寄寓着人在历史长河中的感受——在某个很容易庸俗化的意义上，可以说这首诗抒写了中华民族的自觉意识，但这种意识与感情，不仅是当代政治的，而且多少是超越了时间和空间的。"③说它寄寓了人在历史长河中的一次感兴，我认为也是合乎实际、颇有见地的。不过说《尺八》抒发了民族式微之哀是"庸俗化的意义上"的说法，似乎语气太重了一点。当然，这首诗的"当代政治"意味不太明显倒也是事实。这方面的意味较明显的是《在异国的警署》一诗。这首诗写的是卞之琳于 1935 年 4 月至 7 月间为求得安静环境进行译书而躲到日本时发生的一件事：日本警署怀疑他是间谍而搜查了他，还进行种种盘问，使他感到尊严的受辱，愤而写了这首诗发表在《水星》的第二卷第二号上，用了个阮竽的笔名，诗中以嘲讽的语气斥责了日本警署的蛮横、无知与愚蠢可笑，内中有这样的诗节："但此刻我居然是什么大妖孽，/其力量足与富士比一/一转身震动全岛，/敌对，威吓，惊讶，哄骗的潮浪，/在我的周围起伏，环绕！"愤慨而多少有点克制却还是能让人感受到强烈程度的。结束处一节只一行，这样写：

> 可怜可笑我本是倦途的驯羊。

如此生动的一个结尾。说自己不仅是"驯羊"，并且还是"倦途的"驯羊，这的确有点"可怜可笑"，在我看来甚至可悲。总之从《尺八》到《在异国的警署》，虽从大范围讲是卞之琳因对民族式微的忧虑而导致了自己心境的压抑和痛苦，但他确实也不善于表达政治义愤。

但这些忧虑祖国式微之作毕竟反映着卞之琳魂萦今日世界的心境，所以也就使他这阶段的诗中还进一步作"心事浩茫连广宇"，也就是关注世情实况的抒情追求。这方面的诗，《雨同我》最值得一谈。这首诗分两节。第一节的第一、二行分写"我"从一个友人处离开，又到另一个友人处去，天都是淅淅沥沥的，但两地友人埋怨雨也涉及"我"。第三行说"我乐意负责"，因为这都同"我"有关。第四行写"第三处"没有消息，为表示关心也"寄一把伞去"。就诗而论，这一节出于理性联想，有矫饰之嫌，但给为天下而忧的心情表现打下了基础，还是可取的，于是也就有了摆脱理性印证的造作而顺势推出的第二节：

　　我的忧愁随草绿天涯，
　　鸟安于巢吗？人安于客枕？
　　想在天井里盛一只玻璃杯，
　　明朝看天下雨今夜落几寸。

这一节极佳。第一、二行就是相当成功的纯情抒写：说"我的忧愁"竟然"随草绿天涯"，意象极鲜明，且特具开阔而深浓的意境美——虽然是从古诗句中套来，也化用得相当得体。"鸟安于巢吗？人安于客枕？"这里的两个意象表达主体为天下忧之情不仅贴切，也十分亲切，但如果像废名那样认为这是情诗④，那就不免是痴人说梦了。特别是这一节第三、四行的意象构造，真亏卞之琳想得出来，以杯积雨来测因雨而忧天下的程度，提供给人感兴意味的联想，广远深邃得不可限量。这种为天下忧的普世感受抒发正是卞之琳关注世情的动人表现。

忧患性的普世感受对卞之琳来说还渗透到对个体人的关切上。《投》表达了主体对人的命运莫测引发的忧患意绪。诗写的是一个小孩儿因厌倦了一切玩意儿就捡一块小石头往山谷里投去，诗人由此联想到这"小孩儿"的前生，"说不定有人"——实指命运，也是"曾把你"当玩意儿，"很好玩的捡起，/像一块小石头/向尘世中一投。"由此可见一切都是偶然的事儿，因为命运是一位莫测的神灵，可以随心随意戏弄你，至于每一个个体人，谁能左右得了自己呢？既然生不由己已成了生态的必然，则为天下忧的诗人——主体能不为个体生命被"一投"（像投石一样被命运一投而投生）而生忧愁耶。

卞之琳不仅为命运之莫测而生忧，也为个体生命生前死后的寂寞而忧。《寂寞》就是这样一首诗，这首诗也追求戏剧性处境，以叙事作广义象征式抒情。诗写一个乡下小孩害怕夜里寂寞而在枕头边养了一只蝈蝈，这成了解心头寂寞的习惯性办法，所以长大后上城里干活，就"买了个夜明表"替代蝈蝈，以解这种心理性病症。这样写以凸显在一个闭塞的生存环境里带给孤独者精神上的苦痛是多么深重，深重到甚至是宿命性的，所以文本的第二节就这样写：

　　小时候他常常羡艳
　　墓草做蝈蝈的家园；
　　如今他死了三小时，
　　夜明表还不曾休止。

这节诗可说已把寂寞写到了骨子里，小时候他羡艳与坟墓相伴随的墓草做了蝈蝈的家园，这暗示"他"已寂寞得只求有一个墓地环境就好，因为能有蝈蝈会来，不再怕寂寞了。这一来，好！他死了三个小时后，夜明表还不曾休止，寂寞的他可多得到一点不寂寞的慰藉了……这样的戏剧性处境把一个人的寂寞写到了骨子里,把"他"的寂寞引起的苦痛抒发得彻彻底底。

卞之琳一再说自己写诗"倾向于克制","喜爱淘洗,喜爱提炼,期待结晶,期待升华",《寂寞》最能体现这些方面的追求。

卞之琳魂萦今日世界的第三种诗性表现是恪守为人处世的特定准则。也就是说,他以诗探求着现代人必须拥有的品格。可以说这是一场对今日世界相当新颖的魂萦。探求的结果是得出三条准则。第一条是今日世界的人不能再沉湎于感情的冲动中,必须理性地对待现实中出现的种种生态现象,不作无谓的自我牺牲。这方面最值得一提的是《灯虫》一诗。这首诗借抒写"在灯下纷坠"的"可怜"的小蠓虫"以浮华为食品"过日子,对社会上一些逐时髦者作了嘲讽式的斥责。诗中写"小蠓虫""不甘淡如水",一心"要醉"中讨乐趣,因此而使自己"抛下露养的青身"——正如"白帆篷拜倒于风涛"的希腊征战者所求得的"金鞋",只不过"终成了海伦的秀发"。因此,主体嘲讽说:"赞美吧,芸芸的醉仙/光明下得了梦死地,/也画了佛顶的圆圈!"嘲讽之余,主体以鄙视的口吻对这些追逐"浮华"人生者作了这样的斥责:

晓梦后看明窗净几,
待秋来把你们吹空
像风扫满阶的落红。

这当然喻示着一点:这些"以浮华为食品"的"小蠓虫"式人生,一味地逐时髦、赶潮流,其结局只能是以生命为代价换来的一场空。有人认为这结束处的一节反映了卞之琳的色空观,恐怕是没有把握住全作的抒情流势。我倒认为这首《灯虫》的写作多少受了点徐志摩写《海韵》的影响。

卞之琳告诫他人的第二条准则是第一条的延伸,即今日世界的人必须踏踏实实干一番事业,不要去干那些只求哗众取宠的轻飘飘事儿。《足迹》就给人以这种意味,诗是这样:

蜜蜂的细腿已经拨起了
多少只果子,而你的足迹呢,
沙上一排,雪上一排
全如水蜘蛛织过的水纹?

我十分欣赏"蜜蜂的细腿已经拨起了多少只果子"这样的意象构筑,把蜜蜂传花粉而使一朵朵花儿结果这一科学性事儿,作了曲曲折折的联想表现,仅以它的"细腿"的"拨起"多少只"果子"就表现得极形象生动。特别是第三、四行表达"你的足迹"了无实迹留得下来的这层意思,通过"全如水蜘蛛织过的水纹"这个意象来呈示,感觉极细致,意象极鲜亮,把那些热衷于哗众取宠者搞的花俏事儿喻示得十分生动。但不能不指出:《灯虫》也好,《足迹》也好,全都是立足于原则性的人生准则来对世人作告诫的。卞之琳并不满足,他的这一类"心事浩茫连广宇"的抒情追求还能以具体事例提升为人的精神品格的正面告诫来呈示。这就值得来提一提《第一盏灯》这首小诗了:

鸟吞小石子可以磨食品。
兽畏火。人养火,乃有文明。
与太阳同起同睡的有福了,
可是我赞美人间第一盏灯。

这里的第一、二行是科学的道理,理性的言说入诗本不合适,但在这首诗中却带起了下面两行的意象构成、逻辑推延和飞跃性组合。这后二行以翻叠的句法把两个处于对立关系的意象组接在一起，借此对"人间第一盏灯"的赞美进行凸显，是成功的。说"与太阳同起同睡"者"有福了"，显然是对习惯于依赖他人生存者的嘲讽，这种靠天吃饭的生存态度存在着，于人类社会的发展极不利，要有敢于为人类先的探求意志、创造精神，于是也才有"我"对"人间第一盏灯"的赞美。这方面的赞美既是诗人对人的生存规律的深刻认识，也是对人的生存状态的某种敏悟，从这个意义上说，卞之琳这场"心事浩茫连广宇"的社会告诫特具价值，而从诗歌审美角度来说，其价值也是高层次的。

实呈自我的心态

卞之琳自称是个多思者，唯其如此，也才使他的心理状态既相当敏感又十分复杂，若证之于这阶段他的诗，则可见出他实呈了这类特征：焦虑性、包容性和释然性。

这一阶段卞之琳表达心情忐忑不安、矛盾焦虑的诗相当多，当然是同他大学毕业初入社会、生活不安定、理想无可托有关，同时也同他随初涉成人年代而来的某种青春病态脱不了干系——从某种程度上说，他这期间与何其芳这期间的心境差不多，都是多虑得感伤，感伤得忐忑不安，有点儿魂不守舍的。《候鸟问题》是表现这种焦虑心境的典型。这首诗竭尽可能地表现了主体一种矛盾的心情：是远去他方还是留恋故地而不走。走和留两股力交织在一起而无法分解，思绪不时作否定之否定，把情绪的冲突呈现得十分激烈。全作的第一、二行就以斩钉截铁的语气说："多少个院落多少块蓝天/你们去分吧！我要走。"可是第三行又以"白鸽"在头顶

绕三圈来意示对故地的紫恋不舍，第四行又以"骆驼铃远了"来作远游的诱惑。第五行"抽陀螺挽你，放风筝牵你"又是紫恋，第六行"叫纸鹰、纸燕、纸雄鸡三只四只/飞上天——上天可是迎南来雁？"又是用来引诱远游。如此反复矛盾冲突的不可解也就牵引出主体上图书馆去借一本《候鸟问题》来作求签问卜式参考，这是无可奈何之举。但还有无奈的："飞机不得进市空的新禁令"表明应只有飞机飞来飞去的天空如今也惹人不安了。怎么办？主体紧接着发出这样的叹声："我的思绪像小蜘蛛骑的游丝，/系我适足以飘我。我要走。"这里关于"游丝"的意象相对新颖，它的被推出也就表明"我"的矛盾心态已达极限而非得有突破不可，从而有再次的决定，关于"多少个院落多少块蓝天"的问题，"以后再管吧"，"我要走"！这一大转折转出了如下三行：

> 我岂能长如绝望的无线电
> 空在屋顶上空着两臂
> 抓不到想要的远方的音波！

这场忐忑不安、焦躁万分的心境表现到此才算平息下来。这种出于突发事件的焦虑躁急可以随事件的结束而暂时平息，但一种特定的心境是有渗透性的，碰到另一个与之相应的突发事件，这一类心境又会出现，也是必然的。《车站》一诗就以在火车站等车的突发事件又一次把主体的焦虑躁急心境引发了出来。这首诗写主体在车站等火车来，却并不表明是自己等上车，还是接客，只表明一个目的：等车来——这也够了。诗的开头两行是倒装的："抽出来，抽出来，从我的梦深处，/又一列夜行车……"强调的是一个"抽出来"的幻觉：从自己的梦深处"抽

出来,抽出来""又一列夜行车",可见主体已等得有点神魂颠倒了,这还不够,接着在三、四行中又添上两个意象来为神魂颠倒的等待添加砝码:像赶潮头的古代人等潮来潮去,"我"有点像"广告纸贴在车站旁"——惹人眼地站在人流中等待。随后为了对焦灼等候的心情加码,又斜插入一个意象:让"孩子"为缓解蜜蜂在窗玻璃上嗡嗡叫的焦急劲儿,就"活生生钉一只蝴蝶在墙上",又进一步以人在钢丝床上梦到"小地震"而弹响"脆弱的钢丝床"来喻示等待中的忐忑不安心情,然后以直抒焦虑得心跳加速作结:

> 我这串心跳,我这串心跳,
> 如今莫非是火车的怔忡?
> 我何尝愿意做梦的车站!

是的,"梦的车站"喻示着主体的"我"潜意识中漏出来的一团焦虑得混乱的心理状态,他可实在不愿意啊,但又有什么办法呢,只有认命:"我"拥有的只是一颗"火车的怔忡"之心,那是无奈的。

心情惹上焦虑症须治疗,轻一点说也得为之缓解。但这是一种心理症候,不易治,对症而开处方还得用心药,从心态上作相应的调整才是。于是卞之琳在静定自省中悟到了以和合包容的心情去默察众生万物的本然关系有缓解这一类心病的独特功效,这使他既致力于默察世事的和合包容关系,也近于不自觉地写了一些抒唱和合包容的诗,《泪》和《路》就具有这方面的典型特色。我们谈卞之琳的追求精神中的包容性而举出这两首诗来,是为了方便论证他抒写包容性的诗对焦虑性的缓解,说白了,《路》可以对应《候鸟问题》,《泪》可以对应《车站》,对他的焦虑心态起到缓解的作用。这里不妨分头来

谈谈。先看《路》。这首诗凸显一个相对新颖的感觉联想:"路是足印的延长。"可见"路"和人的生命及其趋向有必然关系,这如同"音调成于音符",所以路值得珍视,其每一段都值得"细数念珠"般神圣的对待。当你穿过亭又穿过桥就得停一停,也许你在这里丢过一本手册,当你走过绿映红的草原,不以为然地"掐过一掬繁华",但随之走了一段路后,你会觉得"原来是一朵好花",众生万物都最终是和合地包容在爱、美、惦念中的。唯其如此,才使主体在最后发出了这样的感叹:

> 天上星流为流星,
> 白船迹还诸蓝海。

"星流"就算是成为"流星"也还是在天上,白帆船的路迹总是离不开这片浩渺的"蓝海"的。这不就意味着远走他方和萦恋故地都在一片天空下,可以和合包容在一起的吗? 这般说来,《路》对《候鸟问题》确起了缓解焦虑的作用。再来看《泪》。这首诗对主体认定人生趋向——选择浪游地还是旧家园作了沉思式的抒写。文本开头三行就作了破题的表现:"听门外雪上的足音,/听炉火的忐忑,/人安得无泪。"这就提供给接受者一团值得去咀嚼的意味:你选择"雪上的足音"式的浪游地还是"炉火的忐忑"式的旧家园? 对此,主体自己作出了回答:"我想说,鸟有家,/如蜜蜂有家!"——人都得有对家园的神往! 但家园又是怎么个样儿的呢? 文本随即这样写:

> 一枚黄海滨捡来的小贝壳
> 一颗旧衬衣脱下的小纽扣,
> 一条开一只弃箧的小钥匙,

也有它们的家，
于我常带往南北的小提箱。

　　这就把旧家园与浪游地叠合起来了，等于说"家"是露水因缘的产物，和浪游地可以随遇而合，也可以随遇而分，更可以随意而再合、再分……正是这种露水因缘的存在，也就意味着"巷中人与墙内树"毫不相干！如果认定一切哀怨终止于一泪，那"沾衣肩掉一滴宿雨"，也就会像圆边上画一笔切线那样：切线与圆周相切的一点，从几何学上看是不占空间的，属于"空虚的一点"，却也是和合得相互包容关系上最可珍惜的一点，包容无间，忽略不得，可珍惜得如珍珠如露珠尤其如泪珠，于是也就达到了这样的境界：你有家于我，我有家于你，拥有了一场人世间情热的结晶。既然如此，那又何必为浪游地与旧家园的分隔而愁怨、忐忑不安！如此说来，《泪》也就和上面已论及的《车站》一诗对应了起来，可用以缓解《车站》中那一股火辣辣的焦虑不安心情了。

　　但焦虑症的缓解是暂时的，要想根治——永久地消解，只有改变主体整个的生存意识：确立色空观来看待一切，才能使来自于生态的种种矛盾都能释然于怀，而这也才是根治焦虑症的终极良方。如此种种则只有超越本能冲动才有求得之可能，药引则是爱情——借性恋而超越。卞之琳可说是适逢其时：就在创作的这一阶段，他恋爱了，又超越了，从而获得了能根治焦虑的释然情怀。所以他也写下一批抒述并品味爱情心态的诗。卞之琳在《雕虫纪历·自序》中说及"闻一多曾面夸过我在年轻人中间不写情诗"，但到创作的这阶段，"私生活中的一个隐秘因素也使我在这阶段里写诗另外有了一个具体特点，写了像《无题》等我以前和以后从不写

的这样几首诗"[5]。当然，他的情诗并不止《无题》五首，还有《半岛》等，但性恋抒情比较突出的还是这五首，而正是这五首和另一首《半岛》连在一起，反映出了卞之琳从冲动、焦虑到确立了色空观以后的释然情怀。应该说《半岛》和《无题（一）》《无题（二）》抒写一场由性爱引发的冲动情貌还是十分动人的，我更欣赏《无题（一）》。这首诗的第一节写一对相悦男女的两次约会。一、二行是首次，"三日前山中"的事儿，"一道小水"喻示男青年激发起来的一股恋情是承受了女方"一丝笑影"而归去的，三、四行是"今朝"的"重见"，这道"小水"洋洋乎涨起来了，可不，"揉揉眼睛看/屋前屋后好一片春潮"。总之抒写了男青年单方面的恋情进展过程。第二节则抒写了两情交流：

　　百转千回都不跟你讲，
　　水有愁，水自哀，水愿意载你。
　　你的船呢？船呢？下楼去！
　　南村外一夜里开齐了杏花。

　　这里的首二行写男青年的恋情在"三日"间的进展——他自述有点儿"百转千回"，无非不讲而已。事到如今就讲：这道爱的激流虽几经心"愁""自哀"，还是摊个底吧！"水愿意载你"！紧接着第三行展开了两人的对话：女方俏皮地问："你的船呢？船呢？"语调急逼地表露出她愿溶进水流中，而男方也好像早有船准备好了似的，回答得极干脆："下楼去！"这一来推出了第四行："南村外一夜里开齐了杏花。"——可不，这个世界春色泛滥了，这样写的确好，颇热烈，又不俗，高雅而且含蕴不尽。《无题（四）》值得立足于镜花水月而作深入品味。诗分两节，对第一节有学者认为是写"初恋者咀嚼爱情交流的

滋味"，其中第一、二行（"隔江泥衔到你梁上，/隔院泉挑到你杯里里。"）"有亲昵和甜蜜的感情交流""强化了第三句恋人表示亲昵的感情深度"，至于第三行"海外的奢侈品舶来你胸前"则被看成是表示抒情主人公对"你"（女方）的一吻，而这三行连起来则有一个一致的目的："逼出"最后一行"我想要研究交通史"——"品味初恋时感情的交流"。遗憾的是我却品味不到这些，反而隐隐约约地让人感到这对恋人的感情危机出现了：在"我"心目中有了个深刻印象，即向"你"献殷勤者何其多，甚至有人从海外买来"奢侈品舶来你胸前"，这殷勤献得可不小了，唯其如此才"逼出"来让"我"关注"你"的与人交往情况。实事求是讲，初恋者的"我"怀有这种心态是可以理解的，是人之常情。值得注意的是这一份出于妒忌的戒心发展到第二节出现的新情况。这一节前二行是："昨夜付一片轻喟，/今朝收两朵微笑"。这样的情意表现孤立地看也不稀奇，是正常的，但随即出现的是这样一个第三行："付一枝镜花，收一轮水月……"所谓"镜花水月"用在这里就让人感到这"喟叹"也好，"微笑"也好，有点虚虚实实，让人搞不清了，于是也就有了这一节最后的一行"我为你记下流水账"——要点小心眼，把"你"的种种表现都看成是不自然的，看在眼里，记在心儿里吧！对这一节里的"付一枝镜花，收一轮水月"我们只作是虚虚实实让人搞不清，也有学者则认为"交通史"研究了以后，"我"有色空之叹了。在《卞之琳诗艺研究》中，江弱水就说："诗人并不否认：'谁不知道到头来都是一场空呢'（《成长》）这个看法，特别在他的爱情诗中……《无题（四）》说：'付一枝镜花，收一轮水月……/我为你记下流水账。'"⑥但我认为借爱情体现的这种色空观释然情怀，主要地见之于《无题（五）》中。这是一首写得相当成功的诗。这首诗的第一节是对第二节的铺垫，说"我"同"你"在散步中发现了"你"的衣着装束中留一个"襟眼"很"有用"，因为"是空的"，可以"簪一朵小花"，所以说得"我"来"感谢"。随之顺势而下，是第二节中对"襟眼"和"襟眼"之空发挥联想，大做文字说：

我在簪花中恍然，
世界是空的，
因为是有用的，
因为它容了你的款步。

这就意味深长了，从"你"的装束中留一"襟眼"而发现真"有用"，是因为这是"空"的，可以簪一朵"小花"增几分美艳诱人，到"你"的装束中簪一朵"小花"于襟眼而恍悟"世界是空的"，因为这"空"很"有用"，可以"容了你的款步"。这样的抒情逻辑岂不表明"你"的美艳诱人不过是在空虚的世界里增添了一份空虚——一切到头来都是一场空！不是吗？人的趋向是去是留、等一列火车来或不来、判一段感情成与不成，不必为之焦虑不安，一切顺其自然吧。

诗人释然了！

唯其释然，"我"已心平气和地陪"你"款步；唯其释然，"我"的焦虑症也获得了彻底的疗治……

诗说存在的相对

这一阶段卞之琳的新诗最为人所瞩目的抒情追求是以诗来言说存在的相对关系。江弱水在《卞之琳诗艺研究》中曾这样谈卞之琳："他是那么喜欢玩味时间与空间的相对问题，可以说'相对'二字已成卞诗的专利。"⑦说得极好。可惜他没有指明卞之琳的相对论抒情只集中表现在他诗创作的中期，甚至可以说只集中出现在1935年的新诗创作中。卞之琳这种相对论抒情可分两类，一类是出于自我的，属一分为二的相对关系抒写；另一类是出于对立的，属合二为一的相对关系抒写。

先来看第一类，属一分为二的相对关系抒写。

这一类相对关系是一种纳蕤思式的"顾影自恋"：望水中自己的影子而生自我欣赏。究其实，这是迷恋于一分为二的相对存在，本质上属走入自我。卞之琳有一首四行小诗《归》，很值得做这方面的玩味。原作是这样：

像一个天文家离开了望远镜，
热闹中出来听见了自己的足音。
莫非在自己圈子外的圈子外？
伸向黄昏去的路像一段灰心。

这里把"热闹"的主体感受作了一分为二的表现：天文学家用望远镜看天体中的繁星，并从众多星辰的闪闪烁烁中获得了视觉上的"热闹"，又经感觉转换，把握到听觉上的"热闹"，这使得繁星一分为二了，视觉热闹型的和听觉热闹型的。从热闹中出来，摆脱了视觉热闹感而"听见了自己的足音"——听觉的热闹感响亮了，这时"我"会感到自己已非原来的自己而是有视觉热闹感的自己——圈子外的自己；又感到已非有视觉热闹感的自己，而已成有听觉热闹感的自己——圈子外的圈子外的自己！这样的变化说到底还是离不了自我的，其结果只能是"归"，走回自我，于是也就有"伸向黄昏的道路像一段灰心"。所以这一场纳蕤思式顾影自恋的抒写值得玩味，即事物体现着一分为二的

相对关系。这种类型的相对关系大多建立在对比上。《航海》中写轮船在海上航行了一夜，引起"多思者"的多思，立足于同时间的空间又会怎样呢？这个文本中这样写："想起在家乡认一夜的长途/于窗槛上一段蜗牛的银迹——/'可是这一夜却有二百海里？'"这就是空间一分为二的对比式相对关系的抒述。《音尘》也值得玩味。"音尘"也就是以信函显示的消息，诗写的是"我"在"绿衣人"的按门铃声中等到了"你"的来信像"是游过黄海来的鱼""飞过西伯利亚来的雁"那样，来自"你那儿"的"一个孤独的火车站"——地图上虚线旁一个小黑点……这是地理上的事，但文本接着说自己"正对一本历史书"幻现出："西望夕阳里的咸阳古道，/我等到了一匹快马的蹄声"——这可是历史上的事。可见这是把传递信函——也就是音尘的事件作了一分为二的相对表现，出于地理感的门铃声对出于历史感的马蹄声作了相对关系的表现，亦即作了空间与时间对比的相对关系表现。

这种对比式的相对关系表现，在卞之琳这阶段的新诗创作中显得最成功的是《圆宝盒》一诗。顾名思义这里的"圆宝盒"指的是什么呢？孙玉石教授有一个说法值得一引，他在阐释这首诗时这样说：

……它的内涵，诗人自己认为"更妥当的解释"大体应为"心得""道""知""悟"等等，或者恕我杜撰一个名目："beauly of intelligence"，即"理智之美"。就一首象征诗来说，"圆宝盒"自然是诗人想象中一个十分美丽而珍贵的象征喻体，它隐喻的本体，就是作者在人生追求过程中一种悟性的获得，一种"知"境的到达，或者是一种"理智之美"的实现。"宝盒"之所以为"圆"，也是作者认为"圆"是万物"最完整的形相，最基本

的形相"，也可以说，是诗人追求的理智之美，悟、道、知等实现的最圆满的形态。⑧

说得得体，也相当透彻。"圆宝盒"既然具有理智之美的象征性特色，而理智之美又实系悟得，那么悟得的又是什么呢?《圆宝盒》一诗就是企图表现这一类美的一个文本，说明白一点就是以诗来品味事物一分为二的相对关系，一个独立存在的事物被看成是两种对应的因素构成，这来自一种知性直觉，能给人以事物的本体奥秘的启悟，这种主要出于理智的精神活动，的确具有自由地展开遐思之美。卞之琳正是本着这样的艺术创造心态构思了也写成了这首诗。他是找到一个最能代表事物完整形相的意象来展开运思的，这就是"圆宝盒"，并且还以超现实的想象来展现(更大的意义上)，可以说是揭示了这个物质存在在宇宙时空与地球时空相交织的关系网中一分为二的相对关系。所以作为文本的《圆宝盒》展示了一场以多种意象分门别类地组合成一分为二而又相对地存在的抒情活动。

全作可分四个单元:第1—9行为第一单元，第10—13行为第二单元，第14—20行为第三单元，第21—24行为第四单元。这些单元之间或者单元内部都有这样那样意象组合的对比性关系存在。首先看第一单元与第三单元的关系:第一单元以"圆宝盒"为核心的意象组合让人从静处看，并且可看出这是一个完整无缺而又无限的宇宙——从"天河里捞到了一只圆宝盒"么!而第三单元以"圆宝盒"为核心的意象组合则让人从动处看("你看我的圆宝盒/跟了我的船顺流/而行了……")并且可看出这是一个残缺不完整的世界。这两个单元之间就构成了"圆宝盒"的一分为二和对比性的相对关系。

其次看第二单元内部的组合关系。这个单元是这样四行:"别上什么钟表店/听你的青春被蚕食，/别上什么骨董铺/买你家祖父的旧摆设。"插在第一与第三单元之间的这四行诗，前二行意示人的青春残落，后二行意示老迈滞留，它们在第一、三单元之间一插似乎在暗示:在无限的宇宙中人无须耽心青春残落，在有限世界中人也休想老迈不老，生态一分为二的对比关系乃生命存在的必然法则。其三，也就有第三单元内部的组合关系:"你看我的圆宝盒/跟了我的船顺流/而行了"是久中有暂;"虽然舱里人/永远在蓝天的怀里，/虽然你们的握手/是桥——是桥!可是桥/也搭在我的圆宝盒里"是暂中有久，这又是"圆宝盒"一场一分为二的对比性相对表现。其四，再看首尾之间——即第一单元与第四单元相呼应的组合关系:第一单元是"我幻想在哪儿(天河里?)/捞到了一只圆宝盒，/装的是几颗珍珠:/一颗晶莹的水银/掩有全世界的色相……"——小中有大的绝对时空，第四单元则是"我的圆宝盒在你们/或他们也许也就是:/好挂在耳边的一颗/珍珠——宝石?——星?"——大中有小的相对时间，一场一分为二的对比性相对关系表现圆成了全篇，从而凸显整个文本的主旨:我们的存在是由时空的一分为二——绝对时空与相对时空的对比性相对关系构成的，因此我们无处不显示的存在提供给我们以至高类的认识，世界通过缩微的"圆宝盒"而象征地显示出具有相对共存的理智之美。

卞之琳这阶段新诗创作中作一分为二相对关系的抒写，也致力把相对关系进一步置于双向交流上。富有代表性的是《旧元夜遐思》，这个文本值得玩味的是第一节，它是大有"照花前后镜"意味的:

> 灯前的窗玻璃是一面镜子，
> 莫掀帷望远吧，如不想自鉴。
> 可是远窗是更深的镜子，
> 一星灯火里看是谁的愁眼。

这节诗写得并不充分，要发挥脑子急转弯的能耐才能把握到诗人的用心巧妙。诗写深夜室内的情境："你"坐在书桌后面凝眸默思，"你"的前面是台灯，台灯前面是玻璃窗，遮着窗帷，如果掀开窗帷，外面是黑黑的一片，窗玻璃也就成了一面镜子，可以鉴照自己。若抬头远望，"你"会发现，叠在自鉴影上的是远方，同样有一扇窗，掀开了窗帷，也有个做凝眸默思的"她"坐在台灯前。于是空间距离消失了，远窗的"她"也把消失了空间距离的玻璃窗当成了自鉴的镜子，映出凝眸默思的"她"的影衬映在"你"的自鉴影上，至于"你"这边，"她"的形相也被"你"的自鉴影所衬映。这一来，"你"的窗与自鉴之影，和"她"的窗与自鉴之影，关系有了调整，除了"你"和"她"的自鉴影都成了衬映对方的，叠影是影影绰绰的存在，可以不多谈，"你"和"她"的实存关系则值得一谈："你"的远望是一面更深的镜子，却成了他鉴（自鉴的对立面），这使得在"你"的远望中似乎是"她"在含愁地望"你"。而"她"的远望也是一面更深的镜子，同样成了他鉴，这也使得在"她"的远望中似乎是"你"在含愁地望"她"了。这样的组织关系颇为精密，内中奥妙值得玩味：一场窗后灯下凝眸远望的事儿竟被一分为二，且以绝对对调式的相对关系来作呈示，无疑会起一种喻示作用："你"和"她"在旧元夜不约而同地遐思，双向交流式地在作着两地相思——而这是极标准的一场对调式相对关系的表现。

我并不赞成这种脑子急转弯的追求，理性联想畸形发展的写诗趣味，这首诗也写得并不成功，特别是它的第二节，观念跳跃过分，用"屠刀"斩愁，充满血腥味，真不是个抒写爱情应走的路子。不过作为一种运思艺术上对对调式相对关系的追求还是可取的，而对卞之琳来说以此写出的成功之作也不是没有，《断章》就是个好例。这首诗两行一节，共两节，很短，是这样的：

> 你站在桥上看风景，
> 看风景人在楼上看你。
>
> 明月装饰了你的窗子，
> 你装饰了别人的梦。

这首诗以互文性句法来构成诗节，然后将这样的两个诗节组合成文本。所谓互文性，在这里是指前后两个句子大抵而言谓语功能不动，主、宾、状内涵对举，主宾身份对调。表现在《断章》里的第一节，由于"人"也是"风景"一部分，所以"看风景"和"看风景的人"可以通融："在桥上看"和"在楼上看"是对举性的，谓语不变，所以这一节基本上属互文性诗节。诗的第二节，除了"明月""窗子"和"你""别人的梦"——主宾的实际内涵作了变动，对举的格局不变，谓语不动，所以它大抵说也可归入宽式互文性诗节。值得指出：语言是意象的物质外壳，也是思维的物质外壳，从这个意义上说，《断章》的宽式互文性构成很值得我们关注，这样的语言格式正反映着这个文本在认识事物上具有一分为二因素，在把握事物上则具有对调式相对关系的表现特征。诗的第一节中说"你"在桥上看风景，这"风景"包括桥边的小楼和楼上看风景的人儿，这也就会把看风景的人在楼上看你的

"你"同样看成是风景了,二者的对调性相对表现是顺着一股"势"而推出来的,这"势"就是对以风景为表征者的爱,把这股爱分为了相对并存,从而形成"你爱她这道风景,她爱你这道风景",把"看风景"这事儿形成一场双向交流的——也就是处于对调性关系中的爱的相对表现。诗的第二节中说"明月"装饰了"你"的窗子——这窗子也可把"你"包括在内,即装饰了"你"的存在,这样一来也就会出现"你"装饰了"别人的梦"。而这"别人的梦"也有"别人"的成分在内。而"装饰"是一种美化,是人对世界的"美"的追求。所以这第二节实在意味着世界美化了你,你美化了世界,把"装饰"这事儿一分为二,形成一场双向交流的——也就是对调性的美的相对表现。总之,这两个诗节如此一致地作了对调性的相对表现,也就把《断章》这个文本的主旨凸显了出来:"爱"与"美"的交流之心,你有她有,人皆有之。

再看第二类:属合二为一的相对关系抒写。

这一类相对表现一不小心就会掉入游戏观念、耍弄机巧的陷阱,卞之琳这一阶段的新诗创作中也出现过这种危险。上面论及的《旧元夜遐思》就是一场一分为二的观念游戏之作,而《淘气》这样的诗则就是合二为一的耍弄机巧之作。它有两处玩弄了合二为一的观念机巧,一处是写"你"俯身去"饮泉水":"我窥候你渴饮泉水,/取笑你吻了自己。"——这是合"你"与你的水中倒影于镜面一样的水面,玩的是"吻"的技巧。另一处是表现"你"的淘气的新"花样":"你在我对面的墙上。/写下了'我真是淘气'。"——"你"在墙上写"我真是淘气"这几个字,"我"去读墙上这几个字,你我两场行为合一于墙,"你"读了这几个字等于在表白自己的淘气,这不是"你"玩弄机巧而讨了"我"的便宜。于

是,卞之琳这场写诗等于是在玩诗,是掉入讨巧的陷阱的行为,不可取。不过也有些诗虽在追求合二为一的相对表现中也有玩机巧之嫌,却也深化了相对论的哲理意悟,如《妆台》一诗就有这样的审美层次。全作共四节。第一节写上妆前妆台种种摆设,未正式涉笔上妆。第二节写脸部上妆,包括刘海、睫毛、画眉,第三、四行说:"镜子,镜子,你真是可恼,/让我先给你描两笔秀眉。"是不满于本我形相而凭借上妆(画眉之类)交出一个新我。第三节写头部的发型上妆:"一张张绿叶一大棵碧梧——/看枝头一只弄喙的小鸟!"进一步作了新我的造型,以显示两个"我"的里外并存。第四节则让两个我作了合二为一的提升,这样写:"给那件新袍子一个风姿吧。/'装饰的意义在失却自己,'/谁写给我的话呢? 别想了——'讨厌!'我完成我以完成你。'"这该是上妆的最后一道程序了:披上一件新袍子,真是焕然一新了。说"装饰的意义在失却自己"是聪明的,绕思维弯子的说法,不免造作,却也巧妙,有某种人生哲理意味:装饰不过是掩盖真实的虚假追求。这一节最后一行也就是全诗结束的一行,撒娇的口吻重,多少有点肉麻,不过说"我完成我以完成你"是个警句,由合二为一的相对性表现推出来的警句:我所装饰出来的自己也就是你所希望的我,我们都在虚拟的世界里求美——这可是属于艺术哲学巧妙的言辞了。由此说来合二为一的相对关系追求是更便于作哲理提纯的——如果主体不是出于游戏观念玩机巧的心态。作为一个创作态度比较严肃的诗人,卞之琳还是提供出一些在这方面追求得颇为成功的文本的,《鱼化石》就是一例,它只四行,是这样:

我要有你的怀抱的形状,

我往往溶化于水的线条。

你真像镜子一样的爱我呢,

你我都远了乃有了鱼化石。

这首四行小诗,每行一个意象,四行按顺序形成一个意象组合体,喻示着这么一个事件:"我"(按文本副标题"一条鱼或一个女子说",当指"一个女子")以可以成为自己怀抱的熔岩样的"你"来包容"我",而日波夜涛中荡开来的海上波纹,则溶入海底熔岩的"你"和"我"(这里是"一条鱼")了,"我"则按"你"镜子样反映出来的表情而和"你"凝固在一起而成形。于是我们都走出了自我,合成为鱼化石——喻示了一场爱的结合。但这个意象组合体作这样看还只是第一层次上的象征,卞之琳的运思设计使每一行中的意象以及文本整个意象组合体都还埋有推宕得开去的功能,从而显出了第二层次上的象征。这次的象征功能是这样展开的:"我"躺在"你"熔岩一样炽热的怀抱里,"我"和"你"让时间的海水浸润而都溶于美丽的海波,而"我"则正按"你"镜子一样爱的眼神来重塑自身,于是时间的大海里"你"与"我"终于合二为一,离"你"和"我"的本体真实都远了,成为留在宇宙间的"雪泥鸿爪"——鱼化石,也就是永恒的纪念。我们作了这样一场文本构成的分析后,不禁要问:这里的"你"是"一个女子"的"我"的恋人,这是性恋的象征性抒唱吗?是的,但又未必就止于此。李广田在《诗的艺术——论卞之琳的〈十年诗草〉》一文中就说:"鱼化石,又岂止是鱼化石,这乃是一个代表,一种象征。"他还要读者去"想想看":"你想到事业的完成,想到爱情的结合……你就只想到那'鱼化石'是可以的。纪德在其《纳蕤思解说》中说:一点神话本来就够了。这就是那从具体推到抽象,从有限推到

无限的道理。"⑨这是对的,卞之琳这种合二为一的相对关系的抒写,使他的诗情有了结晶,有了提纯,有了从有限推向无限的象征。

这种合二为一的相对关系追求最具规模也最显审美高层次的是《白螺壳》,而这是个被人议论特多的文本。它十行一节,共四节,几近绝对地做到了"节的匀称"与"句的均齐"——是字数的"均齐"而不是音组数(即顿数)的均齐。它的主旨,朱自清曾认为是表达爱,而卞之琳则自认为"也象征着人生的理想跟现实"⑩。我则认为是通过合二为一的相对关系抒写来结晶成主体对自身的心灵史的诗性实录。这里不妨对整个文本抒情脉络作一番梳理。诗的第一节重在表现"白螺壳"的"不留纤尘"的纯洁空灵,赞美大海的种种慧心。李广田在《诗的艺术——论卞之琳的〈十年诗草〉》中说:"这一节是说'我'感叹白螺壳之受陶冶于大海的种种于慧心甚至洁癖,而变得如此空灵。"⑪这是说到点子上的,也就是说,大海"陶冶"白螺壳使其具有摆脱尘俗的清虚和超越世风的高洁——这样一种心灵特质,为"白螺壳"这个象征体树立了人的精神个性标杆。而这又是以"大海"的"细到可以穿珠"的能耐所陶冶出来的,就已暗喻着这场陶冶靠的是时间——为与第四节"时间磨透于忍耐"相呼应埋下伏笔,因为谁也知道大海是以其滔滔的奔流来喻示时间的。再看第二节。这一节是对第一节以"白螺壳"为中心作了转换,转成以"我"为中心,背景也从波涛汹涌的海转为烟雨蒙蒙的湖了——这也许同主体的诗人出身在苏南有关,不去考证。不过在这样的背景中主体展开人生磨炼倒是很真实而贴切的。唯其如此,也才使这一节的主体的心灵史实录特别显出生活氛围的相谐与真实。主体在诗中自认生活的天地是在"一湖烟雨"中,心灵是"水一样把

我浸透/像浸透一片鸟羽",这是和"白螺壳"一样纯净而透明的,但清虚得柔婉,飞不起来,结果是得到这样的待遇:"风穿过,柳絮穿过,燕子穿过像穿梭"——青春年华,谁都可以来捉弄。而作为一个只懂读书的人,世界能给你怎么些充满浪漫幻想的回报呢? 这一节中还这样说:"楼中也许有珍本,/书叶给银鱼穿织",以致落得个这样的结局:"从爱字通到哀字!"这之后绝望对心灵的磨炼终于使主体有"出脱空华不就成"的觉识,丢掉一切妄念走向白螺壳一样忘情于世态的清虚与高洁。于是,"白螺壳"与"我"合二为一了,也就有了第三节。这一节一开头就说:"玲珑吗,白螺壳,我?"就是把二者合二为一的。既如此,以第一节里"白螺壳"的清虚与高洁为人的精神个性的标杆来要求,第三节里让"大海送我到海滩"的"我",自然也是清虚而高洁者,不屑于把自我价值定位在世俗标准了,所以"我"——白螺壳怕的是自己"万一落到人掌握"里。如果真的如此,则愿为原始人所有,"愿得原始人喜欢"。当然和一般的世俗存在一样,他们也不懂得清虚高洁的"白螺壳"——"我"存在的价值,认为只能换得"一只蟠桃",可原始人还懂得美而喜欢这只"蟠桃",世俗以实利估量一切,则对美也是不屑一顾的。不过最怕的还是叫既懂这方面的存在价值也爱美的"多思者"想起,这会"卷起了我的愁潮"。愁什么呢? 第四节就顺势推了出来。这一节是"白螺壳"与"我"合二为一后又一场具现在第三节中由世俗磨炼而生的感慨之情的结晶和哲理之思的提纯。这个合二为一的"我"毕竟合成不易,来自于"大海"长期对"我"的心灵潜移默化的造型:"檐溜滴穿的石阶,/绳子锯缺的井栏……/时间磨透于忍耐!"这是对第一节大海意象的呼应,同时也获得了第二节"出脱空华不就

成"的相通,通过这种种人生磨炼,超越妄念终于回归本真:

> 黄色还诸小鸡雏,
> 青色还诸小碧梧,
> 玫瑰色还诸玫瑰,

这可是经历了自我性格导致的和社会世态导致的双重人生磨炼,自我终于和具有至高心灵标准的"白螺壳"合二为一,在更高一个层次上完成了对自我的螺旋式回归。可是回顾来路,"道旁柔嫩的蔷薇刺上",却可以见到"还挂着你的宿泪"。这真是一场"时间磨透于忍耐"的心灵成长历程,主体在结晶自己的感情中获得了哲理的提纯:心灵的至高度成熟乃来自于人生痛苦的磨炼。

就这样,《白螺壳》以对心灵史的实录完成了合二为一相对表现的人生哲理提纯。

评析《距离的组织》

再来谈谈卞之琳诗中被议论得最多的一个文本。直到今天诗歌界还对它有这样那样的看法,它,就是《距离的组织》。诗不长,只十行,全引于下:

> 想独上高楼读一遍《罗马衰亡史》,
> 忽有罗马灭亡星出现在报上。
> 报纸落。地图开,因想起远人的嘱咐。
> 寄来的风景也暮色苍茫了。
> (醒来天欲暮,无聊,一访友人吧。)
> 灰色的天。灰色的海。灰色的路。
> 哪儿了? 我又不会向灯下验一把土。
> 忽听得一千重门外有自己的名字。

好累啊！我的盆舟没有人戏弄吗？
友人带来了雪意和五点钟。

就是这样一首诗,不仅它的传达方式("距离的组织")值得来探讨,它的相对关系追求中的戏剧性处境和精神性象征,也不允忽略。所以我们将分三个方面来对《距离的组织》进行评析。

首先一个方面是这个文本从运思开始就在追求相对关系的抒写,它共有四对意象都具相对关系。原诗在最初收入《鱼目集》时就附有卞之琳自写的五个附注,编《雕虫纪历》时又把它扩展为七条,而其中的四条是对他追求相对关系的说明,这大大有助于我们的玩味。诗的第一、二行自注说:正当他想读一通《罗马衰亡史》时,忽见报上言及有罗马灭亡星出现的消息,并云:"近两日内该星异常光明,估计约距地球一千五百光年,故其爆发而致突然灿烂,当远在罗马帝国倾覆之时,直至今日,其光始传至地球。"因此主体就化用这条消息而写下这么两行作为诗的开头,使全作一开头就有一种近于宿命的神秘遐想。自注的最新版本添了这么一句:"这里涉及时空的相对关系。"诗的第四行"寄来的风景也暮色苍茫了"中的"寄来的风景"后面有个自注:"'寄来的风景'当然是指'寄来的风景片'。"之所以他作了现在这样的表达,乃在于主体在暮色苍茫而又昏昏欲睡中恍然想及,"风景片"这事儿也会极自然地让二者在潜意识中合成一体,把"风景片"说成"风景"了。因此卞之琳也就把意识中存在的和潜意识中出现的两种不同的感觉(实际上一是知觉另一是幻觉)合二为一写成了第四行诗,却也使他在自注中添了这么一行:"这里涉及实体与表象的关系。"诗的第九行:"好累啊,我的盆舟没有人戏弄吗?"写

昼梦中挣扎出来的"我"一瞬间处于迷迷糊糊中的惊悸心情中,用了《聊斋志异》中一个传说作为典故来表达,说白莲教某者:"某一日将他往,堂上置一盆,又一盆覆之,嘱门人坐守,戒勿启视。去后,门人启之,视盆贮清水,水上编草为舟,帆樯具焉。异而拨以指,随手倾侧。急扶如故,仍覆之。俄而师来,怒责'何违吾命'。门人立白其无。师曰:'适海中舟覆,何得欺我!'"这带有喻示意味的典故表明世界有牵一发而动全局的情况存在。因此卞之琳在自注中新添了这样一句:"这里从幻想的形象中涉及微观世界与宏观世界的关系。"第十行说主体从昏睡中完全醒来后方明白"一千重门外有自己的名字"原来是友人来访,叫自己开门,这才有"友人带来了雪意和五点钟"之句,自注是新添的,强调一点:"这里涉及存在与觉识的关系。"这四大关系的共存使我们有理由说:《距离的组织》是一场相对关系的有机综合表现,而其逻辑起点则是时空的相对关系,也就是说是显示在文本第一、二行中的宇宙空间(一颗新星)与地球空间(地球)的相对,宇宙时间(一千五百光年)与地球时间(罗马灭亡至今)的相对所作的对比性表现,这个逻辑起点也就推延及其他几个方面的相对表现,时空综合的对比性相对表现推及实体(亦即本体)与表象的相对表现;空间的对比性相对表现也就推出了微观与宏观的相对表现;时间的对比性相对表现也就推出了存在与觉识的相对表现。这种以诗作对比性相对观念表现,卞之琳在《距离的组织》自注第九条中有一个说法:"整诗并非讲哲理,也不是表达什么玄秘思想,而是沿袭我国诗词的传统,表现一种心情或意境……"其实这个文本有好几个方面还是通过有相当距离的对比关系组织起来的,而这场组织则还是出于相对论的哲理指派的,不过最终

目的的确还是归之于"一种心情或意境",只不过是在相对关系的框架中展开这种心情或意境罢了。如最后两行:"好累啊! 我的盆舟没有人戏弄吗?/友人带来了雪意和五点钟。"这里的前一行就以微观与宏观的对比表现显示出一种生存的忐忑心情,后一行则以存在与觉识的相对关系显示出一种生态的苍茫意境。

这一场"距离的组织"还以对调式(即双向交流式)的相对关系,来表现主体的"一种心情或意境"。这是卞之琳对这首诗的自注里没有明确注明的。这也成了我们评析《距离的组织》中值得一谈的第二个方面。首先这方面涉及文本的第3—5行内容。其中第3—4行("报纸落。地图开,因想起远人的嘱咐。/寄来的风景也暮色苍茫了。")是抒情主体昼寝而初入梦境,括号里的"醒来天欲暮,无聊,一访友人吧。"是抒情主体的朋友的内心独白:他"一访"的"友人"正是抒情主体"我"。所以这三行写的是"我"刚昼寝入梦而"我"的朋友刚昼寝梦醒准备来"一访"抒情主体"我",这可是对调式的相对表现,随即是第6—8行。先看第6—7行:"灰色的天。灰色的海。灰色的路。/哪儿了? 我又不会向灯下验一把土。"这表现抒情主体"我"在昼梦中的幻感。第8行是:"忽听得一千重门外有自己的名字。"这是昼梦醒来感到无聊而"一访友人"的那位已来到"我"家门外,在叫自己的名字,把"我"迷迷糊糊地叫醒了过来。所以这三行入梦者的抒情主体和出梦后来访的朋友又作了一次对调式的相对关系表现,具有戏剧处境特色,反映了主体入梦出梦的意境,似梦非梦的心情。

说清楚《距离的组织》在诗情传达方面有意为之的奥秘后,我们就可以把文本的内容来作一番顺畅的再述了。它说的是这么一回事:"我"本打算看一会儿今天的报纸后就上楼去读《罗马衰亡史》,不料竟看到报上一条新闻,说北方大力星座中出现一颗新星,"近两日内该星异常光明,估计约距地球一千五百光年,故其爆发而致突然灿烂,当远在罗马帝国倾覆之时,直至今日,其光始传至地球"——这可是罗马帝国灭亡星出现在地球上了的新奇事儿,使"我"陷入宇宙时空与地球时空相对关系的悠远遐思,以致想入非非过甚而昏昏欲睡起来。于是报纸落到了地上,地图辽远地打开,恍然记起远方友人寄来的那张他那儿的风景照片嘱咐我细细地看一看的话,现在也已成为一片暮色苍茫中的风景了。也正巧就在"我"进入昼梦时,另一位近地友人刚刚出了昼梦醒来,感到无聊,打算来拜访"我"。就在他上"我"家的那刻儿,"我"却正漫游在梦中,只感到面前是灰色的天,灰色的海,灰色的一条路,正不知道我走到了哪儿,而"我"又没有王春同那样的本领,黑夜在旷野迷路,只消抓一把土在灯下一瞧就知道自己到哪儿了。就在茫茫然无所适从时,"我"忽然听到像是在一千重门外有人在唤"我"的名字,"我"于是醒了。这该不会像是传统中白莲教某的盆舟被门人倾覆,一场宏观的梦中漫游受了微观的捣乱了? 原来是友人来了,他还带来雪意和五点钟——苍凉而奇寒的黄昏天。

这样一首致力于"距离"的"组织"之作,其实也并不像想象中那样的复杂,其感觉思维方式的新奇与语言意象表达的跨跳也并不难以让人理解,所以也无须以"晦涩"视之。它自有值得大力肯定之处,也有值得商榷之处。蓝棣之在《论卞之琳创作的脉络》一文中很赞赏卞之琳写这首诗采用的新的感觉思维方式,说:"《距离的组织》的特点,运用新的思维方式、感觉方式和灵感来写诗。""卞之琳写《距离的组织》就是有意识地利用科学、哲学、人文科学的发展而改变了的思维与感觉,来结构一首诗的意境。这种情形是从前的诗里所少有的。"还说他凸显出"时间与空间的相对关系"⑫。蓝棣之还对《距离的组织》的精神内涵作了深入探讨,他说:"我认为《距离的组织》的底蕴,是表现一个思想复杂但是诚实、感觉敏锐细腻、耽于白日梦的青年知识分子,在令人失望的时代里,为灰色氛围所困扰的窒闷与失落感。这首诗没有任何寓意,诗人只表达自己的感觉,但却相当真实地表现了大时代的氛围与一部分知识分子的精神面貌。"但是他在这里凸显的是这首诗"相当真实地表现了大时代的氛围"⑬。对这些值得大力肯定的话在此就不多说了,值得商榷的就来展开一谈。

关注《距离的组织》的时间与空间关系,是分析这首诗的一个要点,这样要算不得有错。其实这个提法也不是蓝棣之首创,而出之于卞之琳自己的言说。他在对这个文本所写的第一个自注中就说,罗马灭亡星终于出现在地球上,"涉及时空的相对关系",后来包括蓝棣之在内的此诗评析者都沿用此说,却一直没有注意到这样提是含浑其事的。这究竟是指地球时间与地球空间之间的相对关系呢,还是地球时空与宇宙时空之间的相对关系呢?所以言说时空相对关系必须归类,作者就各位的对比式对调。但卞之琳本人没有分清,评析者也跟着含浑一通,这就影响诗作者的运思,也影响评说者对文本的深挖。提醒这一点是必要的,因为就我看来,《距离的组织》在主体的运思阶段就出了偏差,影响了"距离"的"组织"所达到的审美层次。具体而言,其根源就在于混淆了两类时空比较体系。就文本的实际而言,《距离的组织》的第一、二行就构成宇宙时空与地球时空的相对关系,那么这以后几个方面的相对关系都得由此类时空比较体系所派生,而卞之琳却不然!"寄

来的风景也暮色苍茫了"就是地球时间与地球空间以实体与表象的关系为标志的相对关系呈示——这里就有对那个时空比较体系的游离。特别是"我"的入梦与友人的出梦,"我"入梦而去远游与"友人"出梦而来造访——这种相对关系的呈示,完全是地球时空中的事,更是对时空比较体系归类的游离,结果是这个文本的时空相对关系的体系性是混乱的,而入梦、出梦也就只能停留在地球相对时空中的生态感受,而没有提升为两类时空比较体系的相对表现,从而也就使这一场"距离"的"组织"未能在审美层次上更进一层。

说《距离的组织》"相当真实地"表现了"一部分知识分子的精神面貌"是确切的,但如果说它"相当真实地"表现了"大时代的氛围",我对这样的提法取保留态度。这个文本反映了某一部分超然物外的自由主义知识分子在"山雨欲来风满楼"的日子里窒息的心境,说得过去。但对这部分人躲在书斋里无所事事,大白天睡睡懒觉、做做噩梦,梦醒后百无聊赖、访友闲聊、浑浑噩噩度着日子,在那个民族危机日重、"每个人被迫着发出最后的吼声"的"大时代",虽也有存在的合理性,却无"相当的真实"可言。一个时代的真实并不等于如实,而是指是否合于历史发展的必然规律而言的。真实性就是合于历史发展必然规律的时代典型事件,而一切没落行径、颓唐心境、空虚生活都是大时代逆流中存在的事儿,对追随时代的真实者来说是不屑一顾的。所以《距离的组织》中咀嚼的生活情趣,是落后于时代潮流的。就在卞之琳写作《距离的组织》的那段时间里,同是"汉园诗人"的何其芳在《风沙日》一诗里,就说时代的大风沙"打碎了我的梦了"。在《送葬》中他更深入一步觉悟到"梦中的道路"上所得到的只能是"形容词和

隐喻和人工纸花,/只能在炉火中发一次光。/无声地啮食着书叶的蚕子,/在懒情中作它们的茧。"因此他要告别昨天:"在长长的送葬的行列间,/我埋葬我自己。"也是1935年初,和卞之琳同龄的艾青,还是在国民党的监狱里,坐在昏暗的铁窗下,望着同样的窗外"灰色的天",却幻想着春天,大海上滚辗而过的金轮,汽笛悠长而豪阔的声音,写着他的《铁窗里》,说自己只能通过这唯一的窗,"去迎迓一切新的希冀":"这不断的希冀啊,/使我感触到世界的存在:/带给我多量的生命的力",而绝无"雪意和五点钟"那样阴暗、颓丧的生存境界。

所以当有些评者津津乐道着《距离的组织》是百年新诗中的"名篇"时,我却要说:请勿过高推崇。

卞之琳中期的新诗创作时间不长,成果也算不得多,但其审美价值却相当高,无论是诗歌境界或者艺术格局上,都比前期要有所超越,究其原因,在于他能以新的感觉方式和思维路子去把握诗歌世界。说具体点也就是能从宇宙时空与地球时空互动的视角去看待诗歌世界的真实存在,并以此为基点去体味抒情对象,又通过理性联想去概括生活,因此这阶段的诗,生活感受的真切度不及前期来得高,却畸形地发展了以相对论为逻辑起点的一个透视诗歌世界的哲理体系,而与之相应和的是同样畸形地发展了艾略特所倡导的理念客观对应物化的表现艺术

追求,其诗美层次也超越了主智而登上了主知的高度,并以《圆宝盒》《白螺壳》《断章》《距离的组织》《音尘》《尺八》《鱼化石》等佳作显示了实迹,成了百年中国主知象征主义追求的先行者。

注释:

①袁可嘉、杜运燮、巫宁坤主编:《卞之琳与诗艺术》,河北教育出版社1990年版,第58页。

②卞之琳:《雕虫纪历》(增订版),人民文学出版社1984年版,第5页。

③《卞之琳与诗艺术》,第60页。

④废名在《谈新诗》中有"当然之情人"之说,见《谈新诗》,人民文学出版社1984年版,第177页。

⑤《雕虫纪历》(增订版),第6页。

⑥江弱水:《卞之琳诗艺研究》,安徽教育出版社2000年版,第37页。

⑦《卞之琳诗艺研究》,第79页。

⑧孙玉石:《中国现代诗歌艺术》,北京大学出版社2010年版,第326页。

⑨李广田:《诗的艺术》,开明书店1943年版,第16页。

⑩参阅朱自清《新诗杂话·序》,《朱自清全集》(第二卷),时代文艺出版社2000年版,第685页。

⑪《诗的艺术》,第26页。

⑫《卞之琳与诗艺术》,第58—59页。

⑬《卞之琳与诗艺术》,第59页。

聆听一个"世纪游牧者"的歌声

——读骆寒超的诗

• 黄纪云 •

一个时代的情感带着它自身的调性。读骆寒超先生的诗集《白茸草》,我听到在一个诗人的声音背后,是一个时代情感愈来愈远离的轰鸣。正是这种个人的声音与时代或集体声音之间的拌合,激发了另一种意味颇为不同的阅读。一个时代怎样将它的时间维度铭刻于个人情感和话语方式,是颇为值得探究的事。

回头重温诗人自五十年代开始的这些抒情诗,这就像一种双重的怀旧,它既是诗人的个体回忆,也承载着如今已经渐行渐远的集体记忆。这些诗令人产生莫名伤感的就是这种纯粹时代性的怀旧。往日不一定是美好的,甚至是凄苦的,但却有着一去不返的魅力。可以说,《白茸草》凝结着诗人在坎坷岁月始终不渝的对美的追求,它是个人记忆的铭刻,也是集体记忆的轮廓。品味二者不易觉察的混合所产生的滋味,是相当微妙的技艺。

1

《白茸草》收录诗人从上世纪五十年代直至新世纪的前几年的诗,在这大半个世纪里,骆寒超先生从意气风发的书写未来的青年诗人变成了享誉文坛的著名学者和诗人,我们置身其中的世界更是从传统的农耕生活跨越工业社会直至所谓信息时代。骆寒超先生的诗并非属于纪录社会历史变迁的史诗或纪事风格,而是一种情感的和内心生活的抒写,即使这样一种个人情感书写与当时的政治经济社会力量相去甚远,也将某种集体的声音铭刻了下来。

五十年代不仅是诗人的青春和诗的起点,也是社会历史的一个"开端"。对一个十八九岁的年轻诗人来说,最初的《风雨亭放歌》有着容易辨识的集体声音:"这鉴湖畔,启明星闪烁的地方","多少次喷血的呐喊散入苍茫",这是对前驱者的回顾与颂扬。血,呐喊,以及风雨,乌云,闪电,属于一个时代的象征主义观念,而非仅仅属于诗歌。"放歌"是胜利者抒写历史的时刻,年轻的诗人显然在情感上属于这一时刻:"今天我们来了……"诗人是以青年一代集体的声音在言说,"啊,歌唱吧,祖国已经升起新阳/'秋风秋雨'的时代已经消亡……"(《放歌》)。

诗人的声音并非属于纯粹的合唱,青春时期的爱,或思念之情,让他产生了一种孤独感或某种疏离感。爱是一种充满悖论性的情感,爱的感受是与他者融为一体,与此同时爱之情感又让个人游离于集体之外,爱之客体的不在场,带来的是残缺、孤独感。"我的海伦/哪盏灯正守着你的青春"(《车过吴城》)。

很难说这是真实的客体还是幻象,《仲夏夜梦歌》《问候》《我得走了》等这个时期爱的倾诉对象经常出现的是"海伦",一个富有异国情调或外国文学意味的女性符号。《梦歌》一诗中反复强调"一年了",似乎表明了与爱之客体的时间关联,而"我那颗寂寞的心魂"也游荡在一些真实的地点,"断桥边","保俶塔上","南屏山下"，一种个人的情感回忆又将诗人带向集体行为的瞬间：

> 一群年轻的劳动军
> 肩荷锄
> 踏上归程的时分
> 你在我身边忽地扬起
> "我们是革命青年"的歌儿……

那个时代纯粹的个人声音是稀少的，个人的声音总是携带着人们置身其中的集体情感与集体声音。在骆寒超先生的抒情诗里，时代的伴唱时强时弱，但总是拌合着个人的声音，或有如一种背景的轰鸣。这首诗提供了一个确切的年份："这是一九五四年/一个仲夏的初夜时分"，在青年劳动大军的歌声拌合下，仍然是青年诗人的一支孤独与愁苦的"梦歌"，集体声音与个人情感之间在修辞上仍然存在着间隙，"革命青年""含愁的"眼睛也透露出这种轻微的裂痕，青春期的幻想、抒情、梦幻，蕴含着甜蜜的意识形态毒素，一种在孤独、疏离和间隔中也存在着的和谐。它是一种情绪，也是一种韵律，集体情感与集体话语对个人心性微妙的渗透。

时代尚且暂时容忍着这种个人的情调。在集体情感与修辞完全支配着话语之际，个人的"小情调"将会受到压抑或转入纯粹私人空间。在叙事长诗《青春祭》中《静夜思》一诗里，爱的客体从异国文化的"海伦"替换为古典的女性符号"梅娘"，同样这首抒情诗既有时代赋予的激扬声调，也有个人的梦呓，诗人写道：

> 我喜悦，因为激情的喷泉
> 已让初爱的阳光照得金亮

但随之而来的是"幻想"的"野马"，"穿丛林，越山岗，飞渡扬子江/踏遍了南国"：而此刻的政治抒情诗也一样，其修辞是空间性的，属于祖国和围绕着祖国的宇宙，跟政治情感相似，个人情感也带上了祖国的空间属性，空间修辞让两种不同的情感拥有了相似的调性。"宇宙啊，多辽阔，渺渺茫茫/你此刻在哪团夜雾里隐藏……"在一种时代性的情感模式中，骆寒超先生的诗尚且能够聆听到个人情感独白下微弱的身体功能，"蓬松的长发"的描写既是身体最魅惑的部分又是较少肉身属性的部分。诗人在"静夜"时分的渴望，表明爱之客体的缺失或不在场，而物质性的空间既是间距又具有物的中介作用，"丛林"，"山岗"或茫茫"夜雾"，物质为分离的主体勾勒出条条隐秘的联线。

五十年代的抒情诗，不同于之前三四十年代的诗，亦不同于稍晚一些时期将个人情感彻底融进集体情感模式的政治化修辞，它摆动或介于二者之间。个人情感或爱之孤独，暂且被勉强容忍着，事实上，这种容忍宽容也不会太久。此刻一些声名显赫而且是最优秀的诗人如艾青、何其芳等愈来愈发自内心或迫于形势写作着颂歌体。而随后，就连这些颂歌体的作者也渐渐跟不上语言、意义的急剧国有化，或情感的集体所有制。

在骆寒超先生五十年代的诗作中，个人的和古典的修辞与集体的或时代的修辞同存，农耕的自然的词汇与工业的修辞并置。诗人没有像其他更意识形态化的写作那样直接歌唱新生活，但在一些风物描述中隐含着那个时代特有的社会信息，如《渔家速写》："东海滨，高粱圈住了楼房"，《星天》"抽水机唱着时代进行曲"，而《小镇夜曲》写道："连最后一盏电灯也熄了/最后一扇百叶窗也关了"……

这时，只有碾米厂里

马达激越的吼声传来

在万籁俱寂的深宵时分

这音响染着最鲜艳色彩

　　深夜能够从碾米厂激越的马达声听出美感来，确实需要一种时代性的感官，需要一种集体主义的听觉系统。可以说，骆寒超的诗在与时代的关系上，不完全是政治抒情，而是某种程度的速写。从五十年代直至六十年代初期的作品，与其说是标准的政治抒情诗，不如说保留着"牧歌"或"歌谣"的特性，诸如五十年代的《晚归》《牧女》《水乡夜曲》，以及六十年代的《牧歌》等诗篇都有着田园诗的淳朴和天真快乐的歌谣调子，如六十年代的《泥土》一诗，既有"紫浪湖荡着睡莲"，又有"抽水机，还有电线/嗡嗡奏鸣着网住田园"，这是田园牧歌，又不是传统的田园诗，它融入了新生活景象即城市元素、工业和技术景观方面的修辞。如今被听觉感知为噪音的马达声，在那个向往新生活的时代，如同一种田园牧歌的奏鸣。纯粹的自然要素退居到背景之中，占据前景的是那些非自然的"现代化"元素，即机械的或集体性的元素，如《夏收的农庄》在"绿竹覆盖农家"的田园意象中所展现的集体生活图景。

　　在五十年代的一些作品中，诗人将个人青春期的情愫融入这样一种新生活的抒写，在真切的主观体验中，有如个人的青春与社会的青春期重叠在一起的时刻，《秋种》写道：

八月，天空怀上了幻云

大地也有了爱情的丰盈

番茄藤像绒毯铺盖沙地

金发的玉米在迎风吟哦

　　除了"秋水边忽闪着鲜艳头巾/撩动庄稼汉青春的激情"这样时代特色的表达，一个时代的调性于集体的声音主要显现为独特的修辞风格。诗人将自我的幻想特性通过"天空怀上了幻云"赋予了"自然"，番茄藤和玉米也因为"绒毯"与"金发"带上了时代的主观特征，事物在自然属性之外额外铭刻上社会属性。物性并不囿于感官特征，时代变迁致使物性在修辞方式中发生了改变，物性是个人的想象也是主观认知中的集体特性。诗人写于六十年代上半期的一些作品也延续着这一修辞方式，如《六月谣》："为了迎接收获季到来/玉米已挥舞火炬等候"等等，传统的农业景观被具有集体主观性的修辞赋予了时代属性。在五十年代和六十年代上半期的诗歌中，"大地""劳动""劳动者"逐渐占据了生产和斗争的语义轴心，围绕着这个语义轴，播种、收获、庄稼，或者马达、铁轨、巨轮，这些词汇既是一种物像，也是一种时代修辞与集体象征。与之相伴的，或者说，构成这个语义轴心的另一端点的，是雷电，乌云，暗礁，深渊……一种声音的风景或声音的风暴，它们显现出一个古老国度的新社会属性。

　　集体的声音不可避免地在个人的声音中留下了痕迹。人民、劳动和土地，就像一个意识形态的抒情体系，它渗透了个人的心性，以至于我们在那个时代最个人化的情感中也能够听见它的回声。对骆寒超先生来说，在个人之外，在城市和村镇之外，就像是存在着广阔的土地一样，存在着美与爱、诗与歌，存在着集体和谐的声音，也存在着跟集体劳作与欢乐相反的个人哀愁与孤独。诗人五十年代的《旷野的平衡》一诗，可以说是那个时代里有着更多个人洞见的少数佳作之一。诗中写道"雄鹰猛击翅直俯冲地面/啄食是鸡惊飞水鸭乱窜",如一场"旷野骚乱",接着"秋阳里黑影又掠向远方",仍然是"鸭戏睡莲","银锄闪闪"——

> 这就是世界潜在的规范
> 有动荡有激奋也须有安闲
> 遗忘的平衡调节着生活
> 这旷野摊着哲理文一篇

仍然存在着野外,存在着野外的自由与个体孤独,存在着尚未完全被集体修辞笼罩的野性的"雄鹰",犹如野外空间存在着一部"自然法"及其辩证法,它协调着诗人内心相互冲突的情感,协调着骚动与规范,激奋与安闲。对诗人而言,野外的自由可以作为一种安慰而存在,诗人还能够在野外的自由状态中享有和体味内心深处苦涩的甜蜜。

正如野外将逐渐被集体劳动改造为农田,个人的爱也将被集体情感政治性地征用。对某个愈来愈简化的意识形态而言,诗歌所呈现的修辞总是太多,语义太过丰富或多余,它的语义范围总是太过超出集体的理解力,超过它的掌控范围。直至七十年代乃至八十年代早期,对诗歌语言清晰度的要求事实上就是一项意识形态的遗产,"晦涩""朦胧"就是对语义丰富性、语义大量盈余现象的责难。就那一时期的集体修辞规范而言,对语义清晰度的要求不过是意识简化程序的伪装表达。

2

在骆寒超先生五十年代的情感书写中,爱、爱的客体尚未变成抽象观念的符号,爱之情感

保持着与自然物性的微妙连接。诗人写于六十年代的爱之歌,渐渐减少了浪漫主义的幻想,开始面对日益显得严酷的现世,不过语言仍然是浪漫的,他依旧会说"我们像两朵漂泊的云"。爱之客体依然是飘忽不定的,但诗人不再幻想着融合,而是承认分离的现实,即使如此,诗人仍然说:"我不想像济慈那样/把自己写在水上":

> 我只想让我的形象
> 镂刻在她的心上
> 让她在寂寞的时刻
> 感受到爱和阳光(《我不想像济慈那样》)

六十年代爱之歌的幻想,不再是孤独的身体在表达自己的渴望,它更深地转向精神层面,带有一些受难色彩,"你带我超越苦难/去神圣的伊甸徘徊"。(《暮雨在窗外飘飞》)爱是孤独的,爱又是一种活跃的元素,爱,对诗人来说,这是一种善于同其他元素结合起来的情感化合物,在骆寒超先生五十年代那些表现爱的孤独幻想中,爱与革命、劳动都有不同程度的语义混合;六十年代的爱之歌则确立起爱与受难或悲剧等神圣语义的混成。"是像圣徒前去朝圣/我前来造访你的家园"(《我前来造访》),而诗人所见却是庭院荒芜,衰草丛生。这一主题在另一首诗里再次重现:"你曾有一座春天的林园",诗人曾与"你"谈论海、星星、诗歌。然而,一场变故让诗人不得不告别了这一切:当"败颓的水手终于回返",而林园门锁已锈迹斑斑(《春天的林园》)。

对六十年代的诗人来说,爱、爱之客体极可能是某种他所热爱的理念或理想生活的隐喻,爱之客体却距离诗人愈来愈远,诗人说:"我那

生活里也有着一道栏栅"(《羊啊，不要再这样叫唤了》)。这些诗句里既有隐喻亦有现实遭遇的表达，作为青年学者的骆寒超完成了他杰出的论文《艾青研究》之后，本应继续做一位著名高校的教师，有着"碧色的草原"一般的光景，却由于这项研究之故也像艾青一样被放逐边地，一个是西部边陲，一个是东海岸边"寂寞的海角"。自六十年代开始至七十年代末，"放逐"成为骆寒超诗歌的一个基本主题，或者说，诗人在爱的主题之上重叠着一种被放逐的主题，以爱的放逐为主题的诗篇亦重叠着关于美好生活、自由和希望的隐喻。在《岁暮夜抒情》的幻想情节中，一位深情女郎问道："年轻的诗人，说吧/你为何如此忧伤？"诗人的回答是隐喻性的："我觉得太冷，姑娘/我哭我的心就会冻僵"，在革命热潮正激荡的时刻，"冷""冻僵"的感受如果不借助私人情感表达，就会将诗人自身暴露在更深的危机之中。诗中的"陌生女郎"说："我叫希望/住在青春的故乡"。这样一些爱之歌更接近抽象观念的拟人化，而这些观念——自由、希望——如不能和爱的期待构成语义混合，则会触犯集体观念的底线。

应该把这一时期被放逐的或流浪的诗人视为一种关于放逐的主体隐喻，将诗中的"远方的姑娘""陌生女郎"视为"希望"或美好生活的化身，被放逐的诗人与陌生女郎成为一种结构性的修辞，这一结构出现在许多诗篇中。《盲诗人》塑造了传统的被放逐诗人形象，如果说这些表达属于某种常见的诗歌修辞，接下来的陈述却如当地新闻报道一样："呵，衰草连天涯，古庙里有个少尼夭亡"。在抒情诗里引证现实经验具有特殊的魅力，这种话语方式在那个时代的诗歌里尤为希见。接着，与《岁暮夜抒情》相似的幻念又再次出现了，诗人与女郎结构性的幻念

反复出现在这一时期的诗歌里。《梦幻曲》里承认这是一个梦："有个寂寞的少女/依偎在一个流浪汉胸前/深情的歌唱……"被放逐的诗人与少女的修辞结构愈发隐喻化了，也同样是在故乡的白澄湖哀叹"流落天涯"。而这个"沦落天涯"的"流浪汉"显然又是诗人或自我的象征，这样一种放逐中的诗人与陌生女郎的叙述结构，可以唤起人们对被放逐的诗人原型的文化记忆，即屈原诗歌的放逐主题中的香草美人的文化寓意。

爱之歌在六十年代依然占据着抒情言志的中心，却更深地属于寄托悲伤之情的微言，连牧歌的调子也开始变得哀伤，如《啊，五月》："生活已将我放逐到异乡/将我的青春在这里埋葬"。正如爱、姑娘、故乡这些意象倾向于成为某种观念的拟人化，与放逐或天涯等修辞方式相似，"异乡"既是现实的体验也倾向于隐喻意味的观念。借助爱之歌表达缺失感与失望之情，使得忧患的情怀得到某种隐微表达，即使被误读为小资情调，也能暂时为时代所容忍。毕竟，在那样一个时期，诗人无法公开表达自己对社会失望的情感或被放逐的处境。

收录于《白茸草》的六十年代最后一首诗《晚步》延续着这一修辞策略：诗人以孤鸟自喻，呼唤着"远方的姑娘"，后者可能只不过是较为合法地表达孤独与悲伤的借口，"远方的姑娘"隐喻地表达着诗人难以追逐到而又不愿放弃的真理、自由和尊严。

在任何时代，一个人为爱而痛苦，或许是唯一能获得人们原谅的理由，骆寒超先生写于六十年代有关爱与思念的诗篇，几乎都蕴含着更宽广社会范围里的感受，或许都可以在历史语境里加以解读。将时代难以言说的思想苦痛或压抑的心智，缩小在爱的失落感的修辞里进行

隐微表达,从而避免主导观念和集体象征的压力,也从而得以规避直抒胸臆的言说可能引发的厄运,这样的情况在中外诗歌史上并不少见。尤为难得的是,尚且年轻的诗人在遭受不公的命运之后,并未放大主体性和自身的苦难,诗人在逆境中的沉思指向的是一种更博大的哲思:诗人感慨的不是自我的不幸,而是构成"世纪的汪洋"一般的人类苦难和宇宙之浩渺,"啊,我那小小的痛苦/在宇宙之中又算得怎样"。

在六十年代后期的诗歌里,诗人在面对现实世界的时刻,一种忧患意识与悲伤之情依然会溢于言表:"呵呵,我只是一朵乌云/我生就一颗抑郁的心"。在这首《我不是一朵白云》里,诗人又心有不甘地将抑郁转换为它自身的反面,即看似不可能的激情,将乌云——那个时代里反动力量的一个集体象征物——转化为荡涤污浊世界的一场暴风雨:

　　我拖着巨大的阴影而来
　　为预示暴风雨将临
　　那刻儿,有我的激情
　　我怀着热烈的电火而来
　　为熔化冻僵的灵魂
　　那刻儿,有我的真诚
　　我驮着万吨的雷霆而来
　　为荡净大地的忧郁
　　那刻儿,有我的永恒

在时代的语境里——太阳、阳光、光明、光芒、白云——占据了对立语义轴的一端,象征着"真理"和时代精神,诗人翻转了乌云的集体语义,"毕竟乌云遮不住太阳"才是那个时代的集体象征。对集体语义的反转,在之后的一些作品中仍有所体现,如《恶魔》一诗,将恶魔人格化,让恶魔作为"锁着眉心的女郎"召唤着诗人。无论怎样解读,对"乌云""恶魔"作这样的描绘都在一定程度上触犯了集体象征的禁忌。应该说,只有一种真诚、持久而深入的思考,才能让一个诗人在集体象征居支配地位的时代冒险保持个人的修辞。

在诗人写作的那个历史时期,诗的修辞逐渐固化为集体象征模式,被权力征用以歌功颂德,而且有着固定的修辞套路。对语义系统的集体所有制而言,物自身的模糊属性和由历史语义学构成的意义体系是多余的,这一状况意味着语言丰富的语义、含混、歧义,都是错误的而且是危险的。在短缺经济之下是更深的语义匮乏,在此情形下,诗歌写作就成为那个语义观念高度简化时期里对多义性的小小保留地。就像微小脆弱的私人经济与不合法的交换,固然无法改变一穷二白的集体经济,却挽救了许多的生命。或许正是这块不起眼的小小的诗歌飞地,酝酿着七十年代末打破僵化而贫乏的语言的力量。由此可见,骆寒超先生及其他的一些同代诗人所做的诗歌探索,在文化荒漠化的时代,如一股顽强的潜流,赓续着诗歌的一线文脉,而毫无疑问的是,诗人也深刻地感受到集体声势所带来的压力。

在六十年代后期的诗作中,一种愈来愈深的抑郁之情笼罩着诗人,以至于他在《致友人》中坦诚地描述了当时的心境。"致友人"意味着一些私密体验可以分享,而且这是一个诗人在对友人说话。自五十年代以来,诗人的语言处在半征用与半自主之间,兼有集体象征与个人隐喻,诗人总是私藏着语言的异议、歧义与多义,如同保留着语言的混合经济形式。在集体象征占据主导地位的时期,个人的情感与话语空间只能随着退回内心或较为私密的领域——爱或友人之间——才可能得以续存流通，就像一种珍稀物品在私人空间小范围的交换，在任何一种高压的社会环境里，"致友人"或个人书简都是一种私密的话语经济。六十年代后期的全面动荡造成的经济与文化后果给良知尚存的人们带来了剧烈的内心冲击，一种怀疑萌发了，对此这首诗里有许多隐微表达，"可仲夏夜之梦毕竟醒了"。在黎明前，在"灵感"的自由状态，诗人并非偶然才想起"雾伦敦岛上那尊偶像"，愈来愈辉煌的偶像事实上意味着荒唐现状的反面镜像，诗人意识到二者之间隐秘的对称性关系，这就是梦醒之后看到眼前一片"肃杀苍凉"，而智慧是痛苦且孤独的。故而有诗人"望长天无限惆怅"的叹息与警觉，这是一种自我暗示，与眼前的肃杀境况保持距离，就像榕树那样，尽可"在四月天落尽旧叶"，在"丹秋时却会有翠绿之光"。这是那个年代里友人之间的私密话语，但依然是用隐喻进行表达。象征主义是集体经济的一部分，隐喻是个人或私有财产。

六十年代之后的作品极少出现五十年代乐观的调子，既缘于诗人的个人遭际，而更深刻的原因是严峻的历史趋势使然，如果说诗人对生活世界还保留着某些幻想与想象的话，也是克制的。诗人跟那个时代的集体话语——即亲近生活进入生活的套话——相反，直呼"生活，请放开我吧"："我已被你/拖累得精疲力尽"。这是偏离时代正确话语的内心呼吁，诗人祈求给"心魂"留下一点空间，哪怕深深睡去一忽儿，他相信，"就在这个刹那里/幻想啊，又会来临"，"又会有诗和尊严/又会有歌声"。诗人并没有直书那"沉重的压力和肃杀状况"是什么，但可以想象，那是与诗人歌唱的爱、自由、尊严相反的境况。

在《时间化石》里，诗人更清晰地铭刻了这一私密体验，在某种意义上这也是一幅自画像：这幅自画像所呈现的境况跟《致友人》中诗人的心境是一致的，一个私密空间里的低语。一个物质性的细节提示了与五十年代景观的差异：没有了标志新生活的电力与机械的景观，取而代之的是"柴油灯""木格破窗""北风"和颤抖的"寒星"，连诗人手握的也是一支"断笔"，面对的是一卷"残稿"。五十年代里那些"现代化"景观消失了。诗人自问："时间，你也能够凝固吗？"如果可以，让这片时间化石"再印上我的形象"。而今看来，这首诗就是一片凝固的时间化石，时间在修辞中铭刻下一幅诗人自画像。

诗人对此的期待是"几千年之后"，或"那些隔代的中华儿郎"偶然看到这么一块化石，"他们一定会含泪地想/干吗要这么折磨人呢/为了人性自由地歌唱"。遗憾的是，为自由遭受着折磨的历史并没有成为远古的化石，古生物的特性还压抑着为人类自由歌唱的声音。而这种境遇恰恰证明"为了人性自由地歌唱"正是诗人的祖传职责。

3

尽管集体的声音被录入个人某些时刻的低语，骆寒超先生却一直没有更为自觉地加入集体合唱。有如在爱之歌的面具下躲入个人写作的保护地，公共事件仅仅在个人情感中铭刻下一些痕迹，与时代与集体声音保持着若即若离的距离，诗人的写作经历了对集体象征的认同，也渐渐出现了疏离感、批评意识与质疑精神。六十年代之后他的诗歌修辞总是与集体象征保持着一定的间隙，如前所述，这是一种个人的隐喻，犹如《致友人》那样的诗篇，是一种发生在值得信赖的少数人之间的耳语,带有私密的语义属性。

进入七十年代之后,诗人的忧患、孤独与放逐感,找到了历史化的表达方式,以屈原为抒情原型的写作给诗人带来了一种迂回的便利,收入诗集《白茅草》中的一些诗篇均注明"选自诗剧《汨罗恨》",我们不知道该剧的完整状况,仅就所存诗剧的这些片断即十首诗而言,它们几乎间接地重演并深化了诗人自身从青春期到中年的内心状态,并体现出从对生活世界田园牧歌般的热爱到产生忧患意识,最终彻底失望的内心轨迹,即所说的"汨罗恨"。这组诗同样是从歌颂"美丽的田园"开始,描述"满江帆影追花影","一网江水一网金"的"我们的丰饶的渔村",但缘于"群小齐跳梁"而变成"干戈的祖邦"(《汨罗江之歌》);遥远国度的状况投射到当下世界,它让诗人"长太息哀不尽人民苦难……紧击筑唱不断民族愤懑",他充满对轻狂岁月的自我忏悔:"啊,说什么回车驾修吾初服/啊,说什么步余马返回自然"(《再见吧,汉北》);在短暂的"集贤良满朝馥郁芬芳……大道上铺满了阳光"(《告别了异邦的风沙浊浪》)的期待之后,建功立业的梦想再次破灭了,"家国恨皮鞭一样/又要来将我狠狠鞭打"(《王啊,王啊,不要走那条路吧》),恰如诗人被命运中断的政治—学术生涯一样,在失望之际,慰藉诗人内心的,唯余世间"美好的形象","此刻我望着你想念起了一位姑娘"(《橘之歌》)。被放逐的诗人与梦中的美人这一叙事结构早已出现在六十年代的抒情诗中,《汨罗恨》系列组歌将诗人的当代体验、感受与思考,置换到一个较为安全的古代史的叙事中,将个人隐秘的内心感受位移到中国诗人的原型身上,以便在充满话语禁忌的时期获得相对自由表达的可能性,当然又是一种隐微话语的表达。至此可以说,组诗在另一个层面上重演了诗人在五、六十年代的感受、情绪与认知的演变过程:我们记得这是从五十年代的田园诗开始,从对爱、对新生活的讴歌开始,美好的形象既是一个姑娘,也是新生的事物和新生活,被放逐的诗人无处追踪"远方的姑娘"的无尽失望。

同样属于诗剧《汨罗恨》片断的《泽畔吟》系列再度戏剧化了一个诗人的内心生活史。青年时期的诗人于五十年代末至六十年代在许多诗篇中所表现的被放逐的诗人形象,在诗剧中被历史化了,由于屈原的形象而获得了表达孤苦、放逐体验的合法性,他借屈子所说的"苦难的前贤像你一样/我也处逆旅独抱幽芳",被禁止的话语借助被经典化的诗人形象说出,诗人一如屈子,深叹在"肃杀的季节"无处寻觅"女英娥皇"(《泽畔吟》一);诗人引用屈子的声音而将内心的悲伤叹息历史化了。

"逐客""孤臣""楚囚"的谪放灭亡(《泽畔吟》二),都不过是诗人的易名或异名,也就是说,屈原身上投射着七十年代里诗人的自我认知。一个时代的精神价值往往深刻地体现在那些孤臣与逐客身上,如孟子所说:"独孤臣孽子,其操心也危,其虑患也深。"而这位"孤臣"也同样在放逐中陷入往日"回忆",并深深叹息"欢乐的精灵一去不返了"(《泽畔吟》三);而此刻,引导诗人的又是"婵娟的幻象"(《泽畔吟》四)。两个相距甚远的时代的诗人因为被放逐的命运让思绪交织在一起。可以说,七十年代的诗人在感知与思考中逐渐成熟起来,以屈子自喻是一种认知上的自我投射,这种移情方式避免了诗人的言说过于显山露水,它尽可吐露真情,又不至于遭遇集体象征的完全拒斥。仿佛诗剧形式中所有的言说,至少在形式上都是剧中人的声音,是被引用的声音,而非诗人当代的自我言说。然而今天,把诗剧《汨罗恨》系列诗篇解读为诗人自己的声音应该不至于有年代错置的语境失误,诗人正是借"汨罗恨"尽吐动荡年代的家国之忧患。

如若没有借屈子之言,即如若没有这种"被引用的声音",七十年代的知识人或诗人是无权发出这痛苦的声音的,诗剧的好处在于,它似乎在过于显山露水的话语之后,迅速置换语境,进入古代史的人物与典故,以便逃过只允许集体话语通过的安检——

　　我该学介子隐遁绵山
　　我该学伯夷持节首阳
　　不忍哟,我不忍楚国
　　生灵的涂炭社稷遭殃……(《泽畔吟》五)

诗中隐含着众多古代史上愤世自绝的圣贤形象,也隐含着双重的被引用的声音,一方面是抱石沉江的决绝,一方面是何补于世的不甘,如蔡邕《吊屈原文》所说:"卒坏覆而不振,顾抱石其何补?"《汨罗恨》所存断简残篇,虽然是未完成的诗剧片断,但却在一个具有历史与道德合法性的诗人形象身上,将那个晦暗时期"不合法"的情感表露无遗,诗人的命运感、诗人与时代之间自古以来就存在的紧张关系,诗人自五十年代末或六十年代以来郁结在心的情感,得以畅快而较少禁忌地表现,这些诗篇借历史化和被引用的声音获得了合法性。

在这种被引用的声音里,在牧歌变成哀歌之后,诗人希冀再度把哀歌变成爱之歌,爱的哀歌似乎比社稷悲歌更能慰藉诗人的内心。从收录于诗集的诗剧片断而言,这些诗篇与诗人五六十年代里以诗人为主题的作品有着结构上的

对等性,无论是牧歌元素、家国忧患之情还是被放逐的诗人之歌,似乎诗人有意完成了一次个人情感与时代认知的历史化,与《时间化石》异曲同工,"化石"期待后世人们重新发现前代人的苦痛和为自由歌唱付出的代价,《汨罗恨》则在先贤身上完成了一次清醒自我辨认。

如果将骆寒超先生七十年代的诗篇作为一种具有心理连续性的整体来看,诗人的情感自身的确包含着一种类似《汨罗恨》的诗剧,或者说,一种类似诗人原型或诗人命运的结构,这种情感本身就极富戏剧性:向往爱与自由的诗人慢慢发现一道难以逾越的栅栏,或者是一道"铁门"。在诗中,诗人将追求爱与自由的情感和这种情感的悲剧命运高度戏剧化,也就是,不唯诗剧表达了这一主题,在这个时期,诗人的内心情感本身就是充满戏剧性冲突的,它不再是五十年代单纯的抒情诗,对爱与自由的追求充满了自身的张力。在诗剧形式或历史化之外,爱的主题一直是诗人的修辞策略,爱的悲伤与绝望的呼唤是一种隐喻,它降低了主题的敏感程度,至少在字面意义上也减低或缩小了经验世界的表现范围,然而在爱的叙事结构里,字里行间却嵌入了更普遍的社会感受:寒夜,徘徊,无人的踪影,黑屋,铁门……孤独的游子对火的期待,焦渴的心灵对爱的吁请。诗人呼唤着:

　　扫荡夜雾吧,让人心永远能开出通道
　　迎接晨光吧,让世界再无宿命的阴森
　　可是,铁门依旧在制造着无数哀魂

"夜雾"与"晨光"也是那个时代的集体象征,但在骆寒超先生七十年代的诗歌里发生了转义,当爱、爱之客体愈来愈成为一种隐喻,这种翻转集体象征的修辞才会减低责难的发生。

即使有了爱的隐微叙述，对"宿命的阴森"的世界里"铁门依旧在制造着无数哀魂"这样的表述，也明显地越过了爱之悲歌的修辞框架，它甚至让我们想起三十年代至四十年代诗人作为社会抗议者与历史审判者的声音，因此，更多的爱之表白就是必要的。在《寄远方》（一）里，诗人如此自白说：

> 我那绝望中生存的信念
> 幽谷的孤寂里爱得依恋

爱的忧伤与孤独，都带上了时代属性，成为隐秘的社会心态史的隐喻。对诗人而言，爱是孤独中的情感补偿，也是对身处"时代歧途"时刻引路人的呼唤，更是一种"绝望中生存的信念"。在叙事性的抒情诗《听歌》一诗里，诗人喟叹"金色的年代"已经消失，"生活的脚步陷落在异乡"，从而展开了爱与青春的时间性回忆：一种放逐诗人或屈原式的诗人原型叙述已经深入那一历史时期诗人的心理结构，这种心理结构勾连起许多诗篇，使之成为一种连续性的体验；《梦游白亚峰》则是犹如《神曲》似的空间上的漫游，在梦幻中诗人的心魂"挣断锁链"，"逃回到自然的宫殿"，展开从谷底到苍穹的精神游历，如诗中所说，"这可是谪放者不死的精魂/抑或探求终极的象征"。爱的主题隐喻性地表达了诗人被放逐的命运，诗剧的形式让诗人被放逐的命运戏剧化并历史化，以被引用的声音进行言说实现了一种保护性的隐微表达，而潜入无意识的梦幻领域亦同样是这样一种字里行间的书写。可以说，这是骆寒超先生在诗歌写作上采用的三种不同而又相互重叠着的修辞策略。从六十年代至七十年代的禁锢时期，诗人通过爱之主题的隐微话语，通过爱之主题的历史化

与戏剧化，完成了内心深处的自我言说："你的诗就是这呼唤的回声/自由、爱情，我生命的经纬线"（《读〈怀念〉》）。

在七十年代的最后时刻，诗人终于迎来"春天"和"黎明"，告别了"寒夜""荒凉""黑屋"和隔着"铁门"的徘徊，在《春歌》里，诗人发出的既是个人的心声，又是时代的声音和集体象征，但被个人从内心欣悦地重新接纳了："黎明的号角在城头响起/荒原的播种者已经出发"，有如诗人所钟爱的诗人艾青声音的一种遥远的变奏。

4

八十年代初，的确是一个万物复苏的时期，骆寒超先生不仅恢复了学术研究，他的诗歌写作也随着这个"季节"变暖而焕发出新的热情。诗人以"石头"自喻，最初从岩浆状态或"火焰的家族"冲出地壳的石头，有如热情奔放的年轻诗人。一代人的青春在"寒夜""铁门"与"黑屋"中度过，但在七十年代末至八十年代来临之际，如艾青一样，这些归来者中几乎没有人哀叹往昔岁月，而是欣喜于"重放的鲜花"，再次唱出"光的赞歌"。诗人在内心拒绝衰老，这是他曾经的自勉，"榕树在四月天落尽旧叶/丹秋时却会有翠绿之光"。现在诗人以无用之用或无力补天的石头自喻，却又与一个现代化的建造时期如此契合。

铺路石，公路，车轮，铁锤，火焰，燃烧，发光，以及芳草，自由，爱情，黎明，号角，大地……依然是那个时代的语义体系，仍然是那种集体的象征符号，这种象征符号系统地生成于艾青那一代左翼诗人的修辞，于五十年代被固化下来，这些符号也就从早期诗人笔下的个人隐喻演变为集体象征，其后意识形态机器广布开来，

成为不容另解的固定概念,它们有着自己的固定搭配。描述性的词汇固化为价值词汇。只不过在浩劫的岁月里,这些象征愈来愈被滥用,甚至语义都被肆意颠倒。现在,时值八十年代初,一切倒置的语义符号都被重新放置回它的本义,即其正当的象征寓意,语义轴中被颠倒的事物复归于"自然状态",这是一场"语义学"的拨乱反正,只是语义系统尚未更新,象征体系仍然是五十年代以来已经结晶固化的。曾经无数次讴歌过"光""黎明""向太阳"的艾青,此刻他的新作《光的赞歌》也依然沿袭着他三十四年代的象征符号,而罔顾其间的几番语义倒错,乃至那个时代的名句"黑夜给了我黑色的眼睛/我却用它寻找光明"也都属于这一集体的象征主义符号谱系。我们在骆寒超先生五十年代的诗歌中已经较为明显地接触到这一集体象征,而八十年代的诗歌修辞则似乎是向这一集体象征的正面复归。

诗人再度唱响的"梦歌"里,也没有了噩梦、恶魔的阴影:"我竟会来到这么奇妙的地方/这儿有着无数个小小的太阳……"

> 于是我像金属一样地熔化了
> 变成为一片泥土,摊在大地上
> 绿色地野风正在荒原上歌唱
> 奔放地江水流过五月地山岗
> 我忽而感到种子在身内骚动
> 拔芽抽叶,转瞬间果木成行……

太阳,大地,种子的集体象征符号再次于生命体验中复苏为个人的隐喻,那真是一个"漫卷诗书喜欲狂"的时刻,当诗人从梦中醒来,"头枕着一堆书",诗人仿佛看见从书页里"跳出无数个小小的太阳/设计图,我那设计图摊在桌上/窗

外:井架厂房,石油的芳香……"仿佛那些发端于五十年代的集体象征再度存续下来,"井架""石油""图纸"等象征着一个民族对现代化向往的符号,那些工业与技术的修辞再度具有了诗的意义。就像太阳、大地和种子的象征一样,诗人的新生感找到了它的全部比喻,《摇篮》一诗如此写道,"……诗的船又已解缆"。

诗人五六十年代之交的诗中是触礁或搁浅的"帆船",被放逐海角,而今"诗的船又已解缆",故而这不是一条新船,"我抚着斑驳的两舷古旧的苔藓",想起半个世纪漂泊中"虔诚的忧患",寻找着新的"起点"。由此,仿佛诗人再度踏上了一条《生命路》,成为一个崭新世纪里的《宇宙的新客》,感到《智慧的生命树》即使已经"石化",也不过是易名为"煤炭",仍然有着"终极的灿烂"。

在八十年代,爱依然是时隐时显的主题,与其说是现实情感,不如说是与远逝的青春和幻想一起"作一次彼岸世界的漫游"(《神秘的邂逅》),或者说是"岁暮有怀远的凄迷"(《残缺的美丽》)。诗中的"她"常常被描述为非现实存在的"女神",因此没有时间留给故事展开自身,却留下一些《永恒的瞬息》,在这一新时期,比之青春时期爱之情感被深化了,爱之歌从情感上升至哲思领域:诗人承认爱作为"诱惑"而存在,却给生命以"永恒皈依";爱无比辽远,却让人能够在"真理"中呼吸。无论在"肃穆的秩序里"还是在"旷远的漫游里",爱既在场又缺席,"她给你无法遁逸的遁逸"。

这种情感仍然是戏剧性的,或者充满张力的,没有尘世的时间,"她让空间展示/爱恋永恒的瞬息"。对八十年代之后思想愈益成熟的诗人而言,一种情感的辩证法显现了,情感体验转向了生命的智慧,正如对爱的体验一样,诗人对

自由和美的体验也变得复杂了，"自由忽而有虚无的真实/虚无忽而有自由的美丽"，这两行诗可以说标志着一个新时期的到来，它应该铭刻在新时期历史的入口处。对诗人来说，这是一个没有答案亦无需回答、似乎也无从选择的关于自由、美、虚无与真实之间永远纠结着的命运。或许正因如此，诗人既渴望着《灵魂的安谧》，却又时时处在心魂游离主体之外的《思念》或《幽思》之中。毕竟，"心乃有期待幻现的缥缈"；毕竟，"当流星掠过天穹的那刻/美目有耶路撒冷的感召"（《芦苇》）。在诗人看来，美与自由，不仅是诗人心有期待，亦因为美的事物神圣的"感召"。在诗人眼中，不仅人间有"蜃楼幽梦"，连哲学家眼中"理性的宇宙也花树摇情"（《芳甸》），似乎情感具有一种人类学和宇宙论的属性。

　　八十年代以降，尤其是九十年代之后，一个空间性的主题愈来愈突显出来，六七十年代的放逐变成了欣悦的远游，在一个古老的国度面貌极速翻新的时候，诗人才越来越瞩目着它随时间而老去的面容。他书写着一些类似游记的诗篇，漫游祖国，乃至世界，观览山川与古迹。这是诗人本应发生在青春期的漫游时代，延迟之后终于到来。正是诗人"怀古的灵感"（《阳关》）将人类的历史文化与当下世界联系起来。在上一个历史时期，书写工业、城市和垦殖边疆远比书写故国旧貌要更符合时代情感或集体象征的要求。而新型城市、新兴事物，才是颁布给颂歌写作的课题。由此可见，历史文化遗存本身就充满多余的、剩余的语义，时间过往的遗迹，对新的世界体系有如一个异物，具有模糊不清的语义。从近处的苏堤、断桥、河姆渡、天姥山到敦煌莫高窟、高昌、楼兰，它们曾经是被排斥的或有意无意忽略的，对于居支配性的集体语义学来说，历史问题曾经足以让一个人遭遇灭顶之灾，历史遗存则是一些分散的充满歧义的语义片断。诗人的回忆和"历史老人的哦吟"之间有了新的拌合，"废墟和新城合奏着悲欢/过去：回忆中你的初恋"（《时间》）。时间主题从青年时代的个人体验向历史维度扩展开来，并把遥远的过去视为自身的"初恋"，诗人有理由将自己视为"世纪伴侣"或"历史的知情者"。

　　漫游或旅行，是一种实际的行为，也似乎是一个隐喻，那就是个人从被高度约束的地方、从某种压力环境下游离出来，旅行、漫游是一种可见的自由，一种早期诗篇中"野外的自由感"的变形。一种空间上的自由流动性也是社会对个人松绑的象征，那是长期压抑之后的一种身心舒张的时刻。

　　过去的痕迹，历史遗存的符号，它的历史合法性在占主导地位的历史观念中业已丧失，但在八十年代诗人的感觉体系中再次得到承认。面对历史遗产或置身其物质性的形态中，被否定的历史阶段或历史存在得到诗人的承认。它们曾在书写印刷的文字中被抹去，甚至在破四旧的运动中被毁尸灭迹。诗人在《阳明祭》中回应了这一历史：历史语义的残余，古墓，废墟，遗址，它们意味着一个民族的文化灵魂的物质载体，在八九十年代之后，"又飘起文化的芳菲"，给诗人带来"今天灵感的荒远"。在诗人的漫游诗中，那些曾经被集体象征屏蔽的人类文明史仿佛都随着诗人的脚步声醒来。

　　在九十年代之后的行旅诗中，诗人不断转换着自身的角色：寻访神圣之物的圣徒，爱与美的朝圣者，历史的寻访者，以及探索时间与历史之谜的哲人。至此，我们大致描述了诗人作为"世纪游牧者"的写作脉络与心路历程。作为骆寒超先生的最重要的自我镜像，艾青仍然是他最钟情的诗人，艾青研究也是他诗歌研究事业中最主要的或最具代表性的成果。艾青本人就是在诗歌中从自我言说到"代人民言说"和"让人民说话"的范例。艾青那一代诗人在现代汉语中创建了围绕着太阳、光明与黑暗的象征系统，也建构了围绕着土地、人民、劳动的新诗语义学，在骆寒超"呈艾青"的诗篇中，艾青理所当然地被视为民族语言或诗的《精魂》。

在献给艾青的诗篇里，犹能听到诗人写于七十年代末及八十年代初期诗篇中自我的声音，那些曾经一再出现在《石头》《春歌》或《梦歌》中的"哀魂"与"孤魂"，却亦是同样的"精魂"。这颗诗魂，确曾参与了"自由的祭坛"之建造，也以语义学的起义参与了"大地的叛乱"，但迎接诗人"黎明"时分的却是放逐途中的"苦涩的红柳"和冰雹的夏天，当"故国重光"，"生命树"已化为"煤炭的精魂"，热切呼唤着火焰。这是骆寒超对最仰慕的诗人艾青一生的颂词，也是某种意义上的自我肖像。但它们也与《红场》等诗篇中隐含着的内在矛盾一样，某种发端于青年时代的信念又在压抑之后返回当下。然而我们依然能够说，有如艾青一样，作为诗人的骆寒超是时代精神之子。

通过聆听骆寒超先生纵贯五十年代至今作为"世纪游牧者"的诗，我们得以去理解半个多世纪以来，一个诗人的修辞学如何伴随并呈现出其漫长的心路历程；通过这一修辞学—诗学个案，我们得以洞察一个时代的集体象征符号怎样塑造了一种更广泛的集体情感与社会观念，而诗人个体的内心生活轨迹又怎样透视了更深层面上一个民族的社会心态史的衍变。作为一个主要致力于诗学研究深谙诗歌理论的学者，骆寒超先生在自己的诗歌实践中保持着不懈的探索精神，一种独到的修辞让他保持着个人的声音，并与他生活的时代及其集体话语展开或激烈或潜隐的对话；作为一个优秀的抒情诗人，骆寒超先生的诗歌以情感的丰富性与戏剧性见证了一个世纪的深刻变迁。这是一个"世纪游牧者"的歌唱，无论这些诗作是一些"时间化石"，还是变冷的"熔岩"，无论它们是"常青树"还是"煤炭"，以诗人的隐喻而言，都蕴含着不息的情感火焰和语义混合的思想热能，他诗歌中的声音和身影，都清晰地投射着一个世纪的镜像。我写作此文亦在祝福这样一位心怀真诚的美与自由的追求者，一位探寻追逐诗与真的"世纪游牧者"。

作者简介 | 黄纪云，"60后"，浙江温州人，浙江作家协会会员，诗人，企业家。八十年代初期开始创作，已经出版诗集《黄纪云短诗选》《岁月名章》《宠物时代》等，大型新诗丛书《星河》创始人兼主编。

吕达的诗

母亲

生命有时像是一类反复出现的错误
阳光浪费在花苞上
我们成了无根的人
你已经什么都看不见，母亲。

你跟我一样，没有童年
跟我们的祖先一样，过于早熟
承担家务，农活，独自养育女儿
没人体谅男人的辛劳和女人的心思
你又当男人又当女人，母亲。

这个世界以黑暗与你为敌
我们共用一双眼睛两双脚
孑然一身
一同走世人都走的那条路
不敢对你的光明抱有任何期待
正如我对自己也不抱任何期待
我知道你是天底下最痛苦人，母亲。

在北京第五个年头了

在北京第五个年头了
有一件事我深恶痛绝
地下铁夏天冷冬天热
我觉得肯定是搞错了
和我一起坐车的青年

是不是已经飞黄腾达
我还在地下铁写诗
多好的诗啊
但我帮不了你

天是怎样黑下来的

公共汽车载着我们从市中心驶向郊外
孩子在你腿上睡着，头戴粉红色帽子
像是来自莫斯科的天使，她眉清目秀
也像极了你，你爱她胜过世间任何人
高楼和街道被雾蒙蒙的夕阳光晕环绕
车内光线也渐渐昏暗，我们看看窗外
又彼此相望，心想这大概是最后一次
乘坐这样悠闲的慢车观赏天黑的过程
我前途未卜四处飘荡，不知来年是否
还会回来，而眼泪突然在眼眶里打转
因为街灯亮起，天使醒来后冲着我笑
你们会先下车，剩下的路我得自己走

侠客行

我在北京打工，手里提着华为牌尚方宝剑
这东西里有我们对现代世界的全部信任
音乐，书，社交，衣食住行，钱，工作，
甚至生活的绝大部分
如果非要加上一块免死金牌，那就加上地下铁吧
这是我们对市内交通工具又爱又恨的依赖

虽然更多的时候我们更信任自己的双脚
当它们实实在在地走在蓝天下
我们感到生命被生命一点点填满
当地下铁幽灵般浮出地面
我们的眼睛感到多么幸福与舒适
就像侠客有了金盆洗手的冲动
——要是看不到天边可怎么生活啊——

班杜拉,扎念琴,旋律是一样的旋律
钴蓝,孔雀蓝,天是一样的天
只是我们爱上的世界不一样

天很蓝
还没到告别的时候

波浪

雨雾蒙蒙的整个夏季
我与远山只见过一次
我们换乘的那条轨道
沿途的树木稀稀拉拉
晴天的时候
光线很快就会偏移过去
然后我们沉入地下
眼睛黯淡下来
辨认哪一种情感更为高级的一天
像幔子裂开

我还在期待什么?
裹在蚌壳里的女人
牙齿白白,唱霓裳羽衣
生活有时候像远方高原上沉静的湖
跟我一点关系都没有
沉痛却像远山一样

虽看不见,但我们都相信它还在那里

心无定见的人根本不必在乎什么永恒
万物的光辉由我的眼睛轻抚
我眼里的波浪完整又分明
美丽又遥不可及
你可以看到
如果你也来自那永恒……

白头如新

每天我都要路过一片待开发的土地两次
列车把我从山脚下送到人类文明的中心
傍晚时分又把我从市中心送回大山的怀抱
我们这一代的人大多如此
生活与理想已经混杂不清
但谁都没有勇气归园田居

那片荒滩紧挨着一条不起眼的小路
一片原始的树阴覆盖着它
深黄色的被梳理过的田垄在另一侧开阔绵延
温暖的色泽让人误以为是丰收
人们已经放弃了农业
转而对土地进行反复的建造与修改
高楼就在不远处的山麓拔地而起

那条路不知通向何处
路口的白色汽车简直像是在下雪
因为离家太久,我也几乎忘记了季节

夜幕缓缓降临,它对我们没有伤害
而这风景竟与我家乡的如此不同

黄昏，我们钻进地下铁

黄昏，我们钻进地下铁
车厢带着我们在地底下穿行
那儿曾是先祖的居所
如今被活人霸占
铁轨顺畅而迅疾
钳子一样把我们带回租来的家

我羡慕地面上的夕阳
正照在沉默而耸立的高楼上
玻璃窗反射着它温暖的橘色
宇宙依然有条不紊地运行
当我们穿过漫长的隧道
土拨鼠一样钻出地面
夕阳正沉下山
把我扔到了世界的另一边

火车有五站时间在地面上跑

列车在抵达南邵站之前钻进了地下
我的眼前是黑漆漆的隧道以及
玻璃窗上车内灯火通明的倒影
刚才地面上的那轮落日
与昨天的不太相同
云层和光线环绕、渲染着
我们居住的这个星球上最伟大的奇观
我目不转睛地看着天边
真希望这世间有一种职业
叫落日观望者

可是每天坐火车上下班的人
对这种景色感到厌倦
对于他们来说

火车在地面上的那几站
跟在地底下的漫长时间并无不同
反正他们把大部分事物都看作
自己人生路上的过客
所以在西天默默发生的一切
与东方也没什么区别

我们绕过远山

地铁在地面上画着圈
我们绕着远山做离心运动
白云似有若无地闲荡
这千百年不变的天真景象
柔软人的心，毫无防备

今年，我换了工作
头一次认认真真地面对
季节的转换和人世的深井
年轻时被我忽视的事物
现在正在吸引着我
年轻时百无聊赖的经历
也正以隐秘的方式影响着我
重新打量世界的眼光

秋风刚刚刮了两夜，一些树叶
率先老去，率先飞离枝头
迅速地过完了一生
因为疾风劲雨或虫病扰乱
而没能座果的部分花骸
会平心静气等待来年

激发人们野心的高楼
把现代世界拉入贫瘠的内心生活
在我们即将被山峰甩开的地方

地下铁司机

时间的难以估量的脚步如何察觉
当你一整天都在轰隆隆的响声中摇晃
幽暗的地下除了隧道里的灯带以外
再也没有什么富有生机的颜色或物体
能够抓住你的眼球引起你的愉悦
但你必须目不转睛盯着被切割的黑暗
虽然每一段之间并无不同
因为每隔三或五分钟
你必须让脚下这个庞然大物反复演练
从腾跃忽至静止的技艺
就像驯兽师无心惹怒一头危险的雄狮
之后却能施以安抚使它准确躺卧在你脚边
掌握节奏和力度是绝妙的艺术
我们看为重要的一生也是如此
一站又一站,永远没完
一天又一天,你计算着何时重返地面
那里孩子们开心地舔着甜冰棍
还不知道什么是苦味

地下铁之歌

城市里每一阵阴雨潮湿都和往年不同
但地下铁里每一段黑暗都与往年相似
面对它们我可以活下去
在地下铁,我是个小人物嗯嗯呀呀

每一句拾人牙慧的话都看似有理
但地下铁里我们以沉默对抗孤独
面对它们我可以活下去
在地下铁,我是个小人物嗯嗯呀呀

每一件衣服都可以穿到念旧
但地下铁里我们都身披廉价彩衣
面对它们我可以活下去
在地下铁,我是个小人物嗯嗯呀呀

城市的建筑工地上移动着无名影子
绿草钻出网袋拼命向上生长
年轻人熬白了头
在地下铁,我是个小人物嗯嗯呀呀

"地下铁里的抒情诗"：吕达诗歌断想

• 谢心韵 •

在文学世界里，将创作者的人品与文品直接挂钩，在某种程度上是一件危险的事情，但在吕达身上，这一点却实现了惊人的统一。诗人与诗之关系更是缔结了一种本质性的联系，诗歌与吕达的生活高度融合，须臾不可分割，诗歌是她连接世界的重要通道，她借用诗歌思考，以语词浇灌灵魂，用诗词镀亮黯淡的现实。

要进入吕达的诗歌，必须先对她的生活有初步了解。倘若将之纯粹放置在真空的"纯文本"视野下，那种唯美且带有浪漫主义的印象式判断很容易被视为文人吟咏风月的闲情逸致，这一指认对诗人的现实处境而言，则可能含有"不道德"的成分。吕达于2001年左右开始诗歌创作，现为图书编辑，每日需独自照料双目失明的母亲，她在诗中写道："这个世界以黑暗与你为敌/我们共用一双眼睛"（《母亲》）。母亲在其诗中已成为一个独立且具有系列性的意象，诗人对母亲的感怀既有一种对苦难的审视，也有以爱作为救赎的担当。吕达并未向读者过多展示其身世经历，但从这些为数不多的信息中，我们便可推想她需要承受的生活压力。

吕达与众多"北漂"的诗人一样，他们在北京生活写作，但吕达的生活则更接近于"在北京漂泊闯荡"的本意，而非仅将其作为一种诗人北上聚集的地理文化现象，"和我一起坐车的青年/是不是已经飞黄腾达/我还在地下铁写诗/多好的诗啊/但我帮不了你"（《在北京第五个年头

了》）。关注吕达的诗，能够帮助我们看到当代诗人如何在现实的挤压下依靠诗歌喘息和休憩，看到一个非职业的作家如何将诗歌作为天职，以诗歌为志业，持续不断地进行写作。正是在此立场上，我们判定诗歌之于吕达，是一种处境，它折射现实，又对现实扭曲变形，炼化着一种提纯生活的试剂。

吕达的诗歌纯净透明，在情感指向上带有哀伤的底色，整体上具有浓厚的抒情色彩。吕达因爱情诗创作而受到读者的喜爱，爱情诗固然是其诗歌中一个不可回避的面向，但对其过分偏重则导致吕达的其他创作在一定程度上受到遮蔽。吕达的一部分诗歌较为集中地记录了她在城市生活的感受，这其中的辛酸、无奈、彷徨和游离都在诗行间散发出孤独的气质，这些诗歌在经验处理上与"打工人诗歌"或是"底层写作"的写作内容上产生了重合。从写作者自身的学养而言，吕达毕业于高等学府，受到过良好的学院训练，在这一点上区别于其他"草根诗人"，但他们共同分享着一种带有边缘感的都市体验："我前途未卜四处飘荡，不知来年是否/还会回来，而眼泪突然在眼眶里打转/因为街灯亮起，天使醒来后冲着我笑/你们会先下车，剩下的路我得自己走"（《天是怎样黑下来的》），"吕达们"从不同的职业和程度上，诉说着无声的呐喊与试图被看见的渴望。再者，相较于波德莱尔笔下的"都市漫游者"，吕达并未因知识分子

的身份而获得一种"回避现实"的豁免权，她没有闲逛者的闲暇，无法日日穿行于咖啡厅、拱廊之间，但在本质上她与那些漫游者共用了一个批判视角，这或许可称之为一种边缘对中心的试探，又或者根本无需囿于"边缘/中心"的二元视角，我们只需从人的处境去理解和体认他们的写作动机和创作面向。从更深层次来看，如何命名或者归类并非最紧迫的问题，重要的是在这一文学现象下，我们如何以"人"的身份介入到对当代社会问题的思考当中，并有能力替"失语者"传达出真实的心理感受，或者回归到自我本位，仅仅诚恳地面对自己的内心，写下一些不愧对良知的诗句。

在吕达的诗集《除了爱和祈祷，我别无长物》中，有一辑以"地下铁"命名的诗歌，在这一系列的诗歌中，地铁站这处相对封闭但又交错相通的地下空间，与地表有着千丝万缕的联系，它既是可见的，又是不可见的，同时它被赋予了承载现代性思考的意义。穆旦于1939年写下《防空洞里的抒情诗》，他将防空洞作为一个观察时代生活的视点，记载着战争年代的生与死。在空间结构上，防空洞与地铁站具有相似性，或者说它们都带有某些黑暗的属性，尽管现代照明技术已经能让城市始终亮如白昼，但地下给人的压抑感受却如幽灵一般潜入内心，难以驱除——"——要是看不到天边可怎么生活啊——"（《侠客行》），破折号的延长显示出诗人的犹疑与忧虑，对天空的向往背后包含着对现实的隐忧，"诗意地栖居"成为一种理想式的价值存在，人们的生存被压缩到出租屋、工位或是某处仅供站立的方寸之地，诗人在这种紧张的空间关系中发出了自己的困惑。穆旦和吕达分属不同的代际，但他们都选择借用空间来建构诗学视点，在抒情诗的大传统下，吕达的抒情对象

与情感指向又发生了新变。

地铁站作为城市景观的一部分，俨然成为了一座地下城，无数现代人在此通行、中转和穿梭，吕达也不例外。地铁里拥挤逼仄，但诗人的想象力却滑向了回忆与思想的各个角落，由此到达形而上的高地。在某些玄想性的时刻，诗人与抒情对象"你"又产生了奇幻的勾连："我眼里的波浪完整又分明/美丽又遥不可及/你可以看到/如果你也来自那永恒……"（《波浪》），"来自永恒"使"你"变为了一个不可知的神秘存在，诗在写实的整体风格下，于结尾处变幻为充满想象的奇遇，那些痛苦的吟咏平静却蕴含着悲伤："沉痛却像远山一样/虽看不见，但我们都相信它还在那里"（《波浪》）。这份感慨使诗歌蒙上了一层灰色的面纱，但结尾处"你"的出现却使诗歌获得了跳脱现实的可能。空间的狭窄与思想的广阔形成了富有张力的网状结构，诗人用语词和诗句搭起张力之网，一幅立体的生存图景在读者眼前展现：

每天我都要两次路过一片待开发的土地
列车把我从山脚下送到人类文明的中心
傍晚时分又把我从市中心送回大山的怀抱
我们这一代的人大多如此
生活与理想已经混杂不清
但谁都没有勇气归园田居

那片荒滩紧挨着一条不起眼的小路
一片原始的树阴覆盖着它
深黄色的被梳理过的田垄在另一侧开阔绵延
温暖的色泽让人误以为是丰收
人们已经放弃了农业
转而对土地进行反复的建造与修改
高楼就在不远处的山麓拔地而起

那条路不知通向何处
路口的白色汽车简直像是在下雪
因为离家太久,我也几乎忘记了季节

夜幕缓缓降临,它对我们没有伤害
而这风景竟与我家乡的如此不同

这首《白头如新》直观呈现了吕达工作的一天。同大多数"北漂"一样,"我"每天都有较长的通勤时间,在城市的边缘与中心之间迁徙和位移,这种空间距离的变换使人物的内心感受也发生了微妙的调整。"列车把我从山脚下送到人类文明的中心/傍晚时分又把我从市中心送回大山的怀抱","人类文明的中心"与"大山的怀抱"形成了都市与自然的对照,但究其根本,这一切都发生在城市的内部,环与环的距离构成了一定意义上的阶级区隔,繁华高耸的大厦与正待开发的土地或是静默无言的大山同处一片土地。诗人继而用复数的"我们"宣告出一代人所面临的窘境,"我们"夹在理想与现实、都市与田园的二元困局中,挣扎求生,无法解脱。"人们已经放弃了农业/转而对土地进行反复的建造与修改/高楼就在不远处的山麓拔地而起",现代社会转向工业文明,农耕社会的逐渐瓦解对传统造成了猛烈的冲击,而土地的规划与分配则成了城市与自然的博弈,资本的渗透和角逐成土地难以逃脱的命运,一如诗人在《黄昏,我们钻进地下铁》里所写道:"车厢带着我们在地底下穿行/那儿曾是先祖的居所/如今被活人霸占/铁轨顺畅而迅疾/钳子一样把我们带回租来的家"。诗人借用道路绵延的指向使思绪迁移到遥远的家乡记忆,离家太久,诸多回忆已不可考,"而这风景竟与我家乡的如此不同",淡淡

的乡愁渐渐浮现,这点到而止的情感使诗歌凝定在思绪摇摆的瞬间。整首诗都跟着诗人的视点展开,随着"我"内在感受的倾吐而延伸至记忆深处,叙事风格与抒情色彩并存,语言明白晓畅,读者与诗人能在阅读中获得某种心领神会的意趣。这首诗与吕达诗歌的整体风格极为相近,内嵌于诗人惯有的写作习惯中,她的诗总是从内心一点点充盈起来,情感浓烈却小心翼翼,流溢于笔端和纸页之间,在快要漫溢的时候却陡然收紧,这些情绪包裹又坦露,显露出哀而不伤的古典美感。

可是每天坐火车上下班的人
对这种景色感到厌倦
对于他们来说
火车在地面上的那几站
跟在地底下的漫长时间并无不同
反正他们把大部分事物都看作
自己人生路上的过客
所以在西天默默发生的一切
与东方也没什么区别
——《火车有五站时间在地面上跑》

风景失去陌生感和新鲜感,对于不断重复这段旅途的人而言,只有重复本身和疲惫的感知在不断叠加。地表和天空丧失吸引力,或者说人们的神经已接近麻木,庸常的事物难以造成感官的刺激,唤醒日益沉睡的灵魂。在忙碌的工作中,一切都归于一种可怖的沉默,"反正他们把大部分事物都看作/自己人生路上的过客",与鲁迅笔下那个一直向前走去的过客相比,现代人的行走则陷入了一种盲目与未知,他们看似有明确的目的地,但这"默默发生的一切"只是悄无声息的季节轮换,两点一线的往返

反而加剧了内心的疲软——"激发人们野心的高楼/把现代世界拉入贫瘠的内心生活/在我们即将被山峰甩开的地方"（《我们绕过远山》）；无差别的风景实则是心灵"冷风景"的表征，"幽暗的地下除了隧道里的灯带以外/再也没有什么富有生机的颜色或物体/能够抓住你的眼球引起你的喜悦"（《地下铁司机》）。

值得注意的是，地下铁纵然给诗人带来诸多具有压迫性的感受，但它充其量只是一个诱因和导火索，真正使人陷于枯燥与乏味的还是现代生活本身，而批判的矛头实际上指向了社会对人的压制与资本对人的异化。吕达诗中"小人物"的灰暗底色里闪现着一道特殊的弧光，她不卑不亢，依然留有反抗的尊严和体面，就像她所写的那样："城市里每一阵阴雨潮湿都和往年不同/但地下铁里每一段黑暗都与往年相似/面对它们我们可以活下去/在地下铁，我是个小人物嗯嗯呀呀"（《地下铁之歌》）。吕达的坚毅不止于此，面对工作、面对生活、面对盲母，她都需要拿出超凡的勇气，这些"嗯嗯呀呀"看起来只是孩童般的戏言，但却传递出一种自嘲式的抵抗态度。

在新诗发展演变的百年进程中，女性诗人的力量经常处于被人忽视或是被过分放大的尴尬位置，她们很难找到一种恰如其分的言说方式来表现女性群体所面临的生存困境，或是以超性别的视野呈现人类共同的生存难题。换言之，女性诗歌除却愤怒的反抗之音外，还有多少智慧和经验能够帮助我们填补生命的空白，提供一种男性视野无法抵达的未知领域，正是这种通向未知的可能性使我们永远对女性诗歌的未来向度保持期待。吕达对公共经验的书写既有个人化的生命体验，又有群体性的集体矛盾，她有意或无意地分担了一种"共命运"的宏大主题，在时代这样一个不可名状的"怪兽"面前，她有过惶惑的瞬间，也有无畏的姿态，这些真实的表现正是一个诗人记录的意义所在。吕达的诗歌可以作为透视中国当代诗人现实境遇的一面棱镜，借助诗人对自我感受的独特捕捉，我们能够管窥现代人的生存压力与精神世界，重思诗与现实之关系，并借此召唤诗性精神的回归。

吕达多年来笔耕不辍，实现了多个层次的跨越，她拥有敏锐的天赋，能够凭借直觉灵敏地捕捉到诗意的吉光片羽，也能在后天的写作中，培养出深刻的剖析能力。她能写得很轻，也能写得很重，在轻重的角力中，读者惊喜地看到了诗人对节奏娴熟自如的切换，但她还是依旧不紧不慢地写着自己的故事，就像她最开始的写作那样。

南兮的诗

河流的第三岸

经常认不出自己,好像

旁观者正在某处,露出讥讽的笑

而河流是水的现实,不由自主看着自己,一去不

　回头

最初的清澈,不能够阻挡

非理性的石头,在水底像安静的小女人

顺从了自己的悖论

谁无意识的安排,超越了矛盾的警戒线

河流,是一条绳索,捆绑了自己

再锋利的手指,也切割不了

河流的第三岸,也许

在自己的心里,被异化被拒绝,有些无力

而河流一直不停向远方而去,保持了自己

你知道第三岸其实并不存在,无论在爱情里

还是在行走的路上,你永远说服不了

非现实的世界,有多少漂泊的河流

在水中辨认水的河流,主与客融为一体的河流

到底也想不明白,命运这回事

但,每一条河流的尽头

都有一座花园

白衣裳

你的白衬衫,迷惑了我,我喜欢

你慢慢走到我面前,干净的笑

衬托你宁静的脸,打开一个温和的晴天

从什么时候,开始

捕捉你白色影子,人群里,太多不确定性

我被白色事物吸引,忘记现实的真实

不知道什么时候就可能突然坠入黑暗

我在必须做和想做的裂缝中挣扎

需要透过洁净的白衣裳

给自己一些理由,哪怕只是暂时的迷惑

因为,我不能保证未来还是你纯白模样

因为,雨天会来临,灰尘也会落下

因为,我知道,浮桥

停在你和我中间

"亲迎于渭,造舟为梁"

哪里是我们的

美索不达米亚,我们的波斯帝国

能否越过

达达尼尔海峡,把唯一一次相遇当成

最后的道别

那些落在窗外的雨

夜的碎片,滴滴滑落,在骨骼盛开的窗外

有一个疑问,永不能说出

今夜,与你相隔天涯的承诺

远离没有重复的真相

我们总是相信遥远的事物

我热烈的手指,正不受约束地伸向你

享受你带着寒意的奔赴,但我抓不住

那些偶然,透明的玻璃看透了

雨对死亡的理解,时间

会一点一点抹去我们曾经存在的真相

忘记就是不留余地

但,真的能够忘记吗?

如何理解生命对我们的提醒

我想逃开,与以往不同,现在

我看到黑夜慌张的深和远

越想就越是沉默,这彻骨的冷

锁住散落的夏天,该如何医治

那在水中破碎的水

把我当成了自己,那些曾经发生过的

不曾出售一个夜晚,不曾忽略一片黑暗

窗外的雨,筹划了一个新的世界

顺便囚禁了自己

纸质纪念品

无意消失的事物,被你折叠,躲闪的

文字,正沿着薄薄的

边缘,提醒一些记忆

不可碰触的

那些转折,有纸制的寂静

小心包裹着你曾经存在的一小部分

但至今,未被承认

禁不起一点颠簸,你成了有与无的连接点

纸,有自己的坚持,你的象征被

时间反复拆开,折叠,遮掩

重复的假设,被你,一遍一遍拿起又放下

那越来越轻的,是你伸过来的体温

从具体到模糊,是一段时光的伏笔

是一个人还是一段记忆,已经说不清

该纪念什么,曾经的美好被你

一次次检验,一寸一寸抚摸,小心翼翼收藏

你被岁月覆盖的时光,变得

青石一般沉重

一个关于鞋子的寓言

你来晚了,一个声音说,倾听的人保持了沉默。

鞋子都被人拿走了,那些充满魅力的鞋子

为他人所破败,而你来晚了!

鞋子是一成不变的吗?

鞋子说:总会有人抛弃我们,这就是鞋子的命
   运。

心安理得之后,火还是会烧起来。

漫山遍野的林子都暗藏欲望

不论如何整理,人都会受限于欲望。

在灰烬到来之前,挣扎是必要和充分的。

以鞋子为轴心,辐射四周,而你已不在原地

想去远方只是想逃避一个念头

敏感的心,总是提前启动。

没有来由地忧伤。

预先设置的黑暗,手持安静的盾牌

寻找林中最柔软的部分,刺伤自己

但在林中,柔软的境遇最难摆脱。

看不见伤口,有微微的疼痛。

空虚来临,请闭上眼睛……

有些内容早就安排好了

你只是希望,有一双鞋子

能比自己先迈出一小步……

局外人

夜晚在走动,餐桌在走动,椅子在走动

它们过于纤细的腿迈着可笑的步子

黑暗的墙在走动,黑暗的窗口在走动,

这些阻隔不都是有意的

向虚构敬礼,向走动的茶杯敬礼

也向角落里的尺子敬礼

你测量黑夜的深度,超越了时间这个旁观者

局外人,想打开黑夜的外衣,看穿真相

一个温暖的象征就能俘获你的心

你要相信点什么,勿须提醒地相信

黑夜在洗衣机里旋转,最后战胜了自己

摆脱不了时间的纠缠

如此轻易地,不必让自己显得更重要

没有智慧的女人,容易被轻视

而真相近在咫尺,没有人肯多走一步

人们陷在慌乱的世界里,不知道该相信谁

还有病毒与战争,拒绝与怀疑

而孤独递过来的刀,不经意就暴露了藏身之处

打开自己还是收藏自己,时间这个局外人都不
　　会关心

被原谅的噪音

你突然出现,让人想到《电锯惊魂》

你是夜的王,告知附近的人,你来了

惊慌的我不知道该待在黑夜还是待在黑夜

我脆弱的神经无处安放

我在房间转来转去,判断你的来处

这肆无忌惮的自由之声,你到底从哪儿来?

先是在深深的地下,很快就水一样漫上地面

窗帘后偷偷寻找你,只看见一些人影

鬼魅一般在黑夜里移动,他们善于机械与魔法

手里紧紧攥着那些声音,那是他们的摩斯密码

他们与机械同样无眠,因为他们不需要

我准备投诉黑夜,这是最后的办法

但法律从来不规定黑夜,它只是友好地理解

最终我理解了那些搅拌机和水泥

把黑夜搅碎一次又一次,他发出的呐喊

一直在周围传播,我们终于被打动

虽然这是一个漫长的过程

终于与黑夜和谐相处,我们互相陪伴

还有孤独的搅拌机绵长的哼唱

执着地在每一个楼层巡查

小心地处理那些昏暗的灯光

抚摸了所有敏感的事物,和不安的心

法律太疲劳了,噪音你们辛苦了

我要向你们道歉,市政热线,打扰了12345

我代表周围几千个窗口向你道歉

代表所有的神经衰弱与抑郁症向你道歉

代表第二天迟到的清晨……

代表未完成的工作……

代表失去灵感的诗人……

和一夜无眠的老人,正式向你道歉

这伟大的交响乐,在山脚下

包围了寂寞的树林,成功抚摸一栋栋高楼的每
　　一个细节

你无所不在

我们不需要睡眠,为了伟大的城市,我们也不再
　　恐惧

不需要再打通一个电话

手机无力地倚着枕头,与黑夜对话,参与合奏

直到天亮

给一条熟悉的河流命名

这条河流,不急着流向远方

你看起来有缓慢的从容

你宁可迟一点到达,因为一路都是告别

路过这个复杂的世界

让你时而欢畅时而不知所措

不知不觉已身在其中
你整理好自己坚硬的脆弱
把各种可能性让给石头去思考
你不断地清洗自己
不遮掩一些心思,你暴露的内心
秉承了古典主义的方式
但你却时常更换自身
你追求远方的爱情就像追求真理
水中青色的石头和岸边寂静的水杉
开着小白花的灯芯草
一直守候在你身边
它们都能证明你古老的新鲜
你在大地宽广的怀抱里
任意修改你的四季
但,谁能真正懂你?

一个人,另一个人

假如我认为,我是回答一个能转回阳世间的人,

那么,这火焰就不会再摇闪。但既然,如我听

到的果真没有人能活着离开这深渊,我回答你

就不必害怕流言。

——艾略特《J·阿尔弗瑞德·普鲁弗洛克的情歌》

一

你不善于提出问题,真正的你
喜欢
躲在角落里
而光,被一些废弃的架子挡住

一些陌生的交谈,停在水面上
像医院的例行检查,不需要等待结果
随时准备应付自己,而非抬高自己
对某个时辰的期待与想象
能够保持很久,有时候
你本应该向前一步,但你又一次停下来
你对自己毫无办法,仿佛自己是另一个人

你对香樟树说的话,并不比对草丛说的话更有
    高度
只是想远离门前那些积水
远离窗前一千只手击打着水泥地面的,愤怒的
    雨水
被丢弃的雨,狠狠地发泄了一次
去接近一个近似于无的暗示
仿佛一切都没有发生,你没有办法实现
你知道这有关生死,但你
依然觉得一切都是自然

二

你想对谁说:
带我走吧,穿过未修剪的绿化带
穿过无人统治的白森林,黄昏就要来临
那昏黄的盛宴,执着地迎接你
不是每一堵墙都能庇佑你的心思
有一些时间没法弥补,会通过其他方式展示
你是一个女人? 是的,你也是另一个自己
这有什么不同吗?
你是女人中的女人,就像一只藤壶
寄生在石头上,石头就有了生命
每一个女人都有一块石头,但
总有无法到达的,最后只剩下时间
是自己的
你看见房子周围,草丛中跳来跳去的七星瓢虫

或蚱蜢,最后都被黑夜统治

有人想给这黑夜取个名字,却找不到恰当的语
　词

人人都掩藏起自己,在这并不令人生厌的黑暗
　中

可以心安理得,想着

一些永远没有答案的事情

就像独自在黑夜里舞蹈,你闭上眼睛就能看见
　另一个自己

三

又有一个女人走了,

你见过她的演出,她的名字是李纹,她唱花木兰

《自己》……"我想要,呈现世界前更有力量的,

更有勇气的生命"

她用惊人的方式定格她的美丽,在衰老到来之
　前

德尔图良说:

"因为荒谬,我才去相信"

一切还没有结束,不要寻找意义

完美的女人不允许有瑕疵

"如果没有人,高山是有的,流水是有的,但它们
　都不存在。"

每一个生命都有自己的宣告方式

一个人的告别,只对另一个自己

不关抑郁症,生,就生得惊诧死,就死得漫天遍
　野

在网络时代阅读南兮

• 苏格拉底 •

在网络时代诗人何为？这种被理论家重复千遍的废话仍不断被人反复提起，但仍然反复无解。我不禁要问，网络时代也好，消费时代也罢，难道不是给我们提供了新的诗意，新的诗歌形式，新的传播形式？其实要回答上述问题很简单，就是在网络时代诗人想写什么就写什么，想怎么写就怎么写。诗歌传播的无限性给诗人创作提供了更加广阔的空间。我们通过南兮的创作实践，就能够清晰地看到网络时代诗歌发展的脉络。

南兮自主创业几年之后，事业小成，一个偶然接触到网络诗歌，即深陷其中。她从零开始学习网络诗歌，然后担任网络诗刊的副主编，创作已小有成就。后来她自己联络诗友创办了网络诗社"一线砍诗群"，和诗友在群里创作、发诗、砍诗，其创作日渐成熟。再后来她将"一线砍诗群"更名为"诗歌前线"文学社，并创办了微信公众号《诗歌前线》，吸引了两千多名全国各地的诗友前来互相交流。许多著名诗人或担任《诗歌前线》顾问，或深入群内指导诗友创作，让这个诗歌群落无比活跃。群里许多诗友有自己的公众号，有自己的诗歌群，在媒体发表大量作品。许多创作年龄并不长的诗人被列入"中国诗人档案"，有的还出版了诗集。

南兮是网络时代诗歌创作的一个缩影，也是网络时代诗歌创作的现象，她的诗歌创作历程是大多数诗人在这个时代的必由之路。

网络时代给诗歌的传播带来无比广阔的前景和空间。首先发表不是问题，人人都有自媒体；其次是创作自由极大，只要不触碰政治敏感词，就不会受到限制；三是交流空间广阔，无处不在的网络诗歌群落让讨论更加直接，批评与反馈更加直，网上交锋是诗歌创作繁荣的重要因缘。网络时代也使创作更加任性、辩论更加随意，诗歌群落虽多，写诗的人也被整合到了不同的群体，但诗歌创作整体质量并未提升。网络诗人的文化程度高低不一，个人体验极具多样性，创作思路五花八门，所以作品良莠不齐。特别是网络时代与"朦胧诗""第三代"诗歌时代相比，缺乏领军人物，缺乏旗手。我们知道，"朦胧诗"时代有北岛、舒婷、顾城、江河、杨炼……这些如雷贯耳的旗手，可谓是中国诗歌的"新启蒙者"。"第三代"诗歌运动中也有海子（过渡者）、西川、韩东、于坚、欧阳江河、王家新、张枣、陈东东、王寅、孟浪等灿若星辰的名字。但今天的诗坛却鲜有大师出现，这是网络时代的创作节奏打断了诗人的沉思，每天几首、十几首的创作量也淹没或稀释了诗人的才华。所以诗人作为创作个体的能量在网络时代难以凝聚，这是这个时期好作品稀少的直接原因，缺乏重量级的作品，自然就不可能出现泰斗级的诗人。

而南兮是这个时代的一个另类，她苦心经营自己的诗歌，不断提升自己，也经常改变自己。有一天，接到她的电话，她说她在研究海德格尔，这让我很是吃惊。大量哲学思想的摄入，让她的诗歌无比丰富，也让她的诗歌区别于当下诗坛那些同质化的文本。

在当下社会，物欲占据了社会生活的大部

分空间,精神层面的匮缺相当普遍。所以谢冕先生不无忧虑地说:"有些诗歌正离我们而去。它不再关心这块土地和土地上的故事,它们用似是而非的深奥掩饰浅薄和贫乏。当严肃和诚实变成遥远的事实的时候,人们对这些诗冷淡便是自然而然的。"谢冕先生在另一篇文章中对这种现象提出了进一步质疑:"面对当前的诗歌现实,我们在感到丰富的同时也感到贫乏。我们此刻面对的是失望的诗歌。诗人们在摒弃了千篇一律的口号和呐喊之后开始了几乎同样千篇一律的悄声细语。他们深入生命内部探寻莫测高深的'终极关怀',他们很少关心或不关心这些'哲学'以外的历史和现实。他们专致地琢磨'意识流动'而微察纤毫;他们自怜而自恋,说的是他人无法进入更无法解读的深奥……在这一切的背后,是对诗的思想含量和精神价值的轻忽。"而另一位评论家孙绍振先生,对当下的诗歌创作提出了更加尖锐的批评:"诗坛的虚假,产生于人格的虚假,又必然普及着人格的虚假。……其事实是表现了一种中国知识分子理想的危机和精神的堕落。……不少人以把个人和社会、传统、文化的对立绝对化为时髦。对国家和民族不负任何责任是理所当然的,而要想有所匡政倒是可笑的。可悲的是,这种游戏人生观所造成的堕落竟成为某种民间的'正统',这就使以虚假为荣,变成了以精神的崩溃和堕落为荣。"

在这个荒谬的诗坛,和许多网络诗人迷恋物欲而废弃精神坚守不同,南兮始终坚守住自己的内心;和许多网络诗人的随意性不同,南兮的创作是严谨的;和许多网络诗人的简单化不同,南希从创作之初就选择了一条难度写作之路;和许多网络诗人废弃社会担当不同,南兮始终坚守着诗人的责任和诗歌的担当。无论是写社会还是写个人,无论是与世界对话还是与个人内心对话,她心中都涌动着一股始终不渝的诗歌情怀,避免进入粗鄙、猥琐、无聊、玄虚的泥淖。在这个物欲横流的世界,南兮企图用诗歌唤醒、介入、干预,无论写历史、写社会、写人生、写内心,南兮的诗歌都具有极强的"及物性"。诗人陈东东曾在一首诗中写道"要把灯点到石头里去",南兮就是那个"把灯点到石头里去"的人。

史蒂文斯说,现实是我们通过隐喻而逃避的老生常谈。南兮像史蒂文斯一样擅长隐喻,她始终坚守住自己以象征主义为主旨的创作路径,力图通过隐喻接近一种更为纯粹的艺术,因此,她的每一首诗都带有哲学的意味。在南兮的诗歌中,隐含着一种专注的韧性。她观察事物的眼光更深邃,眼界更宽广,书写的深度也就更进一层。她通过对记忆碎片的透视,把真相转化为隐喻,再用隐喻反射现实,这本身就是一种精神冒险的策略,也是思索上的淡然与奥妙。和当下一些诗歌的庸常不同,她选择的是一种难度写作,面对多样性的生存环境,她拒绝对现实存在进行客观描述,而是借助于客体与环境、事物关系的想象性描述,道出诗人对存在的感受,从而确定一种对世界的诗性观照方式。南兮的诗歌中经常通过一些启示性的暗示,通过语言和一些简洁意象的交融,呈现出一种超现实状态。在通过不同角度和层面的观察、想象和联想后,不断激发读者的想象,强化了诗歌的内在意蕴。南兮的诗歌中极少刻意的做作之词,也没有缀满华丽形容词的空洞和虚假诗意,她善于把庸常生活中并没有太多诗意的细节加以深度观照,凸显出隐蔽的诗性。

作家梁鸿在英国光华书店的演讲《写作与世界的关系》中有这么一段话:"写作与世界不是反映与被反映的关系,而是隐喻和象征的关系。当作家起笔写一个人物或一个村庄,某个庄园、某个故事时，他并不是按照现实的模型来写的，相反他把模型——这里的模型指的是日常观察中的现实认知——打碎，打成一个个元素，然后再重新捏合。"读到梁鸿这段演讲，我感到梁鸿与南兮是心灵相通的，作为女作家和女诗人，她们对创作都有一个共同的认知，这种认知在喧嚣纷扰的网络时代是难能可贵的。

企图用一篇短评说清楚南兮的创作是不可能的，我也不想做这样的徒劳之举。我只想告诉大家，在这个众声喧哗的的网络时代，还有一种坚守，还有一种真实，还有一种真诚，这是诗人、诗歌对现实的担当，也是诗人与世界的对话。